U0116264

中国的男人和女人

易中天　著

云南人民出版社

目录

第一章　男人

奶油小生

中国有男人，也有女人。

中国的男人怎么样？好像曾经有点问题。

就说戏曲和小说中的那些"正面形象"吧，大体上无非三类。第一类是无用的男人。这类宝贝，是所谓"白面书生"或"奶油小生"，如《白蛇传》中的许仙、《天仙配》中的董永、《西厢记》中的张生、《梁祝》中的梁山伯等。其共同特点，是细皮嫩肉，奶声奶气，多愁善感，弱不禁风，肩不能挑，手不能提，毫无主见，极易哄骗，可以说是相当的女性化。在戏曲舞台上，扮演这类角色的演员，都必须尖着嗓子细声细气地用假声说唱，听起来与旦角没有什么两样，可见连语音也女性化了。他们的扮相，更是女性化，一律的唇红齿白，眼如秋水，眉似青黛，与旦角的妆扮也没有太多的区别。甚至如传统的越剧，台湾的《新白娘子传奇》，就干脆用女演员来演，也并不觉得有什么不自然或不对头。究其所以，恐怕就在于那角色，原本就是女性化的男人。

这就煞是"好看"。

事实上，在中国，确有不少观众喜欢这类角色，尤其是中国南方的女人，也包括部分南方的男人。《白蛇传》之类的戏久演不衰，便是证明。这类戏曲节目，曾被某些理论家好心地界定为"爱情的颂歌"，但我们实在看不出其中的男主角有什么可爱之处。他们之所以能"颠倒众生"者，无非姣好的面庞和柔弱的性格。不是齿如白玉，面若桃花，便是腰似杨柳，声如雏凤，地地道道的女里女气。这类形象，在西方或阿拉伯世界中，只怕就没有什么市场，然而中国人却爱看。不但女的看了芳心暗许，便是男的看了，也我见犹怜，或恨不如他。

认真说来，这种爱好，实在不是什么好事。女人喜欢，证明她们已多少有点不像女人。男人喜欢，同样只能证明他们也多少有点不像男人。这些问题，我们以后再说，现在无妨先分析一下这类男人或这类角色，是怎样的和为什么不像男人。

这类人物的第一个共同特点，是"胆小怕事"。《天仙配》中的董永就是。他在去财主家打工的路上，碰见了七仙女，首先想到的是"老父亲生前在世曾对我说，男女交谈是非多"。为了避免"是非"，他采取了绕道走的办法："大路不走我走小路。"实在绕不过去，才只好硬着头皮上前交涉："大姐，你为何耽误我穷人的工夫？"谁知七仙女一句话，便把他顶得哑口无言："大路朝天，各走各边，难道你走得，我站也站不得吗？"幸亏这位董郎遇到的是仙女，倘若拦路的是强盗，他又该若之何呢？

这样胆小怕事的人，当然也就谈不上主动追求爱情和幸福。事实上，他与七仙女的结合，完全是对方的一厢情愿，甚至带有强迫性质。他自己则一推再推，一躲再躲，直到最后"神迹"出现，老槐树开口说话，作媒作证，才接受了这桩"做梦都想不到"的婚姻。这说明他只相信天意，对于自己的能力，则完全没有信心。所以，当后来七仙女为了少受一些奴役（将长工期限由三年缩短到百日）而与财主打赌织锦时，他不但一点忙都帮不上，反倒还在磨坊里一个劲地埋怨"娘子多事"。埋怨娘子多事，正好证明他自己胆小怕事。

胆小怕事，可以说是此类人物的通病。在中国戏曲舞台上，我们实在不少见这样的场面：一事当前，女方要挺身而出去作斗争，那丈夫却躲在她身后，或拦在她面前，浑身乱颤，双手直摇，连连叫道："使不得，使不得。娘子，使不得的呀！"要不然就是双眼圆睁，牙关紧咬，脸色惨白，大叫一声，昏死过去，直挺挺地倒在地下。《白蛇传》中的许仙，就这样吓死过一回，害得白娘子只好带着身孕，去盗仙草。

《盗仙草》是《白蛇传》中很好看的一折戏，常可作为折子戏单独演出，但可惜人们往往忘了，这台"好戏"却是以一个男人的胆小和无能为背景的。

不过，话又说回来，胆小怕事的，也不只是这几位，有些人从小受的教育，就是"吃饭防噎，走路防跌"，不要多管闲事、招惹是非。连吃饭走路这样的小事，尚且不敢放手去做，更遑论其他？

这类人物的第二个共同特点，是"少有见识"。中国有句老话，叫"头发长，见识短"。其实中国的男人，也未必比女人有见识。在历史上、现实中，或者在文艺作品里，我们常不难看到这样的"大老爷儿们"：他们平日里颐指气使、威风八面，一副安邦治国、出将入相的样子，一旦真格的有了什么事情，对不起，不是要老婆拿主意，便是向丫环讨办法，一点见识也没有了。甚至如唐高宗（李治）这样的皇帝，干脆把朝政也交给老婆（武则天）去处理。"万岁爷"尚且如此，我们又怎么好去苛求小民？

至于现在要说的这类角色，当然也都不会有什么了不起的见识。在这类人物中，《西厢记》中的张生张君瑞，要算是最有胆识的一个了。他有胆，敢于追求自己的意中人，追求自己的爱情与幸福，更敢于为此追求，在危难之际挺身而出，解普救寺之围，退孙飞虎之兵。他也有谋，能够想出种种办法来接近莺莺，而解救崔家厄难，也全靠他的缓兵之计。这就颇有些侠肝义胆，又能运筹帷幄，比起董永、许仙辈来，是能干多了。

然而，即便这位风流才子，救难英雄，在红娘面前，也只是一个傻角。他在普救寺，不过无意中见了莺莺一面，便"魂灵儿飞在半天"，只听见崔莺莺娇语一声，便大叫"我死也"，"小生便不往京师去应举也罢"。及至第二次见了红娘，便忙不迭地自报家门，"小生姓张，名珙，字君瑞，本贯西洛人也，年方二十三岁，正月十七日子时建生，并不曾娶妻"云云，简直是傻得可以，当然也就被红娘抢白了一通，弄得灰头灰脸，好没有意思。事后，红娘向小姐学说此事时，也还要评论说："姐姐，我不知他想什么哩，世上有这等傻角！"

如果说张生这时的傻，尚且傻得可爱，那么，当老夫人悔婚之后，他的一筹莫展，便只能让人着急。他没有半点办法来对付老夫人，只好跪在红娘面前，一面承认自己"智竭思穷"，一面哀求道："小娘子怎生可怜见小生，将此意申与小姐，知小生之心，就小娘子前解下腰间之带，寻个自尽。"这就颇没有见识了。难怪红娘要教训他："街上好贱柴，烧你个傻角。"

事实上，使崔张爱情悲剧起死回生的，正是这位有胆有识、敢作敢为的红娘。如果不是红娘一再设计，促成了他们事实上的婚姻，把生米煮成了熟饭，又用一套表面上为老夫人面子着想，实际上为崔张爱情抗争的说辞说服了老夫人（这番说辞的水平堪与苏秦、张仪之流媲美，所以《拷红》一折，也是《西厢记》最精彩的片段之一），则崔张二人的爱情，恐怕就不是好事多磨，而只能是呜呼哀哉，难怪张生对红娘要一跪再跪，一拜再拜，一谢再谢，并声称"当筑坛拜将"了。

这类人物的第三个共同特点，是"软弱无力"。前已说过，他们都是些白面书生或奶油小生，细皮嫩肉，奶声奶气，肩不能挑，手不能提，打起架来绝不会是任何人的对手，所以一遇到麻烦，他们的本事，无非一是跪，二是哭，三是一病不起，最后只能靠动了恻隐之心的女人或侠客前来搭救。即便最有胆识的张君瑞，倘若不是有一个"官拜征西大元帅，统领十万大军"的铁哥们杜确一再保驾，那前程也实在是岌岌可危。

也许，正因为他们是如此的软弱无力，所以，他们往往要在女人的羽翼之下寻求保护。董永要靠七仙女呵护，许仙要靠白娘子救命，张生要靠红娘帮忙，梁山伯运气不好，没有女人来救他（祝英台自己也无此能力），结果便送了性命。然而女人的能力又何其有限，女人的地位又何等卑下，没法子，只好先把她们设定为"九天玄女"或"千年大仙"，才好让她们来救苦救难。我曾常常奇怪，又美丽又贤淑又法力无边的七仙女和白娘子，为什么要嫁给又笨拙又窝囊一点魅力也没有的董永和许仙呢？现在明白了：原来是女人保护救助男人的"神圣使命"使然。难怪在印度原本是男身的观音菩萨，到了中国，为救苦救难计，也只好一变而为女身。

力量，原本应该是男性的特征。一个真正的男子汉，应该是刚强坚毅，孔武有力的。当然，这里说的"力"，并不只是体力，也指智力，而且主要是指意志力。但那些动不动就跪、就哭的角色，肯定无此力量。一个男人没有力量，照说也就应该没有魅力，然而却偏能获取芳心,这真是咄咄怪事!《西厢记》中的张君瑞,甚至以为自己"多愁多病身",恰是可以匹配崔莺莺"倾国倾城貌"的资本,更让人觉得匪夷所思。依照这个逻辑,则咱们中国人的爱情,就不是"美女爱英雄",反倒是"美女爱病人"了,岂非病态?这里面自然有它文化上的深刻原因,我们姑且按下,留待以后再说。

这类人物的第四个共同特点,是"怕负责任"或"不负责任"。这就比胆小怕事还要糟糕。胆小怕事不过害己(明明属于自己的幸福却不敢去追求),不负责任却会坑人(自己造下的罪孽却要别人去承担)。我们这类故事中的男主角既然胆小怕事,当然也怕负责任。或者更准确一点说,正因为怕负责任,这才不敢去惹是生非。

所以,董永对七仙女与财主的赌不负责任,也还情有可原,因为那原本就是"娘子多事"。不过,严格说来,一个真正的男子汉,是应该连娘子多事的责任也承担起来的。因为夫妻俱为一体,祸福荣辱,原本休戚相关,应该同仇敌忾,共赴家难。何况一个男人之于家庭,又应该多负一点责任!所以,看在董永原本胆小怕事的分上,我们可以不谴责他,但他的不像男人,却也是事实。

然而另一些人的不负责任,就完全理无可恕。对于他们来说,问题已不是"像不像男人",而是"还是不是人"了。比如元稹《会真记》(又名《莺莺传》)中的张生即是。此人是一个不折不扣的伪君子,表面上道貌岸然,其实一肚子坏水。因为表面上道貌岸然,所以熬到二十二岁,还"未尝近女色"。从这一点上讲,他的忍性、定力,倒还算可以。然而,一见崔莺莺,却神魂颠倒,不能自持(可见"不好色"云云全是假话),终于千方百计,费尽心机,把莺莺弄到手。不过张生的可恶之处,尚不在此,而在他对于崔莺莺的以身相许,采取了一种"始乱之，终弃之"的完全不负责任的态度。更可恶的是，他对自己背信弃义、损人利己的行为还颇为得意，称之为"忍情"，并头头是道地说什么"大凡天之所命尤物也，不妖其身，必妖于人"，把一应罪责，都推到受害者身上，这就不但没有半点男子汉气概，简直是没有一点人味了。也许实在因其太不像话，所以这个形象，到了董解元的《西厢记诸宫调》和王实甫的《西厢记》杂剧里，便已判若两人，成了一个虽不免有些脂粉气，但好歹在人格上还算男人的情种。

应该说，在男女关系这个问题上，是最能看出一个男人像不像男人的。它不仅表现于性能力（太监无此能力，便不算男人），更表现于责任感。性关系是两个人的事，应该由两个人共同负责。但由于女人原本力量较弱，而男人在性行为中又往往是主动进攻求爱者，所以男人还应多负一点责任。如果男的竟将责任都推到女方头上，或在出事之后要受惩处时，拿女的去做替罪羊、牺牲品，那么，哪怕他别的什么功夫再好，也应说他不算男人。

江湖好汉

第二类形象，是"无性"的男人。

这些与前类形象处于另一极端的人物，是所谓"红脸汉子"或"江湖豪杰"。他们大多高大魁伟，身强力壮，浓眉大眼，美髯长须，在体格上充分显示出男性的性特征。他们虎胆雄姿，远见卓识，力大无穷，敢负责任，在人格上也不愧为七尺男儿。总之，他们脸是黑的，血是热的，骨头是硬的，意志是刚强的；敢冲，敢打，敢做，敢为；能建功，能立业；能驰骋沙场，能闯荡江湖；端的称得上是男子汉、大丈夫、真豪杰、真英雄，在世界任何民族中，都属于女性渴望崇拜、芳心暗许的对象。

然而，中国的这些英雄，却似乎不喜欢女人。

不知为什么，中国古代的传奇故事，好像有严格的分工和界限：说爱情的专说爱情，说英雄的专说英雄。爱情传奇中少有英雄行为，英雄传奇中又难觅爱情色彩。在爱情传奇中，要么是死去活来地爱，要么是始乱终弃地赖，要么是生离死别地哭，要么是棒打鸳鸯地坏，都与英雄无关。在英雄传奇中，有的只是刀光剑影，血迹人头，月黑杀人夜，风高放火天，全无半点浪漫温馨。所以，《红楼梦》通篇说爱情，却一个英雄也不见；《水浒传》遍地是英雄，又半点爱情也难寻。

这实在是很奇怪的事，与西方传奇的有英雄必有美人，有美人必有英雄，英雄救美人，美人爱英雄的套路也大相径庭。当然，我们无意混淆两种传奇，爱情传奇中无英雄也没什么不妥。但是，英雄传奇中没有爱情，却多少让人觉得有点不大对头。因为"自古美女爱英雄"，咱们中国的英雄，总不成没人爱吧？事实上，李师师就对燕青有意，潘金莲也倾心于武松，可惜都只是"剃头的挑子——一头热"。这不能归结为这类男女关系的"不正当"，因为即便正当的男女关系，在英雄传奇中也是不见描写的。比如周瑜与小乔，一个是青年统帅，一个是江东名媛，他们的结合，应该是最令人羡慕的事。仅仅是苏东坡一句"遥想公瑾当年，小乔初嫁了"，就不知可以激发后人多少联想和神往，然而却并无故事流传。"大江东去，浪淘尽，千古风流人物"，但他们的风流只在战场，却不在情场。

因为不知从什么时候起，中国有了一条不成文的规定：一个真正的英雄好汉，应该而且必须"不好色"。

这条规矩，在江湖上似乎特别严。

宋江就曾说过："但凡好汉犯了'溜骨髓'三个字的，好生惹人耻笑。"所谓"溜骨髓"，也就是好色。在江湖中人看来，一个英雄好汉，可以不守王法，杀人越货，占山为王，也可以转变立场，招安投降，另攀高枝，但有两条规矩却不可逾越，一是不可出卖朋友，二是不能贪好女色。

不能出卖朋友好理解，不能贪好女色却有些令人费解。因为在这里，所谓"贪""好""近""女色"等等，全是模糊概念。它们既包括不正当的男女关系（通奸、强奸），也包括正当的男女关系（婚姻、爱情）。也就是说，一个人，如果奸人妻女，固然不是英雄（而且是混蛋），即便只是与情人幽会，和老婆亲热，也算不得好汉。可见江湖上禁止的，并不只是通奸和强奸，而是一切男女关系。既然一切男女关系都在禁止（或不提倡）之列，自然也就谈不上什么爱情，而那些心中暗暗爱着英雄们的美女，也就只好被晾在一边，没有她们的用武之地。

与此同时，不近女色的英雄好汉们，也就成了"无性的男人"。他们或者终身不娶，也似乎不曾有过婚外的性行为；或者娶了妻室也不当回事，好像根本没有性要求。比如宋江，初娶阎婆惜时，倒也曾"夜夜与婆惜一处歇卧"（这后来成了他人生的一个"污点"），但后来便"渐渐来得慢了"。其原因，就在于"宋江是个好汉，只爱学使枪棒，于女色上不十分要紧"。结果让张文远钻了空子，与阎婆惜勾搭成奸。卢俊义也一样，虽有妻室，但平日里也"只顾打熬气力，不亲女色"，结果也让李固钻了空子，和他老婆"做了一路"。看来，梁山这两个首领，在这一点上都还不算太"过硬"。比较"过硬"的是晁盖等人，根本就"不娶妻室，终日只是打熬筋骨"。梁山一百零八人中，多半是这一类。

真正好色的只有一个，即矮脚虎王英。不过这个人一点也不英雄。个子既矮小粗短，武艺也稀松平常，一点魅力也没有，绝不会像

武松那样让女人爱慕倾心，所以他只好下山去抢女人。宋江对他的
"惩处"，则是把既比他漂亮又比他英雄的扈三娘嫁给他。这就颇有些
像一个笑话：一个将军不吃鸡，部下犯错误，便罚他们吃鸡。结果，
最好色也最不好汉的王矮虎，便成了梁山上最占便宜的一个。王矮虎
是《水浒传》男人中的一个特例，扈三娘则是《水浒传》女人中的一
个特例。从这个意义上讲，他们倒正好是一对。

在梁山上，贯彻"不好色"原则最为坚决彻底的，是李逵。关于
这一点，可以从李逵对宋江的态度看出。

就私人关系而言，李逵和宋江的感情最好。宋江说李逵，道是
"他与我身上情分最重"；李逵说宋江，道是"我梦里也不敢骂他！他
要杀我时，便由他杀了罢"。这种关系，梁山上人人皆知。所以，时迁
和李逵一起去曾头市讲和时，便对曾长官说："李逵虽然粗卤，却是俺
宋公明哥哥心腹之人，特使他来，休得疑惑。"而曾长官也因此果然
不疑。也所以，宋江虽因李逵一再捣乱，三番五次要杀他，却终于未
杀。李逵虽然对于宋江的投降路线一百个不满、一千个不情愿，却仍
跟着宋江去投了降。甚至到最后，宋江为了自己"一世清名"，要毒死
李逵时，李逵也只是说："罢，罢，罢！生时服侍哥哥，死了也只是哥
哥部下一个小鬼！"两人关系之密切，情义之深，可见一斑。

然而，恰恰正是这个甘愿由宋江剐杀的李逵，却有一次当真要杀
宋江。其原因，则是听信了谣言，以为宋江抢了山下刘太公的女儿。
这在李逵看来，是比写反诗或者投降朝廷都要严重得多的问题。写了
反诗，无非是去做匪；受了招安，无非是去做官。官也好，匪也好，都
还是人。倘若抢了民女，那就是畜生。所以李逵见了宋江，先是"气
做一团"，说不出话来。等燕青说完备细，便开口大骂："我闲常把你做

好汉，你原来却是畜生！"以李逵之敬重宋江，爱戴宋江，如果不是气愤到了极点，是骂不出这话的。

不能把李逵的这一气愤，简单地理解为同情弱者或打抱不平。实在地讲，李逵不同于鲁智深，其实并不同情弱者，闲常也不爱打抱不平。你看他在江州劫法场时，滥杀了多少无辜？应该说一两个弱女子的死活，他是不会放在眼里、挂在心上的。

他真正关心的，其实是他敬重、爱戴、值得为之一死的宋公明哥哥，到底是否果真不好色？而恰恰在这一点上，他有怀疑，有担忧，曾经在心里打过折扣，这才一触即发："我当初敬你是个不贪色欲的好汉，你原来是酒色之徒。"可以说正是这失望，或者说，正是这怀疑之被验证，才使李逵有上当受骗之感，而愤怒也才达到极点。于是，悲愤至极之时，长期埋在心底的、对宋江在女色问题上的不满也随之脱口而出："杀了阎婆惜，便是小样；去东京养李师师，便是大样。"表面上是以此证明谣言可信，实际上则不过是在发泄自己早已有之的看不惯。

显然，这场纠纷，对于宋江和李逵之间的关系，无疑是一件好事。因为最后事实证明了宋江并未抢掠刘太公的女儿，也就证明了宋江并不好色。而且李逵对宋江的私下怀疑，对于他娶阎婆惜、养李师师等有好色嫌疑的种种不满，作为一种被压抑到心理深层的东西，也因终于说出而得到了宣泄。从此，李逵便将没有任何心理负担地跟着宋江走到底，为宋江出生入死，赴汤蹈火，乃至跟着宋江去投降。

然而，也许任何人（包括李逵自己）都不会想到，李逵的内心深处，并未果真因此而变得轻松起来。相反，"替人夺回女儿"一事并未了结，反倒成了李逵心理深层的一个情结。

这个情结终于在第九十三回变成了李逵的一个梦。在这个梦里，李逵梦见的都是他"梦寐以求的事情"：受天子嘉奖，杀四大奸臣，见到自己死去的老娘等等，而这一连串的梦又是由这样一个梦开头——李逵闯进一家庄院，正碰见十几个强人要抢别人的女儿，于是李逵便把这十几个强人一连七八斧砍翻在地，救了那一家三口。这也没有什么稀奇，因为这种好事，李逵先前也曾做过，比如帮刘太公夺回女儿等等。如果其梦到此为止，也不过只是一种"英雄回忆往事"罢了。蹊跷的是，在这场梦中，却出现了现实生活中从未出现的结局——那被救女子的母亲，竟然要把自己的女儿，亦即那个被救者嫁给李逵。这可真是闻所未闻，想也不敢想的事，所以连梦中的李逵，也被吓了一大跳，触了电似的跳起来叫道："这样腌臜歪货！却才可是我要谋你的女儿，杀了这几个撮鸟？快夹了鸟嘴，不要放那鸟屁！"说完，便逃出门去。

这个梦实在是《水浒传》中难得的真实的一笔，因为它真实地告诉我们，在以李逵为代表的"无性英雄"心中，其实还是有性的。只要是生理正常的人都有性的要求和冲动，没有才不正常，才是变态。所以，不论是现实生活中被救之女出于感恩或是仰慕，要嫁给李逵，还是李逵梦见了这种事，都很正常。李逵梦见这事，说明他自己内心深处，多少有点希望能有这样的事出现。而且，按照常规、常理、常情，这种事也应该出现，或者说不该不出现。然而，生活中又不曾出现过这样的事，所以李逵就会做这样的梦。但是，另一方面，作为"不贪女色，不图报答"的好汉，他又绝不能接受这种把被救女子纳为妻室的安排，哪怕他们两人果真一见钟情也不行。这两方面的要求或冲动是那样地强烈，连李逵自己也吓了一跳，只好夺路而逃，并在梦中继续去杀人。看来，像李逵这样压抑了性需求的所谓英雄好汉，最终都将只能变成一架机器：或者是杀人放火的机器，或者是喝酒吃肉的机器，至多也不过是做好事的机器。

　　也许，像李逵这样嫉色如仇或嫉性如仇的人只是少数，但江湖好汉大多不看重女色，却也是事实。他们或者根本不去想它，或者根本不把它当回事，总之是看得很淡。他们也许会说笑调情（如武松），也许很风流倜傥（如燕青），但都不会动真格的。武松在十字坡说"风话"，那是为了骗孙二娘下手；燕青在东京城弄"风情"，也只是为了引李师师上钩。燕青曾对戴宗说："丈夫处世，若为酒色而忘其本，此与禽兽何异？"所以他虽搬到李师师家去住，李师师也有意于他，却也终于井水不犯河水，让李师师白盼了一场。

　　英雄好汉们的"拒色"，其原因也许是相当复杂的。比方说，认为"色欲伤身"，近女色会妨碍练武，或者因为江湖上风险太大，而女人只会添乱、坏事等。但有两种观念，无疑也产生了重要的影响。

　　一种观念是"英雄气短，儿女情长"。这句话可以作三种理解：一种理解是，英雄气总是很短的，儿女情才能长久；一种理解是，英雄气短不要紧，反正还有儿女情长；还有一种理解是，英雄气短者，多因儿女情长。江湖上的好汉们，显然取最后一种理解。

　　这大概是基于历史的教训，因为历史上那些儿女情长的英雄们，差不多也都是英雄气短的。他们或者是失败的英雄（如项羽），或者是短命的英雄（如周瑜），或者是成问题的英雄（如吕布）。这些人，无一例外地都有女人疼，有女人爱，甚至有女人为之献身。而且，这些女人还都是大美人，如项羽的虞姬、周瑜的小乔、吕布的貂蝉。然而，这些美人并没有给他们带来好运气，反倒给他们惹来大麻烦。小乔给周瑜也给整个江东引来了刀兵之祸，因为据说曹操引兵南下攻打东吴的动机，是要掳去江东二乔，藏娇于铜雀台上，而周瑜也就在这场战争中短命身亡；貂蝉害得吕布身败名裂，作为专杀义父的不义小人，而永远被钉在历史的耻辱柱上，最后又因此而被杀身亡；虞姬则在项羽兵败垓下时成为累赘和负担——"虞兮虞兮奈若何"，多少影响了项王的斗志和谋略吧？最后只好自刎于乌江。这几位，都儿女情长，结果也都英雄气短。那么，中国的好汉们，要想保证自己"英雄气长"，便只好反其道而行之，做到"儿女情短"。

可惜，儿女情这玩意儿，寻常是短不了的。一旦粘上，便难免缠绵。于是，中国的英雄们，又只好矫枉过正，干脆割断儿女情，不去沾女人的边儿。

第二种观念是"好汉不好色，好色非好汉"。这是前一种观念顺理成章的结论。因为中国的英雄好汉们既然已下决心割断和告别儿女之情，那么，不割舍此情的便不再是英雄，而只是狗熊和孬种。甚至，再进一步，还多半可能是流氓和歹徒。

道理也很简单，因为英雄和别的什么事物一样，也要有自己的对立面，并因这对立面的存在而存在。世上之所以有英雄好汉，是因为世上有坏蛋孬种。英雄好汉身上有的，必是坏蛋孬种身上没有的；英雄好汉身上没有的，则又必是坏蛋孬种身上有的。英雄好汉们既然"于女色上不十分要紧"，则坏蛋孬种们必十分好色；英雄好汉们既然"为女色的手段却不会"，则坏蛋孬种们必精于此道。

事实上，在中国古代文艺作品中，那些心中想着女人，能在女人面前充分展示男性的性特征和性魅力的人，那些有性欲、有性感、有性能力和性技巧的人，那些精于女色手段、房中技巧、性爱艺术的人，不是败类便是匪类，不是奸人便是小人，不是讼棍便是恶棍，不是文痞便是地痞，比如张文远、西门庆、裴如海之流。西门庆之流是流氓恶棍，这没有问题。西门庆之流死有余辜，也没有问题。问题在于，为什么偏是西门庆这样死有余辜的流氓恶棍，才具有性魅力而让女人烘动春心，才具有性能力而让女人大得快感呢？

这无疑牵涉到中国文化对性、爱情、婚姻、家庭等一系列问题的看法，只能在以后慢慢细说。要说的只是，把性作为一种专利让给坏蛋孬种、流氓恶棍，其实不是一件好事。对于那些坏家伙来说，实在让他们太占便宜；对于好汉们而言，又未免得不偿失。因为依照辩证法，矛盾对立的双方，都只有当对方存在时，自身才存在。世界上如果没有了女人，也就没有男人了。所以，心中没有男人的女人不是好女人，心中没有女人的男人也不是好男人。好汉们为了当英雄，结果却丢掉了（或部分地丢掉了）男人的身份，是合算呢，还是不合算呢？甚至连带中国的女人，也只好自认倒霉，死了那份爱慕英雄之心。中国的女人既然无英雄可爱，那么没奈何，便只好去爱"病人""蠢人"或所谓"老实人"，比如呆头呆脑的董永、傻里傻气的许仙和多愁多病的张生——如果她们不想委身于西门庆之流的话。

这可真是悲莫大焉！

忠臣孝子

除了李逵一类的江湖好汉几乎无一例外地嫉色如仇或嫉性如仇，忠臣孝子一类的"正派人物"，也差不多一样地不好色或无性欲，甚至无爱情。比如诸葛亮就没有什么爱情故事（他的太太则叫"阿丑"），关羽、张飞也没有，甚至连潇洒英俊的赵云也没有。赵云和周瑜一样，都是少年英俊将军，但赵云既然是真英雄，身边就不能有一个小乔，结果周瑜短命，赵云善终。至于刘备，虽然讨过好几回老婆，但那是为了"汉祚延绵"，是政治任务，何况刘备本人也并不把老婆当回事，还说过"兄弟如手足，妻子如衣服"之类的混账话，所以仍然可以算作是英雄。

这类"忠臣孝子"或"乱世英雄"，便是本书要说的第三类角色。他们当中相当多一部分，无妨称之为"无骨的男人"。

如果说第一类形象多半是"奶油小生"，第二类多半是"花脸净角"，那么，这第三类形象在舞台上便多半是"须生老生"。这类人脸不白，皮不嫩，说话没有奶味，有的声如洪钟，底气颇足，有的还会弄几下枪棒（比如刘备就曾在战场上和关羽、张飞一起战过吕布，宋江也在孔太公庄上教过徒弟），照理说应该像个男人。更重要的是，他们从事的，也都是"男人的事业"：或出将入相，安邦治国；或为官为宦，立政安民；或日耕夜读，修身齐家；或驰骋天下，逐鹿中原。即便玩弄权术，觊觎国宝者，要干的，也是爷们的勾当。

说起来，这一类男性形象，原本应该是颇有希望，可以看好的。因为他们既不像小白脸们那样地无用，又不至于像黑旋风们那样地无情，照理说应该成为英雄气不短，儿女情也颇长的理想人物。然而遗憾得很，这类人物的麻烦更大，因为既相当无性化，又相当女性化。不同之处仅在于：第一类男人的女性化是彻里彻外的，外貌、言行、性格、心理，都像女人；这一类男人则只是内心世界女性化，不认真分析，还看不出来。

证据之一，便是他们大多好哭。

在这方面，刘备算是最典型的一个。他文韬不如孔明，武艺不如关张，唯一的本事就是会哭。"潸然泪下""涕泪横流"是他的拿手好戏，"放声大哭""泣不成声"是他的惯用伎俩。他借了东吴的荆州不还，鲁肃一来讨，他就哭，哭得鲁肃心里酸酸的，再也开不得口。这虽然是诸葛亮的"阴谋诡计"，但此计能够奏效，也是看准了两点：一是刘备会哭，二是鲁肃怕哭。一个有女人本事，一个是妇人心肠，都够女人气的。

历史上会哭的男人，当然绝不止于刘备一个。事实上，几乎所有的忠臣孝子，都会哭，而且都必须会哭。他们写给皇帝的奏折、表章中，常有"临表涕泣"或"感恩涕零"之类的话，而在朝堂之上当众哭将出来的事，也不少见。这些人，在自己家里，或自己的衙门、营帐里，也许十分威严，相当的男性化，但一到皇上面前，便立马变成了女人。尤其是，如果受到了皇上的嘉奖或恩典，更是非哭不可，否则便是奸臣。

事实上，这些人往往从小就被施以哭的教育，并被告知：哭，乃是一种非常正当的手段。司马光的《家范》中就有这样的话："父母有过，谏而不逆"，"三谏而不听则号泣而随之"。什么意思呢？就是说，父母有了过失，或者做出了错误的决定，就要劝谏。劝一遍不听，劝第二遍；还不听，就劝第三回。连劝三遍都不听，怎么办呢？那就哭！这岂不是公开教唆以哭为手段吗？

所以，中国的忠臣孝子或正人君子，几乎没有不会哭、不爱哭的。因为非哭不足以证明其忠，非哭不足以证明其正。尤其是当父亲过世、皇上驾崩之时不但要哭，而且要哭得昏天黑地爬不起来，叫作"苦次昏"。结果，慢慢地，哭，就成了他们一种习惯性的行为。

与之相对应，一部中国文学史，差不多就是一部痛哭流涕史。从"长太息以掩涕兮"始，到曾经风靡一时的台湾言情小说，眼泪都是其中常见之物。什么"泪眼问花花不语"啦，什么"泪珠不用罗巾裳"啦，什么"遗民泪尽胡尘里"啦，什么"初闻涕泪满衣裳"啦，不一而足。痛哭流涕者，有女人，也不乏男人。

最有豪气的说法，也不过只是"丈夫不作儿女别，临歧涕泪沾衣巾"。直到后来，各个方面强调硬汉形象，才总算不大哭了。

当然，我们并不一般地反对哭，也并不认为一个男人就哭不得，但毕竟"男儿有泪不轻弹"，一个男人，如果动不动就泪流满面、泣不成声，便不免有些女人气了。

证据之二，便是他们大多"善跪"。

与"哭功"一样，"跪功"也是这类人物的基本功，是他们从小就训练惯了的。不但见了父母、长官、皇帝要下跪，便是见了朋友、敌人，甚至俘虏，有时也下跪。宋江就曾多次跪拜自己的俘虏，从清风山跪拜秦明始，到后来活捉了高太尉，都一律是"扑翻身子，纳头便拜"。但秦明、呼延灼、关胜等人，"本是天罡星之数，自然凑合"。宋江的跪拜，只显得"义气深重"，大家没有话说。但一百零八人聚齐以后，宋江抓住了官军将领，也如法炮制，就说不过去。因此梁山好汉，也有私下里杀俘的事。可见到后来，好汉们也觉得宋江动不动就"躬身下拜"，未免窝囊。

当然，跪拜原本是中国人的礼节，和当今的鞠躬握手一样，所以不能一律看作没出息的表现。比如武松等人见了宋江"纳头便拜"，就只是仰慕敬重恭敬谦虚，并不失英雄身份。没出息的只有两种：一种是跪在女人面前，大叫"娘子恕小生则个"，或"娘子可怜见小生"。比方说《西厢记》中的张生，便是又跪小姐又跪红娘，前前后后跪了好几回。不过前已说过，这类人物，原本是女性化的，他们的膝盖发软，也就不足为奇。问题在于即便是西门庆这样的恶棍，多少会几下拳脚的，也跪女人。当潘金莲问他"你真个要勾搭我"时，西门庆便跪下道："只是娘子作成小生。"结果，"那妇人便把西门庆搂将起来"，可见女人还真吃这一套。所以，中国那些怕老婆的男人，就有一个雅号，叫"床头柜（跪）"。另一种是为了达到自己的某种目的，跪倒在男人的面前，并扬言对方如不答应，就绝不起身。这实在本应只是女人才使用的要挟手段，可惜往往成了中国古代男人的专利，不但忠臣孝子一类的人物频频使用，个别情况下，江湖好汉也要用一用的，比如宋江就是。这种又哭，又跪，又趴在地上不起来的做法，与张生一类人物其实并无两样。不同之处仅在于：张生、许仙等人是跪在女人面前，向着女人哭诉；刘备、宋江等人则是跪在男人面前，向着男人哀求。跪在女人面前，固然掉价，显得不像男人，但跪在男人面前，岂不更像女人？可惜大家好像又不觉得。

事实上，中国古代男人的软骨病，便多半是这种哭功和跪功培养出来的。试想，一个从小就会哭会跪，动不动就跪在地上哭哭啼啼的人，怎么能挺起胸膛去做人？又怎么能做到不怨天，不尤人，不失志，不屈节，顶天立地，敢作敢为？不要说当什么英雄好汉，便是要被称为"成年男子"，只怕都成问题。因为这种用跪倒尘埃、泪流满面、赖在地上不起来的方式，来感动或要挟对方的做法，如果要给一个最高的评价，大约也只好叫作"撒娇"。那么，谁最有资格撒娇呢？大概只有女人和孩子吧！

中国古代的男人既然都多少有点像女人，或者多少有点像孩子，那么，他们当然也就可以让自己不必有太多的责任心或责任感。认真说来，责任心和责任感，才是一个男人最重要的品质。西方的男人也向女人下跪，和武松们向宋江下跪一样，为了表示敬重和崇拜，但只在求爱时。一旦获取了芳心，便会义无反顾地承担起保卫女人的责任，不惜为之出生入死、赴汤蹈火，谓之"骑士风度"。

一般地说，古代传统社会中的中国的男人可没有这种风度。他们往往只有"大老爷们作风"或"奶油小生德行"，甚至"流氓无赖行径"。就拿男女二人私通这件事来说，一开始时，往往是男的主动。或吟风诵月，或挤眉弄眼，或说风话挑逗，或用重金收买，或者"跪倒尘埃"，哀求"娘子救小人一命"，总之是大献殷勤，极尽媚态，十分下作。可是，一旦东窗事发，要出事了，却又吓得龟孙子似的，一点主张也没有，半分责任都不敢负，不是躲在床下，便是跳窗而逃，任由那女的去承受一切。

这样的例子，实在多得很。比如《红楼梦》里迎春的丫环司棋，与表弟潘又安只不过是青梅竹马，旧情难忘，在园子里私下约会了一次，说了些海誓山盟的话，留了些传情表意的信物，其实并未"私通"，也未"事发"，仅仅是被鸳鸯撞见了，而鸳鸯又既不曾也不会告诉别人，便把潘又安吓了个魂飞魄散，连招呼也不和司棋打一个，就先一个人逃得无影无踪，害得司棋"又急又气又伤心"。最后事发，也仍是司棋一人顶罪，一人受罚。按说这种事，正如司棋所说"纵然闹出来，也该死在一处"的，然而那男的竟一个人先逃之夭夭了。我们固然可以体谅他的难处：一个小厮，扛不住贾府家法，不可能不害怕。但，司棋也不过是一个丫环，就扛得住贾府家法吗？潘又安倘不逃走，虽然于事无补，但至少司棋心里要好过些。然而终于是逃走了，难怪司棋要怨道："真真男人没情意，先就走了。"

其实，不要说是潘又安这个小厮，便是西门庆那个恶棍，在武大郎来捉奸时，第一个反应也只是"钻入床底下躲去"，却让潘金莲去顶门。生活中甚至有这样的事：来捉奸的不是女人的亲夫，而是别的什么流氓或闲汉，起了歹心，要和奸夫做一笔"交易"，那奸夫多半也会同意，或默许，或自顾自逃走，任由自己的情妇被强奸或轮奸。这就不但没骨气，不像男人，简直连畜生也不如了。

所谓忠臣孝子或正人君子一流的人物，当然不会有这等下贱行为，因为他们多半不通奸，也就无奸可捉。但在危难之时，他们同样是既不承担保护女人的责任，也完全没有保护女人的能力。当国难或家难临头时，比方说，府邸、城池、国都被匪人或敌兵包围，眼看抵挡不住时，他们的第一反应，也往往是先逼自己的妻妾和女儿自尽，甚或亲手杀了她们，然后再自尽，或逃亡，或投降做俘虏。可见，中国的男人，实在是靠不住。比较靠得住的，只是侠客和江湖好汉。但可惜，侠客和好汉们往往又不爱女人。

没法子，中国的女人，便只好自己保护自己，自己搭救自己。不过她们的办法，亦不过"拼命"而已。或者以自尽相威胁，或者果真一死了之，总之是只有死路一条。难怪中国古代的"烈女"会如此之多。

中国的女人不能指望男人，中国的男人却往往要指望女人。比方说，仗打败了，便叫女人去和亲；国家亡了，就拿女人来顶罪。殷是妲己弄亡的，周是褒姒弄亡的，安史之乱是杨贵妃引起的，八国联军则是慈禧太后惹来的。总之都是女人的责任，男人一点过错也没有。

这就不仅是对自己的爱情、婚姻和家庭不负责任，而且是对自己的民族、国家和历史不负责任了。这种不负责任，比始乱终弃或逃之夭夭的流氓行径还要有过之而无不及，并且更加没有道理。因为一男一女偷情做爱，毕竟还是两个人都该负责的事，而国家的政治军事大权，可一直是掌握在男人手里的。女人即便要破坏，要捣乱，又有多大能力呢？又有多少可能呢？正所谓"君王城上竖降旗，妾在深宫那得知"。被剥夺了参政议政权利的女人，如何能对天下兴亡、国家成败负责？即便清末的事，也不该慈禧一个人负责，因为当时腐败无能的，是整个清政府，并不只是哪一个人。然而整个清政府，除慈禧外，又都是男人。

甚至还可以退一万步说，即便责任是慈禧一个人的，那么，满朝文武，凤子龙孙，成百上千的男人，都拗不过一个女人，不也挺窝囊的吗？

更窝囊的是，中国的男人，不但往往难以负起保护女人的责任，而且有时还要把保家卫国的责任也都一股脑儿地推给女人。什么"穆桂英挂帅""佘太君挂帅""十二寡妇征西"，全是打男人耳光的好戏。

不可将"杨门女将"与"木兰从军"相提并论，以为那都是"歌颂了中国妇女的爱国主义和英雄主义精神"。木兰从军是女扮男装。一同上阵厮杀的，仍都是男人。杨门女将给人的感觉，却似乎是男人都死光了，非寡妇出征不可。

事实上，在国难当头、兵临城下之际，男人不如女人的事，也不止一件两件。比如《红楼梦》第七十八回讲到的林四娘一事便是。林四娘是恒王身边的一个美女，恒王战死后，"城内，文武官员，各各皆谓：'王尚不胜，你我何为？'遂将有献城之举"。反倒是"叱咤时闻口舌香，霜矛雪剑娇难举"的林四娘，率女兵出城，与敌决一死战。所以宝玉的词便愤而叹曰："何事文武立朝纲，不及闺中林四娘？"这是问得极好、极沉痛，也极有深意的一句，可惜贾政之流并未听懂。

当然，"穆桂英挂帅"也好，"林四娘杀敌"也好，都只是个别的特例，但它们反映出来的文化心理却值得深思。这么多年过去了，有几个人曾像宝玉那样做过反省，问过"何事文武立朝纲，不及闺中林四娘"的问题呢？几乎没有。多数的男人，不是像贾政那样，把这些故事当作风流韵事来品评和赏玩，便是愣往上面乱贴"爱国主义"的标签，以此来掩盖文化的悲剧，这才真是令人为之扼腕的事。

事实上，从原始时代起，男人和女人，对于自己家族、氏族和民族的存亡继绝，就有不同的分工和责任。女人的任务，主要是生儿育女，保证族类生命的延续；男人的任务，则主要是猎取食物和保卫部落，保证族类的现实存活。可见，保家卫国，从来就是男人义不容辞的责任，而女人至多只是做一些辅助工作，绝没有挑大梁的道理。如果战端一开，竟是女人主战，男人主和，或者女人上阵，男人投降，那么最终的结果，大约也就只能是女人被辱，男人哭脸而已。"最是仓皇辞庙日，教坊犹奏别离歌，垂泪对宫娥。"这时的男人，连哭也只能对着女人哭了。

这样的男人，哪里还像男人？

这就难怪中国戏曲舞台上的那些男人都一个个那么窝囊，那些女人都一个个那么贤能，而这些颠倒阴阳的戏又居然能颠倒众生。道理很简单：那些平时充当男人保护者的女人，在这里看到了自己的影子；那些平时受尽欺凌的女子，在这里看到了自己的希望；而那些不像男人的男人，则看到了自己角色错位的合理性，当然大家一起来叫好。但，这果真很好吗？

大老粗与小白脸

白面书生、江湖好汉、忠臣孝子，以上三类，大体上就是中国古代文艺作品中男性"正面形象"的主要类型。千百年来，这三类形象不断地在书本中被表彰，在舞台上被扮演，在民众中被传说，久而久之，便几乎成了中国男性的典型代表。

这实在是一件令人遗憾的事情。

幸而事实并非如此。比方说，占中国人口大多数的农民，他们就代表不了。另外，生活中的文人、好汉、臣子，大约也未必就是书本中和舞台上那个样子。也就是说，他们是被"说成"无性化和女性化的。

然而，问题的要害也许恰恰正在这里：明明其实很男人的男人，为什么一到了书本中和舞台上，便要被说成"不像男人"呢？为什么读者和观众看了以后，并不觉得有什么不妥，反倒颇为欣赏呢？为什么千百年来人们这么说，这么演，这么看，却并无一人提出异议呢？这就只有一个结论：中国传统文化其实是倾向于赞同和欣赏，至少也是不反对男人的无性化和女性化的。

要弄清这里面的奥秘和缘由，无疑是一件太费商量的事情。但可以肯定，它与文化的特质有关。中国文化大体上是一种农业民族的文化。农业较之畜牧业，缺少明显的性特征，而农业民族也不像游牧民族或狩猎民族那样，需要男性的攻击和冒险，毋宁说更多的还是需要女性的忍耐和精细。春播秋收有如女人的十月怀胎，精耕细作有如女人的纺织缝纫，农业民族的文化性格是很容易倾向于无性化和女性化的。

长达数千年之久的专制制度，则可能是另一个原因。我们知道，这种制度的一个特点，就是最终只承认一个人是男人。这个人就是皇帝。皇帝"乾纲独断"，是绝对的和唯一的阳刚。其他人则必须阴柔，在把皇帝"君父化"的同时将自己"臣妾化"。然而，当乾纲独断的皇帝把天下臣民都女性化了时，他自己是否还能保住男性特征，其实也成了一个问题。清工朝最后三位皇帝连儿子都生不出一个，便是证明。

与上述经济基础和上层建筑相对应的意识形态，也是无性化和女性化的。道家和佛家的阴柔特征，已有不少学者说过。儒家虽然标榜"刚柔相济"，其实相当无性化。所以，讲忠义的江湖好汉无性化，爱逍遥的白面书生女性化，而"达则兼济天下，穷则独善其身"的忠臣孝子们，则介乎无性与女性之间。

这种文化传统的现代版，就是所谓的"大老粗"和"小白脸"。

似乎很难给"大老粗"和"小白脸"下一个确切的定义。实际上，它们的文化内涵要远远超过其字面意义。"大老粗"其实并非又老又粗，"小白脸"也不仅仅是皮肤白嫩、面目姣好。准确地说，这两个词代表的乃是两种不同的文化类型和文化倾向，其中既有传统因素，又有时代特征；既有地域色彩，又有政治缘由，很值得我们细细咀嚼一番。

一般说来，"大老粗"的本义，是指"粗俗而不文雅"。所以它原本是一个带有贬义的词汇，有时也被用来作谦词。但实际上，从20世纪50年代到70年代，人们的自称"大老粗"，早已从谦虚变成了炫耀。并不是所有的人都有资格自称"大老粗"。有资格的，主要是战争年代和新中国成立初期革命队伍中的男性成员。他们或者有根红苗正的出身，或者有久经考验的履历，或者有当家作主的豪气，因此有资格把一个原本带有贬义的词改造为褒义，而一个不具备上述资格的人，比方说，一个小资产阶级出身的知识分子，又从未参加过革命斗争，如果也来自称"大老粗"，则显然是自不量力，只会引起人们的哄笑。

革命队伍中为什么有人要自称"大老粗"呢？从最表层的原因看，显然因为这支队伍的主要成分是工人农民和革命军人。工农兵在旧社会，是曾经被所谓"上流社会"视为"大老粗"的。在旧社会，工农兵是被剥削被压迫的阶级，并因为受剥削受压迫而失去获得文化知识的机会。在这时，"上流社会"称他们为"大老粗"，无疑带有一种鄙视的意味。但是，现在社会天翻地覆了，被剥削被压迫被鄙视的当家做了主人，而原先高高在上的则被打翻在地，这就很自然地会使"大老粗"一词也同时翻身由贬义而变为褒义。当然，更重要的原因，也许还在于这一伟大的社会变革，主要不是靠书本知识和文化修养来实现的。相反，从清王朝、北洋军阀到国民党政权，旧营垒旧政权的文化程度也许较高，却都不堪一击。这就难免给人一种印象：过去那种评价体系看来并不正确，而当一个"大老粗"也并没有什么不好，甚至反倒更加光荣。

但，这还不是最重要的。

实际上，"大老粗"这个词的盛行一时，表现出的乃是一种新的文化取向。

这种新文化取向无疑是针对旧文化的，而旧制度在革命前夕表现出来的文化情调则正是一种柔弱、绵软、香糯、甜腻的萎靡之风。这种风气在中唐以后便已开始形成气候，以后甚至成了一种不可救药的文化氛围。其间虽然有蒙满两个民族两次铁马金戈南下冲击，却仍不能挽狂澜于既倒。反倒是努尔哈赤的子孙们，差不多一个个都由骁勇剽悍的骑兵猎手，变成了肩不能挑手不能提只会喝茶遛鸟的八旗子弟。最后，列祖列宗打下的江山，不得不交到一个女人手上，而向以英勇善战著称的绿营兵勇则成了不堪一击的银样镴枪头。这个教训无疑是深刻的。

可见，即便从拯救民族危亡、保卫革命成果的角度讲，新中国的建设者和领导者们也必须致力于开创一种富于阳刚之气的文化。要做到这一点，对于他们来说并不困难。因为新政权的建立者们原本就是一些具有阳刚之气的人。没有这种气质，根本就不可能参加革命，即便参加了也会叛变，更何况他们的革命生涯中又充满了血与火的洗礼！与之相对应，革命文化的气质也是阳刚的。革命是暴动，是一个阶级推翻另一个阶级的暴力行动，哪里能够文质彬彬、从容不迫、温良恭俭让？所以，当革命者们终于掌握了国家政权时，阳刚文化也就理所当然地成了主流文化。

其实，只要比较一下1949年后中国大陆的文化和港台文化，就不难看出两者之间在文化特质和文化情调上的明显差异：前者是阳刚的，后者是阴柔的。就拿新闻传媒的情况来说：大陆报刊社论总是写得大气磅礴，义正词严，刚劲十足，而港台报刊的政论则往往小里小气甚至女里女气；中央人民广播电台播音员一个个嗓音醇厚洪亮，语气庄严肃穆，中气十足，先声夺人，而港台广播则给人一种娇声嗲气的感觉。在20世纪80年代以前，后者曾经是大陆人民嘲笑的对象。当然，"阳刚气"并不等于"大老粗"，但"大老粗"比"小白脸"阳刚，则也是一个事实。这样，当一种刚柔相济、文武兼备的新形象尚未建立，只有"大老粗"和"小白脸"两种模式可供选择时，人们倾心了"大老粗"，也就没有什么可奇怪的了。

其实，当人们以"大老粗"相标榜时，他们实际上已赋予这一名词以新的内涵。

汉语言文字的一个特点，就是多义。"粗"这个字也不例外。它既有粗俗、粗鄙、粗野、粗鲁、粗糙、粗暴、粗劣等义，也有粗犷、粗豪、粗壮、粗中有细等义。当人们视"大老粗"为贬义时，是取前义；而视"大老粗"为褒义时，则是取后义。

因此，当人们以"大老粗"相标榜时，其含义便意味着刚健、朴实、粗犷、豪爽。这里面无疑既有革命文化和军旅文化的特征，又有北方文化和农村文化的色彩，是一种在北方农村文化土壤上生成的革命军事文化形象。这也是很自然的。中国共产党领导的革命，系由武装斗争夺取胜利。其战略是"农村包围城市"，其根据地则主要在北方农村。中国北方原本有任侠尚武的传统，农村文化原本就比较厚重朴实。这两种文化传统与革命战争的需求可以说是一拍即合，一种新的文化类型也就必然应运而生。

不可否认，这种新的文化类型确实给走向穷途末路的中国文化注入了新的生命活力，直到现在也还没有完全失去其文化魅力。但是，北方文化的传统中毕竟历来就有一种无性化倾向，而革命军事生涯也确实顾不上侈谈爱情，更容不得卿卿我我。战争，甚至是必须让女人走开的事情，哪里还能讲什么花前月下，钟情怀春？所以，这种新文化类型也不可避免地具有无性化特征。80年代以前中国大陆文艺作品中的正面形象和英雄形象，差不多都是不谈爱情、没有恋人，甚至没有配偶的，更遑论以其爱情故事为主线了。也许，只有《柳堡的故事》和《冰山上的来客》是例外，但这两部电影后来都受到激烈的批判，被禁止上映。而《林海雪原》中少剑波与白茹的恋爱，则在改编为《智取威虎山》时删去。《红色娘子军》中吴清华（吴琼花）原来据说与党代表有过那么一点意思，后来也被修改得一点意思也没有了。到了70年代，大陆文艺舞台上已不知爱情为何物，男女主角（李玉和、杨子荣、郭建光、方海珍等）一律无性化，人与人之间好像只是"同志关系"（或"敌我关系"），而不存在男女关系。

与之相对应，社会生活中人与人之间的关系也都一律无性化，不是"同志"，便是"师傅"。夫妻叫"爱人"，恋人叫"朋友"，全是没有性别差异的。从动机上讲，这大约是要提倡新社会男女之间的平等，但平等倒是平等，却也无性。

当"大老粗"以其刚健、朴实、粗犷、豪爽而一新中国的文化氛围时，柔弱、绵软、香糯、甜腻的男性形象——"小白脸"显然是吃不开了，他们往往只能被当作嘲笑或改造的对象而出现在革命文艺作品中。但，这并不意味着小白脸们在现实生活中也已经销声匿迹。事实上，小白脸的形成，也有历史与现实、地域与政治等多方面的原因。

"小白脸"好像是一句上海话，或者是流行于江浙一带的词语，主要指那些皮肤白皙、面目姣好、温柔多情、小巧细腻，类似于越剧小生的男性青年，北方人则鄙夷地称之为"奶油小生"。不难看出，与"大老粗"代表着一种北方的、农村的、军旅的和革命的文化不同，"小白脸"则似乎代表着一种南方的、都市的、市民的和世俗的文化。这种文化有着自己的审美观，那就是爱清洁、讲卫生、尚修饰、重衣冠，注意文明礼貌和文化修养。所以，这种文化熏陶出来的男子，大都皮肉细嫩，眉目清秀，头发整齐，下巴光洁，全身上下香喷喷的，说起话来轻声细语，温柔文雅，甚至娇声嗲气。所有这些，在北方的汉子们看来，就是"小白脸""娘娘腔"，甚至是"不像男人"。

这当然未免有些冤枉，但也不无道理。前些时，甚至连他们自己也觉得自己不像男人，便模仿北方汉子留起头发和胡子。但结果，正如杨东平的《城市季风》所说，却往往给人"不像"之感。这就未免尴尬。事实上，北方的汉子或"大老粗"们视江南的小生为不像男人，还不完全因为他们的相貌（小白脸）和语音（娘娘腔），更在于他们的不问政治和擅长家务。由于江南一带长期偏离政治中心，较少受到政治风浪的波及和革命战争的洗礼，加上现代化都市生活更加注重经济实惠，这个地区也确有远离政治过小日子的文化传统。我们并不认为只有从事政治军事斗争才是男人，也不认为家务只能女人做。但毕竟，政治总是"大事"，家务总是"小事"，而且是一种琐碎、平庸、不大摆得上桌面的事。一个男人，如果太会做家务，或迷恋做家务，把它当作一天当中甚至一生当中很重要的事来对待，便不免会变得婆婆妈妈起来。我们实在很难设想，一个一面摇着摇篮，一面打着毛衣，一面琐琐碎碎地唠叨着市场的菜价，或絮絮叨叨地翻弄着张家长李家短之类闲话的，竟会是一个男人。

于是，南方的、都市的、市民的和世俗的文化，较之北方的、农村的、军旅的和革命的文化，就未免有阴柔和小气之嫌。事实上，从"大老粗"和"小白脸"这两个称呼上，也不难看出它们的小大之别，而流行于上海等城市的"小来来""小弄弄""小乐惠"等词汇，似乎也不打自招地承认了自己不过只是会过小日子、耍小心眼、占小便宜和做小动作的小市民、小职员、小丈夫、小男人。这当然既不准确，也不正常。说它不准确，是因为江南一带在历史上，也同样出过大人物；说它不正常，则是因为现代化大都市，原本应该比小农经济的农村更有大手笔，岂有农村文化比都市文化更大气之理？

事实上，正如"大老粗"代表不了全体北方人或革命者，"小白脸"也代表不了全体南方人或市民们。这两个词，不过只是对两种文化类型的一种比较形象的说法，而且多少也掺杂了一些文化偏见。由于人只能是文化的存在物，一定的文化环境必然造就一定的文化心理，并形成一定的心理定式。所以，文化偏见也往往是难以避免的，甚至有时很难说谁是谁非。比方说，北方人的"大方"，在南方人眼里也许只能叫作"粗放"；而上海人的"精细"，在北京人看来没准就是"小气"。但是，我们也不能不承认，"大老粗"和"小白脸"，确乎一度是中国男性的两种典型形象。同样的，我们也不能不承认，无性化和女性化，是中国男性形象塑造中的两个不容回避的问题。而且，相比较而言，女性化的问题似乎又更严重一点。因为它会更容易使男人不像男人，或者只能造就贾宝玉那样长相和人品都像女孩儿似的男孩。这样的男孩没有经过风雨见过世面，对政治斗争和经济建设几乎一无所知，对开拓进取和建功立业也毫无兴趣，但对讨好女孩子却相当在行。宝玉曾这样教平儿化妆："这是上好的胭脂拧出汁子来，淘澄净了，配了花露蒸成的。只要细簪子挑一点儿，抹在唇上，足够了；用一点水化开，抹在手心里，就够拍脸的了。"这难道还不够女人气吗？当然，这也许只是一个极端的例子。但在现实生活中，在我们自己身边、周围，难道就没有贾宝玉式的"男小囡"和各式各样柔嫩甜嗲的"化妆品先生""菜篮子丈夫"吗？

于是，一个口号近几年来便在神州大地悄然响起，这就是："寻找男子汉。"

寻找男子汉

也许不能不承认，那几年"寻找男子汉"的结果，多少有点让人尴尬。

上海人首先表现出一种无奈何，他们苦笑着对自己的男同胞进行了自嘲。1991年，上海电视台的《海派丈夫变奏曲》，可以视为上海人"寻找男子汉"的答案："男子汉哪里有？大丈夫满街走。小李拎菜篮呀，老王买煤球；小张拿牛奶呀，老赵买酱油。妻子吼一吼呀，丈夫抖三抖！工资奖金全上交，残汤剩饭归己有；重活脏活一人干，任打任骂不还手。"这可真是令人哭笑不得。你们不是要寻找男子汉吗？对不起，没有！

幸亏，就在上海的男人们灰溜溜垂头丧气的时候，上海的女人们却对他们表示了支持。女作家王安忆公开坦言，对她的北方朋友大骂"提篮买菜讨价还价的小男人"不以为然。她指出，夫妻生活是很实在又很平凡的事情。"须男人到虎穴龙潭抢救女人的机会似乎很少，生活越来越被渺小的琐事充满。"所以"男人的责任如将只扮演成一个雄壮的男子汉，让负重的女人欣赏爱戴，那么，男人则是正式的堕落了"（《总是难忘》）。

王安忆的话是值得深思的，这其实也是我们将要讨论的一个问题：什么是真正的男子汉？真正男子汉的特征，绝不仅仅是高大的身材，宽厚的肩膀，棱角分明的面容和浑厚深沉的嗓音，或者满不在乎、一掷千金的"派"。一个男人，如果仅有这些表面阳刚的东西，却把生活中不可承受的一切都交给女人去负担，那才真是银样镴枪头，中看不中用。

何况上海的女人也确实应该负一些责任。正如杨东平在《城市季风》中所指出，上海男人的形象其实有一多半是上海的女人设计和塑造的，而她们在进行这种设计和塑造时，有不少人又总是企图按照小家碧玉的审美理想，以月份牌和裁剪书上那种光洁温柔、甜嗲香喷的男人为模式，把她们的丈夫打扮成"漂亮的大男孩"。她们既然喜欢这样的大男孩，那么上海的男人就有理由去继续当他的大男孩。因为要嫁给这些大男孩的，毕竟是上海的"嗲妹妹"，而不是对此嗤之以鼻的北方"假小子"。

再说，上海的男人又是多么的善解人意和会做家务，多么的体贴温柔和乖巧听话啊！所有这些，北方的"大老粗"有吗？

如果说，上海的男人在"寻找男子汉"的过程中表现了一种自嘲和无奈，那么，北京的男人们便多少有点做戏和造假。

的确，自古燕赵多悲歌，华北大平原上从来就不乏勇士、壮士和烈士。然而，今天的"北京男子汉"中，也有不少其实是冒牌货。他们或者模仿日本影星高仓健的不苟言笑玩深沉，或者模仿王朔小说中的人物油嘴滑舌耍无赖，再不然就是像江湖上卖大力丸的那样练把式。概括起来，无非粗、痞、狂、俗、侃五个字。

粗，包括外形的粗犷和言行的粗鄙。具体地说，就是"一米八的个儿，满脸络腮胡，牙缝里夹着韭菜叶，胳肢窝火臭"，或者"剃着光头或板寸，一身狂气或匪气，一开口：'操！'"为了这份"粗"，其中甚或有故意不洗澡或贴假胸毛的。

痞，主要指一种大大咧咧、吊儿郎当、满不在乎、玩世不恭的人生态度，以及故意亵渎神圣、挑衅传统的生活态度。他们甚至对自己的活法和事业也进行调侃和贬损，比方说"玩深沉""玩潇洒""玩电影""侃哲学""练一本辞典"等等。

狂，就是什么人都不放在眼里，什么事都不放在心上，什么出格的话都敢说，什么冒险的事都敢干。比方说，按照他们的逻辑，在某个豪华体面的场合故意不修边幅，不是"掉价"，而是"拔份儿"；又比方说，放肆地嘲笑和耍弄领导，在警察那里招惹是非，也不是"犯混"而是"像条汉子"。相反，胆小怕事的"松货"、不敢抗争的"软蛋"和优柔寡断的"面瓜"，都被视为没有男人味。

俗，主要是要扫除假正经的酸气，因此故意和"雅"作对。所以这个俗，不是市井小民的庸俗，而是江湖好汉的粗俗，是与大雅相对应的大俗，是一种"平民包装的贵族派头"。它不仅意味着可以骂粗话，更意味着用最通俗平常的词汇说出并不简单平庸的内容，既俗得可爱，又俗得高雅。当然，有此创造天分的不多，更多的只是跟着起哄，不过满嘴都是诸如"狂嗑""海聊""侃爷""傍家"之类的词儿，或者也跟着别人，在自己的圆领衫上印一行字："我们是害虫。"

侃，包括"侃山"和"调侃"。老话说："京油子，卫嘴子，保定府的狗腿子。"一个不会侃的男人，在北京是不大被当作男子汉看待的。不会侃的"没嘴葫芦"有似于上海的"阿木林"。不过上海人精在心里，北京人油在嘴上，连他们的谈情说爱也充满侃味。关于这些，杨东平的《城市季风》中多有描写，不妨参看。

把粗、痞、狂、俗、侃当作男子汉的一种标志，虽然未免多少有点反文化的味道，但其实有它的文化背景。前述江湖好汉或绿林英雄一类人物，便差不多都有粗、狂、俗等特征。比方说武松人高马大，史进一身花绣，李逵黑不溜秋，是粗；扬言"一对拳头专打天下硬汉""天王老子也不怕""便是当朝太尉来了也戳他几个透明的窟窿"，是狂；开口闭口"洒家""这厮""撮鸟""打甚么鸟紧"，是俗。不过他们一般不痞，也不侃。侃是北京的地方特色，痞则多少有些时代特征。

因此，这种设计便多少有了试图塑造"有中国特色"男子汉的意味。尽管设计者们未必自觉，也尽管这种设计未必成功，但较之一味崇拜高仓健、史泰龙、施瓦辛格和阿兰·德龙等洋影星而言，却似乎更值得肯定一些。因为这毕竟是试图从中国传统文化中寻找借鉴和原型，以便塑造咱们中国自己的男子汉形象。

然而，这种设计却又是大成问题的。首先，所谓江湖好汉或绿林英雄是否果真就是"中国男子汉"的标准类型，便值得商榷。江湖文化毕竟是一种亚文化、俗文化，它既无法代表中国文化的正宗，也无法代表中国文化的主流，何况它自身也有许多不良倾向。以此为原型、为基点、为榜样，先就不妥。

其次，即便这些英雄好汉果真就是中国古代男子汉的标准形象，一味地模仿也成不了什么大气候。如果自身缺乏足够的文化底蕴，那么，无论是学古英雄，还是学洋明星，学来学去，都只能学点皮毛。不是只学到了高仓健的不苟言笑，便是只学到了黑旋风的满嘴脏话，或者把阿兰·德龙的潇洒幽默变成了耍贫嘴，把浪子燕青的机智灵活变成了耍滑头。

事实上，这类"新型男子汉"对"传统男子汉"的仿效是相当表皮的，甚至连一些表面的东西也带有作伪嫌疑，比如贴假胸毛之类。这又与他们"玩人生"的态度有关。结果，深沉变成了"玩深沉"，潇洒变成了"玩潇洒"，豪爽、坚毅、刚强、侠义等等，也都不免带有"玩"的性质。玩，就是游戏，也就是假的。更何况还发明了痞和侃。原本就表皮的阳刚被痞气一冲，还有多少呢？不苟言笑的硬派小生结果被发现原来是侃爷，又有几分可信程度呢？

与北京男性的痞子化相对应，上海的男性则向着绅士化的方向发展。上海原本就有绅士传统。杨东平在《城市季风》中说："上海的知识男性，或者有教养的上海人，无论是店员、工人，总是衣冠楚楚、彬彬有礼，做事认真可靠，规则有序，具'绅士风度'。声名赫赫的文化名人，具有海派气质的，则华服革履，头发锃亮，一丝不苟，派头十足。"随着我国的对外开放，随着出国人员、留学人员、"三资"企业员工和白领阶层人数的增多，这一趋势的势头将有增无减，就连北京也不能免俗。总有一天，雅皮士将取代"具有中国特色"的嬉皮士，成为北京青年的新潮。

那么，未来北京的"绅士们"，会不会也变成上海那种买办型、职员型甚至小市民型的"贫血"的绅士呢？

多半不会。

上海的绅士，基本上是以南方"奶油小生"为底本的；而未来北京的绅士,却将以北方的"红脸汉子"为底本。西方的绅士风度毕竟是在骑士精神和体育精神的基础上产生出来的,移植到江南小生的身上,便难免得其表而不得其里,有其形而无其神。移植到北方汉子身上,也许情况会要好一些吧!尽管侠客并不等于骑士,武术也不等于体育,但毕竟总有某些相通或者类似之处。

但是,我们仍不认为北方汉子或江湖英雄的绅士化,就是重塑中国男子汉形象的出路,正如痞子化并非张扬中国男性阳刚之气的正途一样。学习和借鉴是必要的,然而学习并不等于照搬,借鉴也并不等于取代。如果用贴假胸毛的方式去照抄西洋绅士形象,那就充其量只能造就一批同样不伦不类的假洋鬼子。

在"寻找男子汉"和"重塑男子汉"的浪潮中,有一种现象并未引起足够的注意,这就是"新派武侠小说"的风靡全国。

新派武侠小说的风靡,其原因是多方面的,新派武侠小说不同于旧武侠,其区别也是多方面的。但站在本书的立场上,我以为它们新就新在打破了"有英雄就无爱情,有爱情则无英雄"的旧格局,把英雄传奇和爱情传奇融在了一起。在不少新派武侠小说的经典之作中,男女主人公的形象都与旧江湖武侠或旧才子佳人全然不同。无论男侠抑或女侠,差不多都是既侠义果敢,又温柔多情;既武艺高强,又风流潇洒的。正所谓"一个是温柔美婵娟,一个是翩翩美少年",一个"拔长剑,跨神雕,心系佳人路迢迢",一个"挥柔荑,斩情缘,玉洁冰心有谁怜",真不知倾倒了多少中国当代的读者。

无论这些新派武侠小说的作者初衷如何,他们都有意无意地为中国当代男子汉形象的重塑,提供了一种可资借鉴的模式。至少是,他们都看出了中国古代文艺作品中那三类男性形象的不足:白面书生太柔弱,江湖好汉太粗野,而忠臣孝子又太虚伪。柔弱让人气闷,粗野让人遗憾，虚伪则让人憎恶。于是他们便以真情代其伪善，以刚勇壮其弱骨，以儒雅去其蛮野。一个男子，如果既真诚又刚勇，既英武又儒雅，懂得爱女人也被女人爱，难道不是最完美最理想的男性形象？

因此，我常常怀疑，新派武侠小说成功的原因之一，没准便正是恰好暗合了"重塑男子汉"的时代需求。

当然这绝不是说，中国未来的男子汉，或中国理想的男子汉，就是郭靖、杨过、楚留香、谢晓峰一类人物。苟如此，也未免太滑稽了。但在这些人物身上，我们也未尝不能得到一点启示，那就是：他们应该是刚柔兼济、文武双全，既有传统美德又有现代风采的新男性。

事实上，如前所述，中国古代的男性，并非果真就像小说、戏剧中描写、表现的那样或窝囊无用，或冷酷无情，或虚伪无骨。

比方说，历史上的刘备，就未必那么好哭；现实中的宋江，也未必那么善跪。相反，像模像样、可歌可泣、英气勃勃、令人喜爱的杰出男性和风流人物，可以说是史不绝书，尤其是宋以前更如此。从先秦至盛唐，我们民族，真可谓英雄辈出。他们或多才，或多艺，或多情，或多谋，或英武，或刚烈，或耿直，或侠义，或折冲樽俎，或挥戈反日，或"崛起蓬蒿，布衣而卿相"，或"羽扇纶巾，谈笑间樯橹灰飞烟灭"，真是何等令人神往！可惜，宋以后，这样的人物已日渐稀少，即便有些凤毛麟角，也嫌成色不足。甚至连带老前辈们，在舞台上也越来越不像样子。只要将宋以后小说、戏剧中的历史人物和史书上的记载比较一下，就不难看出其中的微妙。总之，宋以前的中国男人，大体上还是很像男人的。宋以后，对不起，就不大像了。到了明清，简直就每况愈下，作为其缩影的大观园里，不是贾政那样的"僵尸"，就是贾赦那样的"蛆虫"，最好的男人，也只不过是宝玉那样的女性化哥儿。

这里面的原因当然十分复杂，但重要的原因之一，则是封建礼教的制度化、定型化和心理定式化。封建礼教包括两方面的内容：阶级的压迫和性别的压迫。阶级的压迫使男人不再阳刚，性别的压迫则使女人灾难深重。于是，就男性方面而言，一部宋史就是不断地吃败仗、撤防、割地、赔款、送礼、求和、南迁和拿女子做牺牲品的历史。这一历史演到清末，就在鸦片战争中达到高潮。就女性方面而言，从宋元到明清，则是贞节观越来越被推向极端、自主权越来越丧失殆尽的历史。这一历史演到民初，就是鲁迅先生所说的"吃人"。要之，宋以后的男人已不大能压迫别的男人，便只好去压迫自己的女人。结果，他们并未因此而更像男人，反倒在文艺作品中成了躲藏于女人羽翼之下的窝囊废，作为宋史演义的《杨门女将》便是最典型的例子。

显然，要重塑中国的男子汉形象，就既有正本清源的工作，又有拨乱反正的任务，关键是如何塑造新中国人。这当然又是一个太大的话题，只好以后再说。更何况在这里，还有一系列作为前提的问题需要讨论，其中就包括女性问题。"男人的一半是女人。"如果女人不像女人，那么男人也很难会像男人的。更何况，在中国，男人不但是女人生育的，而且在很大程度上也是女人教育和培养出来的。

那么，中国的女人又如何？

第二章　女人

贤妻良母

与男人相比，中国传统社会中的女性类型要多一点。其中，人数最多，最受推崇，同时也最具有女性特征的，便是所谓"贤妻良母"。

贤妻良母的传统相当久远，最早可以追溯到周代，以后一直是对女人最基本也最受推崇的道德要求。不但男人们要求自己的妻子是贤妻良母，只要是一个"好女人"，差不多也会相当自觉地努力去做。

表面上看，贤妻良母并没有什么不好，总不成要求女人都是"坏妻恶母"吧？问题在于，中国传统社会只要求女人是"贤妻良母"，从来也不曾对男人有过类似要求，比如要求男人是"贤夫良父"。"良父"的要求或许有，比方说，"养不教，父之过"。但下面紧接着又有一句"教不严，师之惰"。可见，所谓"父教"，只不过是指当孩子（一般只限于男孩）到了上学的年龄，做父亲的有责任把他送进学堂或为他请一位塾师。其他的事，他可就管不着了。顶多要求他在道德方面以身作则，起一种言传身教的表率作用。

事实上，中国传统社会的家教，一直是做母亲的责任。因此，当人们认为一个孩子缺少家教时，便会骂他是"没娘养的"或"没娘教的"，绝不会骂到他父亲头上。可见一个父亲在家里，其实并不对子女的成长和教育负什么责任。这类事情无一例外地都应该由那位"良母"去操心费力。所以，一个中年丧妻或离异的男子如果独自一人抚养子女，便会得到社会的广泛同情，认为他一个人"又当爹又当娘"，真是不容易。相反，如果一个寡妇独自一人把子女拉扯大，当然也会博得同情，但那同情心却绝不会在带孩子这一点上，因为那原本是女人的"天职"。

男人没有"良父"的义务，更没有"贤夫"的责任。在中国传统社会里，只有贤或不贤的妻，没有贤或不贤的夫。或者说，丈夫们似乎天然就是贤的，有不贤之可能的只是妻子。所以，只有因其不贤而休妻者，却没有因其不贤而休夫者。主动要求与丈夫离异的也有（比如汉代的朱买臣之妻），但那多半是因为丈夫"贫贱"，而非"不贤"。

显然，贤妻良母是对女性的单方面要求，是夫妻之间的一种"不平等条约"。如果不加分析地一味赞美所谓贤妻良母，那就无疑是在赞美这种不平等关系。正如周恩来在1942年所撰《论"贤妻良母"与母职》一文中所指出，只要保持这个旧的固定名词，便先陷入男权社会的立场。

实际上，中国传统社会的贤妻良母，不但是单方面按照男性的要求来设计的，而且在一定程度上也违背女子的天性。

我们先来看所谓"贤妻"。

贤妻的字面意义是"好妻子"，实际内容其实却是"好媳妇"。其首要标准，不是体贴丈夫，而是孝敬公婆。如果这只是指赡养老人，也没有什么不妥。或者说，孝敬公公婆婆，和孝敬岳父岳母一样，都应该提倡。但可惜，传统社会的孝敬公婆，却往往是"做牛做马"的同义语；而"好媳妇"的特定内涵，也差不多就是"好奴才"。一个好媳妇，必须以公婆的意志为意志，以公婆的感情为感情，以公婆的好恶为好恶，以公婆的是非为是非，甚至以公婆的口味为口味。"三日入厨下，洗手作羹汤，未谙姑（婆婆）食性，先遣小姑尝。"当然，并不是所有的媳妇都牛马不如。如果她能碰上一位好脾气的公公，一位好说话的婆婆，也可能活得比较轻松自在，甚至享受到家庭的温暖。不过，在中国，婆媳关系从来就是一个永久的难题，何况一个女人能不能摊上个好婆婆，完全要靠她的运气。

更何况，一个"好媳妇"所要处理的人际关系，又不止于婆媳，没准还有姑嫂和妯娌。这些人虽非最高裁判官，但多半也有评委的资格，而且目光的挑剔，也未必亚于婆母。生活在这样的环境中，那个要做"好媳妇"的，便只好夹起尾巴做人，压抑自己的天性，扼杀自己的情感，扭曲自己的心灵，努力去讨好和迎合一大批陌生的、隔阂的，甚至可能怀有敌意的人。

那么，在这种条件下，最有可能获得好评的是什么样的女人呢？多半是平庸的女人，或者是虽不平庸却善于藏拙的女人，比如《红楼梦》中的王夫人和薛宝钗。王夫人是贾府中最没女人味的女人，薛宝钗则是守活寡的女人，然而偏偏是她们被视为贤妻。王熙凤倒有女人味，也聪明能干，但她虽然有老祖宗宠爱、王夫人偏袒，她的婆婆却并不喜欢她，而且好像也没有什么人称她为贤妻。

除了孝敬公婆，一个贤妻还必须"顺从丈夫"，也就是以丈夫的好恶为好恶，以丈夫的意志为意志。换言之，无论在公婆面前，还是在丈夫面前，她都必须完全丧失自己的独立人格和自由意志。

这不但无理，而且在事实上做起来也很难。比方说，顺从丈夫，当然包括满足丈夫的性欲在内。但是，一个贤妻，又必须"不淫"。"不淫"不但包括不与丈夫以外的任何男子发生性关系，也包括不与丈夫过多地发生性关系。因为过多的性生活，被认为是有亏男人身体的事情。那么，当丈夫提出性要求时，一个贤妻是应该答应呢，还是应该拒绝呢？拒绝，是"不听话"；答应，则是"不要脸"。总归是女人不好。于是，那些贤妻只好这样处理：对丈夫的要求尽量予以满足，以免背上"顶撞"的罪名；自己则尽量不在丈夫面前展示女性的魅力，以免背上"淫荡"的罪名。中国历史上的贤妻，多由缺少女性魅力的人来担纲，原因之一即在于此。

甚至，当丈夫的要求明显地损害了自己时，贤妻们也不能维护自己的合法权益，而应表示坚决拥护，并助纣为虐。比方说，丈夫要纳妾，真正的贤妻便不但必须拥护赞成，而且必须亲自去办。最贤的贤妻，还应该是丈夫尚未开口，就把人给他弄来了，让他喜出望外，大叫"夫人贤德"。比如《红楼梦》中的贾赦（一个老色鬼）看中了贾母身边的丫环鸳鸯，他的妻子邢夫人便忙不迭地亲自出马张罗：又是找鸳鸯谈话，又是找鸳鸯的哥嫂递话，又是到贾母那里去打探信息，结果碰了老大一个钉子，连贾母也不以为然："你倒也'三从四德'的，只是这贤惠也太过了！""他逼着你杀人，你也杀去？"最后倒霉的，仍是这个女人：既没能维护自己的权益，又没能当上"贤妻"，还丢了脸。

我们知道，在两性关系中，无论是男人的嫉妒还是女人的嫉妒，都是人的天性。贤妻的标准既然要求女人不得嫉妒，也就无异于要求女人不像女人。事实上，邢夫人也是贾府中没有女人味的又一典型。不过王夫人的没女人味是因为"假正经"，邢夫人的没女人味是因为"没名堂"。她们虽然让人厌恶，却也着实让人可怜。

贤妻不好做，良母呢？也未必好当。有人说，母爱是女人的天性，当个良母总归还是比较容易的。其实不然。事实上也并非所有的母亲都是良母。因为贤妻良母是一个整体，良母必由贤妻升格而来。一个女人如果并未取得贤妻资格，那么，她要想当一个良母，便往往很成问题。

但，即便是一个贤妻，也未必能成为一个良母。首先她必须能生育。不能生育的女人，往往连贤妻的身份也保不住，除非用主动为丈夫纳妾的办法来弥补。其次她必须生男孩（至少一个）。只生女孩，也很麻烦。第三，她生育的儿子还必须成材。倘若儿子不成器，她就不但当不上良母，恐怕还要背上"教子无方"的罪名。

于是，对于这些女人来说，生儿子，便成了压倒一切的头等大事。运气好的女人，可能婚后不久即"早生贵子"。这种好运气甚至可能使她不必经历过多的考验便立刻被视为贤妻，因为对于一个几世单传的家庭或盼孙心切的公婆而言，这本身就是贤德。但这绝不意味着她就此便可轻松卸任，因为还有"养"和"教"的任务在等着她。而且，一直要到她的儿子功成名就，光宗耀祖时，她企盼已久的"良母"的桂冠才算落到她的头上。这往往是一个漫长的过程。至于那些运气不好，不会生育或尽生女孩的女人，则很可能一辈子都是受气包。

一个女人为此付出的代价往往是男人难以想象的。过多的生育使她们过早地衰老，所以古有"女子三十而色衰"的说法。其实三十岁的少妇，更具有性成熟感，未必就没有魅力。其所以"色衰"者，恐怕主要因过早生育又过多生育之故。即便是那些生育不多又养尊处优的贵妇人，也会相当早地失去女性的魅力，因为她们必须去做"良母"。这也就同时意味着仪则、风范、榜样、楷模。于是，她们便必须变得"端庄"起来，以免在儿女面前"不像样子""不成体统"。比方说，一个二三十岁的少妇，原本满可以在丈夫面前撒撒娇的，而且这也是增加女性魅力的手段之一，但却显然与良母形象相悖。世上只有撒娇的孩子，哪有撒娇的妈妈呢？没法子，为了当个"好妈妈"，只好放弃自己的儿女情、儿女态。

所以，那些英雄的母亲们，便往往是皱纹满面、白发飘零。这对于一个女人来说，实在是损失惨重。

事实上，中国的良母虽然按规矩必须由贤妻升格而来，但在实际上，却往往是良母的成分要大大地超过贤妻。甚至，一个女人，只要被公认是良母，则一般都不会有人对她的贤妻身份表示怀疑。

的确，中国的女性大都更乐意也更善于做母亲，而不是做妻子。这种心理大概一半来自女人的天性，一半是她们自己母亲的言传身教所使然。在中国的传统社会中，女孩子少有机会外出上学，有的连外出玩耍的机会也不多，她们的天地就是她们的家庭，而中国传统的家庭又实际上是由一位或几位母亲来主持的。所以，她们的母亲就是她们人生课堂的启蒙教师和权威指导者，她们在母亲的身上看到的是自己未来的影子。无疑，她们很少能够看到母亲如何做妻子，更多的是看到母亲如何做妈妈。这就使她们对于做母亲有一种天然的向往和乐趣，至少会认为理当如此。

因此，中国的传统女性往往在做姑娘时就表现出母性来，比如对幼小的弟妹，或者对鳏居的父亲，都会充当起母亲的角色，关怀备至，体贴入微。这样的女孩，结婚以后，往往都会成为标准的贤妻良母，甚至对于自己的丈夫，也往往给予母亲般的关怀和保护，让他们饭来张口，衣来伸手，坐享其成，安享其福。如果所嫁的丈夫比自己小，这种溺爱程度还要加码，因此又有"女大三，抱金砖"的说法。

妻子比丈夫大两三岁，抱不抱得到金砖很难讲，但她把丈夫一半当弟弟一半当儿子来疼爱，倒完全有可能。

与此相对应，在这种婚姻模式中，丈夫也很难会是什么"贤夫良父"，而多半是"浪子顽童"。在他们看来，婚姻不过是从一个女人的怀抱转向另一个女人的怀抱。那么，在前一个女人的怀里干什么，在后一个女人的怀里也干什么；对前一种女人是什么态度（比方说又爱又怕），对后一个女人也无妨采取这种态度（所以怕老婆的故事多有流传），而后一个女人也往往吃这一套。正如张铭远在《中国人的人生曲线》一书中所说，中国的不少夫妻关系，"恰如一个骄横的儿子和一个温柔的母亲的关系一样"。

所以，中国古代的小姐们，一见到落难的公子，便会顿起搭救之心。这时，她们往往身份也不顾了，脸面也不要了，门风也不管了，家规也不怕了，一心要承担起保护的义务，把那可怜的男人（在她们眼里只不过是可爱的大男孩）揽进怀里，置于自己的羽翼之下，就像老母鸡呵护小鸡娃子，不让它们被老鹰叼走一样。难怪落难公子被多情小姐搭救的故事，层出不穷，广泛流传，久演不衰，大受欢迎。这些落难公子当然无一例外都是多愁多病的文弱小生，是奶声奶气的漂亮男孩，而这些多情小姐则无一例外地是未来的贤妻良母。在古代社会，一个男人如果能娶上这样的妻子，当然是三生有幸；而一个女人如果能充当这样的角色，也自觉十分满足。因此这种戏男男女女都爱看。男人盼望自己有这样的艳遇和福气，女人们则希望自己也能如此这般地一显身手。

事实上，中国的男人往往是要靠女人来保护的。因为他们从小就靠女人保护，也靠女人管束。在家里，孩子靠母亲管教；在外面，孩子也靠母亲维护。学校开家长会，出席的多半是妈妈；孩子在外面受了欺负，出面交涉的也多半是母亲。甚至找对象、娶媳妇的事，也多半由做母亲的通过媒婆（又是一个女人）或自己的姐妹、干姐妹们来张罗。做母亲的总是比做父亲的更关心自己儿子的对象。这不完全是因为母亲更疼爱儿子，也不完全是因为女人对此类事情更感兴趣，还因为这件事意味着母亲要把母爱的接力棒交出去，当然要考察接棒人的可靠程度和人品如何。

于是在中国传统社会，就出现了两种截然相反、似乎互不相容的现象：一方面是"男尊女卑""夫为妻纲"，女人被置于男人的奴役和压迫之下；另一方面则是"母爱泛化""阴盛阳衰"，男人要由女人来保护和娇宠。

结果呢？结果自然是一部分男人越来越柔弱化，甚至女性化，同时相当一部分女人则用母性代替了妻性，甚至只有母性，没有妻性。

母性当然也是女人性。但如果单只有母性，就不能算是完全的女性。

弱女子与女强人

应该说，在中国传统社会，一个女人如果能够当上贤妻良母，那么，在特定的历史条件下，便该算是非常幸运的了。可惜并不是所有的人都有这种运气和福气。那么，无此幸运的女人又该若之何呢？也许，她们的出路就只有三条，去当"奴仆"，或者去当"强人"，甚或去当"淫妇"。

当然一般地说，还是去当奴仆的多。这也是中国传统社会中女性的第二种类型。这里所说的奴仆，不是阶级分析意义上的，而主要是指她们在家庭中的地位而言。比如说《红楼梦》中的贾迎春，虽然是名门闺秀，嫁出去当的是官太太，但既然"误嫁中山狼"，也就与奴仆无异，甚至比某些奴仆还不如。所以，这一类女性便无妨称之为"弱女子"。

中国的弱女子不少。

中国历史上究竟有多少女人属于这一类呢？这可统计不出来。因为她们根本就没有资格被载入史册，只能默默无闻地被奴役、被欺压、被凌辱、被宰割、被屠杀。

有幸载入史册或被写进文艺作品的女性无非这样几类：良母（如孟子、岳飞之母）、佳丽（如赵飞燕、杨玉环）、才女（如蔡文姬、李清照）、烈妇（如杨贞妇、陈节妇）。这几类女性，人数屈指可数，当然很难说是否有代表性。但即便是这几类有幸露脸的女性，其中也不乏弱女子。比如明代弘治皇帝的生母，是给成化皇帝生了唯一一个儿子的。按照封建王朝的规矩，就是"圣母"（诞育圣躬之母）。但这位圣母，不但生前十分凄苦，而且最后连命都保不住。又比如明熹宗天启皇帝朱由校的生母王选侍，竟常遭殴打，因而积郁而死。圣母尚且如此，其余可想而知。

圣母命苦，贵妃命薄。汉高祖刘邦的爱妃戚夫人，在刘邦死后便被吕后砍去手脚，扔在厕所里，求死不得，求生也难。还有那位大名鼎鼎的杨贵妃，竟在宠爱她的唐明皇面前被活活绞死，而那位万岁爷唯有背过脸去掉眼泪。"君王掩面救不得，回看血泪相和流。"这同多情小姐搭救落难公子，或与侠士拔剑保护美人，形成的是何等鲜明的对比！一个大男人，还是什么"至尊天子"，却保护不了一个自己心爱的弱女子，还有什么脸面来说话？

然而女人并非天生是弱者。

诚然，一般地说，女人的体格较男人娇小，女人的性格较男人温柔，女人的心理较男人内向，女人的情感较男人脆弱，女人的体验较男人细腻，但这绝不意味着女人就胆小怕事、软弱无能、优柔寡断、无所作为，只能由着男人来摆布和宰割。

　　女人的不幸是社会的不幸。

　　告别原始时代以后，中国传统社会就一直是一个男性的社会，或者说是一个以男性为中心的社会。为了维护这样一个社会秩序和统治模式，中国的男人编造了一整套哲学伦理学原理，来维护他们压迫统治女人的合法性。

　　这套理论大致是这样：首先，从男女关系中抽象出两个哲学范畴——阴与阳；并根据男人和女人的生理心理特点，派定阳的性质是刚，阴的性质是柔；阳的特征是动，阴的特征是静。这当然未尝没有一定的道理。比方说，男性暴烈，是为刚；女性温和，是为柔；男性好斗，是为动；女性内向，是为静。所以阳刚而动，阴柔为静，这就叫"动静有常，刚柔断矣"。

　　第二步，把阴阳范畴泛化，推广到一切领域中去。比方说，天为阳，地为阴；日为阳，月为阴。因为天降阳光雨露有如男授精，地生动植万物有如女分娩；日光强烈故属阳，月光柔和故属阴。于是这一比附，也能为人们所接受。

　　第三步，便是把哲学范畴转化为伦理学范畴。天不是在上吗？地不是在下吗？所以"天尊地卑"。天地关系尚且如此，况乎人类？因此，和天一样属阳、刚、动的男人就尊贵，和地一样属阴、柔、静的女人就卑贱，这就叫"男尊女卑"。刚而动者，可以在广阔世界纵横驰骋，柔而静者只能在自己家里洗衣做饭，这就叫"男主外，女主内"。当然，卑贱者只能受高贵者统治，柔顺者理应受刚健者摆布，也就不在话下。

无疑，中国传统社会中的男女不平等，归根结底并不是这种理论造成的，但这种理论对人们心理的影响，却也不可低估。至少，它造成了这样一种错觉：女人天生柔弱，女人就该逆来顺受。

不同的弱女子当然各有其不同的不幸遭遇，但也不乏其共同之处。

首先她们的出生，就被认为是不幸、不祥，甚至有罪。这个观念大约可以追溯到商代。据专家们考证，殷商卜辞中即有"贞，有子"和"不嘉，有女"的内容。商人重鬼神，事事都要占卜，妻子怀孕当然也不例外。结果，占卜到"有子"，便是"贞"（吉利），占卜到"有女"，便是"不嘉"。可见，重男轻女的观念，大约自商代起便已经有了。

到了周代，便有了"弄璋""弄瓦"之别。《诗·小雅·斯干》说：如果生了儿子，就让他睡在床上，给他一块玉璋；如果生了女儿，就让她睡在地下，给她一只纺锤。所以，后人又把生儿生女，分别称为"弄璋之喜"和"弄瓦之喜"。虽说同是"喜"，但分量大不一样。

不一样的原因似乎也很简单：就做母亲的而言，生儿子可以提高或加强自己在家庭中的地位，生女儿却可能会坏事；就做父亲的来说，生儿子可以做自己的接班人，可以增强家族的实力，至少可以增加一个劳动力或战斗力，生女儿则只是多添了一个"赔钱货"。结果是，无论父亲抑或母亲，都不希望生女儿。

这些女孩的出世既然如此地不受欢迎，那么，她们即便活下来，日子也不会有多好过。对于被视为"赔钱货"的她，家庭和家族将尽量减少在她身上的投入，比方说不让上学，吃较差的饭菜，穿较差的衣服等；同时又尽量利用她的价值，以期捞回一点成本，补回一点亏损；比方说很小时就让她带弟妹，做家务，甚至下地干活。最后，她将在适当的时候被打发出去，嫁到一个陌生的家庭，去当别人家的媳妇。

别人家的媳妇并不好当。

首先，她将在新婚之夜被一个陌生的男人以丈夫的名义实施强奸。这不但意味着她已失去童贞，同时也意味着人权、人格、自尊和羞耻感的被剥夺。从此，她将成为丈夫的附庸和奴仆，白天干牛马活，晚上当泄欲器。受苦受累是她的责任，挨打挨骂是她的义务，权利则是没有的。能不挨打骂便是她的福气，能不被休弃便是她的造化。

其次，她不但要充当丈夫的奴仆，而且要充当夫家所有人的奴仆；她不但要看丈夫的脸色，而且要看其他人尤其是婆婆的脸色。这不但使她战战兢兢，而且会使她无所适从，因为丈夫和婆婆的要求、愿望、意志并不完全相同，结果很可能是"起晚了得罪公婆，起早了又得罪丈夫"，犹如风箱里的老鼠——两头受气。试想，身处如此逆境之中，哪里还能产生和展示女性的魅力？不过行尸走肉罢了。也许，只有当她升格为婆婆以后，情况才会有所改观，但那时她早已变成更无魅力的老太婆了。

所以，在娘家是赔钱货，在婆家是受气包的弱女子，往往是相当无性化的。又岂止无性，简直就非人。

在中国古代传统社会，既无性又非人的弱女子，还远远不止于此。还应该包括那些真正的奴仆——被卖到地主、豪门、官宦人家当丫环的女孩，以及选进宫里当宫女的女孩，都如此。她们往往是连生命安全都没有保障的。东晋石崇家就有不少这样任人宰割的弱女子。石崇每次请客吃饭，便要这些女子去劝酒。如果客人不喝，就把劝酒的女子杀掉。丞相王导于心不忍，每每只好喝得大醉。大将军王敦却满不在乎，结果一连杀了三人，王敦还是不喝。王导看不下去，劝王敦多少喝一点。王敦说，他杀他家里的人，关你什么事？于是那些无辜的女孩子，便只好莫名其妙地去做刀下之鬼。

总之，这类弱女子，往往是连基本人权也没有的。因此，我们很难说她们究竟像不像女人。即便像，也没有意义的。因为她们根本就不被当人看，毋宁说也是无性。这类无性化的女人和前述无性化的男人正好一弱一强，倒是对立统一。所以，在描写江湖行为的故事中，她们不是被侠客们无意中搭救，恨不能变牛变马来谢恩的"羔羊"，便是被坏人或好汉们无端杀害，死得连自己也莫名其妙的"草木"，比如在鸳鸯楼被武松胡乱砍杀的丫环使女便是。

与弱女子正好相反的是所谓女强人。

严格意义上的女强人，大概应该是《水浒传》中的顾大嫂、孙二娘等人。因为所谓"强人"者，出没绿林、闯荡江湖，专一杀人越货、打家劫舍者也。既如此，则"正宗"的女强人，自然也就非顾、孙二位莫属。

顾大嫂绰号"母大虫"，生得"眉粗眼大，胖面肥腰"，是个"生来不会拈针线"，弄棒持枪当女红的角色。打起架来，"有三二十人近他不得"；发起怒来，"提井栏便打老公头"。打祝家庄时，正是她"掣出两把刀，直奔入房里，把应有妇人，一刀一个，尽都杀了"。不消说，被她杀的，大约都是前述弱女子。孙二娘绰号"母夜叉"，剪径世家出身，又学得乃父全套本事，便招赘了父亲的徒弟张青为婿，在十字坡大树底下，开一间黑店，专一将那过往客商，麻倒放翻，大卸八块，"将大块好肉，切做黄牛肉卖；零碎小肉，做馅子包馒头"。这个黑店老板娘，端的心狠手辣：伙计扛不动的行货，她自去扛来；丈夫不忍宰杀的路人，她任由开剥。至于长相，和顾大嫂差不多，是"辘轴般蠢坌腰肢，棒槌似桑皮手脚"，可怕得很。

总之，这类"正宗"女强人，大体上都是五大三粗，体胖腰圆，眉横杀气，眼露凶光，毫无女性魅力可言。

这样的黑道人物，也许不会太多，更多的是家里的"母老虎"。她们当然不会这样面目可憎，但也相当男性化。一声"河东狮吼"，便可叫老公魂飞魄散，跪倒尘埃。宋代的陈慥，号龙丘居士，好宾客，爱美女，又喜欢谈佛。但他的太太柳氏，却似乎没有什么菩萨心肠，常常会让这位陈先生胆战心惊。所以苏东坡作诗讽刺他说："龙丘居士亦可怜，谈空说有夜不眠；忽闻河东狮子吼，拄杖落手心茫然。"河东是柳姓的郡望，狮子吼原本指佛祖法音之威严。佛家将释迦牟尼喻为无畏的狮子，故佛陀宝座称作"狮子座"，佛祖法音称作"狮子吼"。所以"河东狮吼"的意思，便是说柳夫人的一声"娇叱"，在陈先生的耳中便有如"佛祖法音"，威严无比。这可真是"老婆吼一吼，丈夫抖三抖"。

"河东狮吼"的说法，多少还有点讽刺意味，《醒世姻缘传》中的薛素姐，便比孙二娘等人还要可怕。孙二娘只是开剥别人的人皮，对丈夫仍十分恩爱，对丈夫的朋友也颇为义气。这个薛素姐，却专一虐待丈夫。她一个"搜风巴掌打在狄希陈（薛的丈夫）脸上，外边的人都道是天上打了个霹雳，都仰着脸看天"。这样的"女强人"哪个受得了。

除了山寨里的"母夜叉"和家里的"母老虎"，还有一种街面上的"泼妇"，也十分了得。我曾亲见一位泼妇的"骂街"，是一手拿菜刀，一手拿砧板，一边骂，一边砍，一边跺脚，有时还要跳起来。尽管围观男女甚多，但并无一人敢近。这样的女人，当然可以肯定也是不会有什么女性魅力的。

母夜叉、母老虎、骂街泼妇，大约就是所谓"女强人"的几种类型。因此我认为，当代舆论界把那些有能力、有气魄、有主见、有作为、有事业心、有责任感、有自由意志和独立人格的新女性称之为

"女强人"，实在是甚为不妥的。

首先，它带有明显的性别偏见和歧视女性的色彩，否则就该有与之相对应的"男强人"的说法。然而，尽管男人中不乏平庸、胆小、无能的窝囊废，但能干、勇敢、刚强的男人绝不会被称为"男强人"。这无非因为在传统观念看来，男人原本是该强，而女人原本是该弱的。所以，男人强是正常现象，不必特别说明他是"男强人"，只要说他是男人即可；而女人强则不正常，必须特别地加以强调。这显然是男性中心论的观念在作怪。只因为这种观念太根深蒂固，人们便不以为怪了。

其次，它会造成一种误解。以为妇女的解放，男女的平等，就是要把女人也变成男人（或曰"强人"），不该再具有女性的魅力，只能像顾大嫂、孙二娘那样眉粗眼大、胖面肥腰，或者眉横杀气、眼露凶光，似乎非如此不足以逞其强。结果，"女强人"便变成了"女怪物"的同义语。这其实同样是对女性的一种歧视，不应该成为现代人的观念。

第三，它还会造成一种误解，以为女性地位的提高，女性力量的增强，乃是一件既不现实，又很可怕的事。因为它只能造就一批"母老虎""母夜叉"，不是杀人如麻，便是蛮横霸道。这样的女人，试问有几个男人敢爱，又有几个女人学得来？男人不喜欢，女人学不来，当然最多也就只能是一种传奇，绝对成不了气候。这就在实际上否定了妇女的解放。

因此，许多被舆论界封为"女强人"的新女性，都并不喜欢甚至拒绝接受这顶"桂冠"。事实上，所谓女强人，乃是特殊历史条件下的一种特殊现象，决不应该成为新时代女性的模式。关于这一点，我们以后还要再讲到。

淫毒妇与贞烈女

以上三类女人，一类是只有母性的，一类是近乎无性的，一类又是相当男性的。那么，在中国古代传统社会中，有没有真正具有女性特征，在男人面前实实在在像个女人的人呢？

有。但可惜，她们往往被说成是"淫妇"。

《水浒传》里就有好几个这样的"淫妇"，比如大名鼎鼎的潘金莲就是。顺便说一句，在《水浒传》中，除扈三娘既艺高貌美又忠义双全，是个特例外，其余多少能展现一些女性风韵的，差不多都是"淫妇"。比如宋江的外室阎婆惜，杨雄的老婆潘巧云，卢俊义的妻子贾氏等。

这些女人大约有以下几个共同的特点：

一是"美"。这些女人，大都年轻貌美，风姿绰约。比如潘金莲，便是"眉似初春柳叶，常含着雨恨云愁；脸如三月桃花，暗藏着风情月意。纤腰袅娜，拘束的燕懒莺慵；檀口轻盈，勾引得蜂狂蝶乱"。其他几位，也大体如此，不但美丽可人，而且风骚诱人。所以西门庆一见潘金莲，便"先自酥了半边"；来杨雄家做法事的那些和尚，一见到潘巧云，"都七颠八倒起来"；道君皇帝甚至不顾至尊体面，钻地道来会李师师；就连那"于女色上不十分要紧"的宋江，见了李师师，也写出了"借得山东烟水寨，来买凤城春色"之类的风话，可见其魅力之大。

二是"淫"。潘金莲是"为头的爱偷汉子"，后来果然与西门庆勾搭成奸。开始的时候，西门庆还只是探头探脑，怕碰钉子。谁知潘金莲比他还要积极主动，竟笑将起来说："官人休要罗唣！你真个要勾搭我？"当然立马变成干柴烈火。此外，阎婆惜与张文远通奸，潘巧云与裴如海通奸，贾氏与李固通奸，差不多也都是"被摄了魂魄的一般"毫无节制。至于白秀英、李师师等，原本是粉头妓女，自然"人尽可夫"。

三是"毒"。潘金莲亲手毒死了武大郎，潘巧云诬陷石秀，阎婆惜恨不能置宋江于死地，白秀英戏弄雷横，又当众凌辱、谩骂、殴打雷母，贾氏到官府出首、作证，诬告卢俊义，害得卢俊义差一点屈死刑场，这些都是她们"歹毒"的证明。还有那清风寨刘知寨的浑家，原本被王矮虎掳掠上山，差一点失身，亏得宋江出面说情，这才虎口脱险，然而下山之后，却恩将仇报，迫害宋江，也足证其毒。

因此民间便有个说法：最毒妇人心。

"淫妇"们似乎被用来证明此言不诬。

潘金莲毒。武大郎来捉奸时，西门庆吓得钻入床底下躲去。潘金莲却道："闲常时，只如鸟嘴卖弄杀好拳棒。急上场时，便没些用，见个纸虎，也吓一跤。"这真是够毒的。第一，是激将，用"便没些用"来激西门庆；第二，是壮胆，告诉西门庆对方只是"纸虎"；第三，是教唆，用"平日卖弄好拳棒"，暗示西门庆来打武大。果然，西门庆冲出门来，一脚踢翻了武大郎。

王婆毒。当西门庆因被捉奸而一筹莫展时，王婆冷笑道："你是个把柁的，我是趁船的，我倒不慌，你倒慌了手脚。"于是亲自定下毒计："把这矮子结果了，一把火烧得干干净净的。"又手把手教潘金莲如何下毒，如何灭迹，害死了武大郎。如此之毒，连西门庆也自愧不如，说"我枉自做了男子汉"。

贾氏毒。她与李固在公堂上诬告卢俊义时，竟说："丈夫，虚事难入公门，实事难以抵对。""你便招了，也只吃得有数的官司。"这种身份，这种语气，不由官府不信。明里是为卢俊义着想，暗里却是把他往死里送，比那个李固阴毒多了。

不但潘金莲之类的小女子被说成是"淫毒妇"，便是女人中的那些头面人物，也有人说她们"毒"。比如吕后。比如慈禧。比如武则天。常言说，虎毒不食子，武则天却连亲生儿子也不放过。章怀太子李贤是她杀的，长子李弘据说也是她杀的。更重要的是，这几个人，也都是既美且淫的。其中又以武则天为最。"入门见嫉，蛾眉不肯让人"，是美；"彩袖工谗，狐媚偏能惑主"，是淫。按武氏原本是太宗的女人，后来又嫁给高宗，一女而事二夫，岂不是淫？更何况，七老八十的时候，又养了两个面首——张昌宗和张易之兄弟，还不是淫吗？还有吕后，据说也和别人私通过的。慈禧好像没有和谁私通过，但又有人编出了安德海或李莲英是假太监的说法。

于是，从宫廷到民间，从史实到小说，种种事实和流言，似乎都在证明着"淫毒皆从一套来"的说法。当一个社会都在反复念诵着某一些话时，就会在人们的心理上形成一种思维定式，甚至形成一种条件反射，以至于一看到"眉似初春柳叶"，便坚信她"常含着雨恨云愁"；一看到"脸如三月桃花"，便断定她"暗藏着风情月意"。接下来，便是或者去挑逗、勾引、调戏，或者断言其心肠最毒，是惹不得的祸水。

不可否认，女人中确有坏人，这和男人中也有坏人一样，并没有什么稀奇。问题在于，男人中出了那么多坏人，也没有人大惊小怪，为什么女人中出了三五个坏人，就要大做文章呢？更奇怪的是，为什么一说到女人的坏或毒，就一定要扯到男女关系上去，而且一定要归结于她们长得漂亮又有女人味呢？

这当然是一个需要另案分析的问题。但有一点是可以肯定的，既然漂亮的、有女人味的女人都是"淫毒妇"，那么，谁还敢漂亮一些、有女人味一些呢？

当然，有一种漂亮女人是不怕受到指责的，那就是"贞烈女"。

正如前述"弱女子"与"女强人"是相对的两极，"贞烈女"与"淫毒妇"也恰好是相反的一对。中国古代有多少贞烈女呢？似乎不少。仅在清修《明史》的材料中留名的，便达一万之多，其中最著名的就有三百多人，而《古今图书集成》收入的明代烈女节妇，就多达三万六千人。

这么多的烈女节妇，总不会都是丑八怪吧？事实上，其中美人还不少。比如明代的烈女单三姐、节妇孙柴氏，都是年轻貌美的女人。正因为年轻貌美，这才会有盗匪、恶少来企图强奸她们，她们也才会抗暴而死，成为烈女节妇。所以她们虽漂亮，却不会遭到指责。但同时也证明，女人太漂亮了总归不是好事。比方说，这二位如果丑得令人生厌，岂不是就没人来打主意了？

显然，长得太漂亮、太性感、太有魅力，或者太有女人味，对于那些"贞烈女"，或预备做"贞烈女"的人来说，就是一个麻烦。所以，那些立志守节的寡妇，便只有两条路：要么及早自杀，一了百了；要么尽量把自己弄得平庸丑陋一些，最好忘掉自己是女人。因为对于一个寡妇，尤其是一个年轻的寡妇来说，最难抵御的诱惑就是性的诱惑，最为严峻的考验也是性的考验，而性爱又总是与姿色、容貌、体态、仪表等相关联。男人见了漂亮女人，很少有不动心的。如果得知对方是寡妇，便更会想入非非，甚至惹是生非。寡妇没有男人保护，好欺负；寡妇有过性的经验，好勾引。所以，"寡妇门前是非多"，年轻漂亮的寡妇门前是非就更多。寡妇们没有办法使自己变得不是寡妇，唯一的对策当然也就只有让自己显得既不年轻，也不漂亮。

当然，这种做法，也许只有对那些守寡不久的年轻漂亮女人才有必要。对于那些守寡已久、年龄较大，早已心如死灰的"资深寡妇"

而言，其实已不存在这方面的问题。生活的重负，心情的郁闷，天性的压抑，情感的孤独，都会提前并加速她们的衰老，也许三四十岁时，便已皱纹满面、白发斑斑，甚至目光呆滞、言语木讷，毫无魅力可言了。

寡妇是"贞烈女"中的大多数。由此我们可以推测，所谓"贞烈女"，也基本上是无性化的，与前述"弱女子"相类。不过，弱女子们的无性，主要是别人不把她们当人；贞烈女们的无性，则至少有一半是自己不把自己当人。更何况，贞烈女们虽然有"烈"的一面，但在本质上，却也仍然不过只是弱女子。

漂亮性感有魅力的女人是"淫毒妇"，刚烈正派守身如玉的"贞烈妇"又没有或不敢有女人味，难道中国古代就没有既年轻又漂亮、充满魅力，又刚烈勇敢、聪明能干、心地善良的女人吗？有，但为数很少。

关汉卿杂剧《救风尘》中的赵盼儿是一个。赵盼儿是一个妓女，作为一个年轻貌美、热爱生活的女性，她曾经盼望过能与一个理想的男性结合，过上自由、幸福的生活。但是，多年的风尘生涯，使她深知这很可能是自己的一厢情愿，多半兑不了现的："待嫁一个老实的，又怕尽世儿难成对；待嫁一个聪俊的，又怕半路里轻抛弃。"因此，她对"从良嫁人"一事，始终保持着清醒的头脑，并在结拜妹妹宋引章（另一个妓女）要嫁给花花公子周舍时，极力劝阻。果然，宋引章一进周舍家门，便先吃了五十杀威棒，以后又受尽种种虐待。赵盼儿为了救出宋引章，便利用周舍酷好女色又喜新厌旧的特点，假意答应嫁给周舍，让周舍写下一纸休书给宋引章，自己再宣布与周舍"拜拜"。当周舍责问她"曾说过誓"要嫁自己时，赵盼儿回答说，你不是老逛妓院的吗？咱们这些妓女，谁不是逢场作戏，对着明香宝烛，指着皇天后土，赌着鬼戮神诛！"若信这咒盟言，早死得绝门户。"终于以其人之道还治其人之身，用自己对周舍的欺骗，回敬了周舍对宋引章的欺骗，不但大快人心，而且充分展示了她的机智和勇敢。

关汉卿另一杂剧《望江亭》中的谭记儿也是一个。谭记儿是一个寡妇，后来改嫁青年官员白士中，过上了夫妻恩爱的幸福生活。然而权贵杨衙内为了霸占她，竟向皇帝诬告白士中，骗得势剑金牌，要来行凶作恶。谭记儿为了保卫自己的丈夫和来之不易的幸福生活，便挺身而出，于中秋之夜，乔装成渔妇，来到望江亭，利用杨衙内贪杯好色的特点，以切脍献新为名，巧语周旋，煮鱼劝酒，赚取了势剑金牌，挫败了杨的阴谋诡计，让那奸贼"满船空载月明归"。

赵盼儿和谭记儿，是这类女子中的佼佼者。她们一个是风尘女子，一个是再嫁寡妇，社会地位都不高，但她们的人格却并不因此而卑下，她们的识见也并不因此而短浅。她们的胆量、智慧、镇静自如和处变不惊，甚至让男人也自愧不如。在得知了杨衙内的阴谋后，白士中只是愁眉苦脸、长吁短叹，而谭记儿却一改往日的娇羞温柔，果敢地说："你道他是花花太岁，要强逼的我步步相随。我呵，怕甚么天翻地覆，就顺着他雨约云期。这桩事，你只睁眼儿觑者，看怎生的发付他赖骨顽皮。"这真是何等气魄，何等胆略！

在中国古代妇女形象中，我最欣赏的便是这一类既有英雄气又有儿女情、既有男儿胆又有女人味的人物，尽管她们人数不多，而且社会地位也往往很卑贱。她们多半是妓女，或婢女，或再嫁寡妇，或被掳良人，有的失身，有的失节，有的失去自由，但我以为，只有她们，才是真正的"贞烈女"。

什么是"贞"？贞就是正，包括忠诚、正直、富有同情心和正义感，"穷不失义，达不离道"。这恰恰是这类女子的可贵品德。

她们的共同特点，是在身不由己的情况下，能守住自己心中的一方净土。当她们为了生存而不得不出卖色相时，力求"卖艺不卖身"（如《卖油郎独占花魁》中的莘瑶琴）。求之不得，则求"卖身不卖心"（如《杜十娘怒沉百宝箱》中的杜十娘），一片真情只付于真情人。所以当杜十娘得知李甲变心时，便痛彻心扉地感到了被欺骗和被玷污。作为妓女，她无法保住自己的身子；作为贞女，她却必须保卫自己的心灵。所以，她不惜一死，怒而沉江。因为在她们看来，心灵的自由是比身体的自由更宝贵，心灵的纯洁是比身体的洁净更重要的事情。"哀莫大于心死。"心既已死，则此身何惜？

显然，这就不仅是"贞"而且是"烈"了。烈也者，为义而死之谓也。杜十娘为之献身的义，不是统治阶级宣扬的"贞女不事二夫""饿死事小，失节事大"之类伪善的礼义，而是她自己心中至真至诚的情义，因此才感天动地。杜十娘投江后，围观群众咬牙切齿，义愤填膺，争欲拳殴李甲和孙富，李甲后来也郁成狂疾，终身不痊，遭到老天报应，真可谓天怒人怨了。

此外，如赵盼儿的"拔刀相助"，谭记儿的"挺身抗敌"，罗梅英的"振我妻纲"，均可谓之"烈"。罗梅英的故事始见于刘向的《列女传》，后成为广泛流传的民间故事，又被石君宝改编为杂剧《秋胡戏妻》。罗梅英是个美丽善良的女子，为了婚后夫妻恩爱，她不愿拣取个财主，却宁可嫁给贫穷的秋胡。婚后三天，秋胡便被抓了壮丁。罗梅英拒绝了自己父母和婆婆要她改嫁的要求，坚贞自守，甘苦备尝。十年后，秋胡得官回家，夫妻相见于桑园，竟不相识，而秋胡亦竟把她当作他人之妻调戏。当罗梅英得知这个流氓就是自己盼望多年的丈夫时，愤怒至极，坚决要求离异。显然，罗梅英要捍卫的，并不是封建礼仪，而是她自己极为看重的夫妻情义和人格尊严。

应该说，这类形象，才是最值得肯定的中国古代女性。

嗲妹妹与假小子

历史转眼就到了现当代。

当代中国的女性如何呢？除所谓"贤妻良母"型仍是大多数外，还有两种类型，也值得一说，这就是"嗲妹妹"和"假小子"。

典型的"嗲妹妹"大体上主要在南方，又尤以上海的"嗲妹妹"最为典型。汉字当中音"diǎ"的只有"嗲"这一个字，原本是南方的一种方言，北方人无论男女，往往都不知"嗲"为何物。《汉语大字典》和《现代汉语词典》都把它解释为"撒娇的声音和姿态"，例如"嗲声嗲气"等。这很能代表北方人对"嗲"的一种看法，但显然有失准确。比如南方有一种味道叫"沙嗲味"，难道是"撒娇的味道"？上海有句话叫"牢嗲格"（"蛮好的""挺好的"之意），难道能译为"挺撒娇的"？即便"发嗲"这个词，也不能简单地理解为"撒娇"。实际上，"嗲"这个词，不仅有娇羞、娇嗔、娇小、娇弱、娇贵、娇痴、娇嫩、娇柔、娇滴滴等义，还有比这更丰富更复杂的内容。

我们不妨来考察一下。

首先，"嗲"是专属女性的。说一个男人"发嗲"，虽不一定是讽刺，也多少带有玩笑、调侃意味。其次，"嗲"又是专属女孩的，只有女孩子才有资格"嗲"。老太婆如果也"发嗲"，就让人发笑。当然，这个范围可以扩大到少妇。当一个少妇有资格"发嗲"或被人视为"很嗲"时，便意味着她实际上被人看作一个小姑娘，像一个小女孩一样被人宠爱着，是一件很幸运的事。因此，生活中就只有"嗲妹妹"的说法，没有"嗲哥哥"或"嗲太太"的说法。哥哥是嗲妹妹的保卫呵护者，当然自己不能嗲；太太已为人妻，或已为人母，也不好再嗲。"嗲太太"当然也是有的，但必须指出，这些太太在她们丈夫的眼里，其实是被看作"嗲妹妹"的。

"嗲"虽然只属于女孩子，却又并非所有的女孩子都可谓之嗲。比方说，五大三粗者不嗲，矮胖敦实者不嗲，火暴泼辣者不嗲，呆板木讷者不嗲，耕种力田者不嗲，沿街叫卖者不嗲……看来，要"嗲"，还真不容易。它实际上包容着对年龄、性别、出身、地位、身材、姿态、性格、谈吐、气质、情趣、技巧，甚至口音方面的要求。只要有一个方面不能达标，就不大容易"嗲"得起来。比方说，说吴侬软语或闽南国语的女孩比较嗲，而操河南口音或陕北口音的女孩，就很难被认为是"嗲妹妹"。

尽管嗲有如此之多的条件，但嗲又不等于这些条件本身。准确地说，它是一个女孩子，因身材娇小、体态妩媚、性格温柔、谈吐文雅、衣着入时、举止得体，静则亭亭玉立，动则娉娉袅袅，言则柔声轻诉，食则细嚼慢咽等等方面而给人造成的一种情绪性感受。要之，它是一种文化情调；或者说，是一种"味道"。

这种味道常被北京姑娘轻蔑地叱之为"臭美"和"犯酸"，但它绝不等同于武汉人之所谓"zě"（字典上没有这个字）。武汉人之所谓"zě"与"嗲"有相近处，但却是对"撒娇""发嗲"的一种轻蔑、讽刺和批判，通常指那些没有资格撒娇、发嗲或摆谱，却又要装模作样、忸怩作态者之让人恶心、犯酸处。遇到这样的情况，武汉人就会十分鄙夷地说："你 zě 个么事？"或"闯到鬼了，一个屁大一点的办事处，他还 zě 不过！"

上海人之所谓"嗲"，却不但不是让人反感、厌恶，反倒是让人疼爱、怜爱的意思。因为有资格嗲的，都是些女孩子，而且是娇小玲珑、柔美可人的女孩子。这样的女孩子，有谁不疼爱呢？而让人疼爱的女孩子，又有几个不娇嗲呢？于是，一个女孩子，越是感到被人疼爱，也就越是娇嗲。同样，她越是娇嗲，也就越惹人疼爱。恋爱中的上海小姐，差不多都懂得这个道理，一个个各显身手，直令男士们柔肠寸断，疼爱异常，恨不能捧在手心，贴在胸口，关怀呵护备至。

这种令男士为之倾倒的手段，谓之"嗲功"。除先天条件外，技巧也很重要。其要义，在于必须懂得所谓"嗲"，乃是一种令男人大起疼爱呵护之心的气质，所以绝不可以装大。男人都自以为了不起，无论是男子汉（真老虎），还是小丈夫（纸老虎），都不希望自己的女人是母老虎。面对一只母老虎，纸老虎固然会露馅，真老虎也觉无味，因为那将使自己无法扮演男子汉的角色，至少也要失去许多机会。故"发嗲"者越小越好：身材小、胃口小、声音小、动作小、胆子小，这才能让男人"大"显身手。结果是，男人得了面子（像个男子汉），女孩子得了实惠（受到保护疼爱），岂非大家都很开心？

同样，深谙此道的男子也会投其所好，曲意逢迎，温柔体贴备至，此则谓之"花功"。女的会"嗲"，男的能"花"，则一拍即合，也就能"拍拖"。故沪上人云："男吃嗲功，女吃花功。"

由此可见，所谓"嗲妹妹"，就是那种让男人心疼、怜爱的女孩子；所谓"嗲功"，就是能让男人柔肠寸断、疼爱不已的功夫；而所谓"嗲"，则是这类女孩子身上特有的、为男士们所喜欢的一种"味道"。

显然，这是一种女人味。

应该说，在任何情况下都保证自己不失女人味，是江南一带尤其是上海女性的特点。一般地说，是女人就该有女人味。北方的女性，在她们做姑娘的时候，也是有女人味的。但是一嫁人，尤其是一当母亲，就难讲了。相当一部分，是只让自己的女性特征，单方面地向母性发展。包括她们的衣着、装束，都只是"母亲"而不是"女人"。更糟糕一点的，甚至会弄得十分邋遢、窝囊，蓬头垢面，衣衫不整，拖拉着鞋，敞开衣襟坐在门口奶孩子，一身的奶水和屎尿。似乎一个女人一旦当了母亲，就不必再在意自己是女人了。

南方和上海的女性则不然。她们在任何时候，都不会淡忘自己的性别角色，决不会像北方的女人那样，满不在乎地穿男人的衣裤。即便在"不爱红装爱武装"的年代，她们也会对那些肥大的绿衣绿裤动点手脚。比方说，把腰身、直裆和裤脚改小一点，在领口和袖口做点文章等，让人看了既觉得那军装已不是那么回事，又不得不暗自承认"是好看多了"。一旦稍微开放，则她们的花样也就更多，而这些花招，亦无非是设法表现出自己的性别特征而已。

事实上，正如杨东平在《城市季风》中所指出的，"上海女孩从少女时代起，就得到来自母亲和外婆的'女性养成'教育"。其实，给予她们这种教育的，也不止于母亲和外婆，还包括那些热心快肠的老阿姨，无话不说的小姐妹，以及街头巷尾左邻右舍的耳濡目染。这使她们从小就会洗衣、烧饭、会缝纫、编织，坐吃有相训练有素，举止仪容分寸得体，知道如何同男孩子交往又界限分明，也知道颜色图案款式如何入时而不"乡气"。

当然，她们也从小就知道发嗲，以及在什么时候什么场合和如何发嗲。

总之，她们从小就知道自己是女人及如何做女人。

现在，我们对于所谓"嗲妹妹"，大致上可以有个印象和界定了。一般地说，这是指那些娇小、柔弱、秀美、文静、招人疼爱的女孩子，比如林妹妹那一类。同时，也可以广义地指那些特别有女人味，而且特别突出女人阴柔气质的那些女性。

但是，"嗲妹妹"绝不等于"弱女子"。

事实上，"嗲妹妹"的弱往往只是表面形象，正如不少"痞哥们"的强只是外强中干一样。不少上海姑娘（也包括少妇），其实是外弱内强、外嗲内不嗲的。

在曾经云集了上海知青的新疆、黑龙江、云南等生产建设兵团工作过的人都有这样一种印象，上海姑娘并非都是"娇小姐"，其实多为"女能人"。她们既不娇气，也不懒惰，更不愚蠢，生产能力和生存能力都令人刮目相看（上海男知青其实也一样）。准确地说，她们是要撒娇时真能撒娇，要吃苦时真能吃苦，要团结人时真能团结人（一块酱油糕就够了），要排外时真能排外（一句上海话就够了），既能很快适应环境又能保持上海特色，既能当上"铁姑娘"又不失女人味。我在兵团工作过，我自己就有这个印象。而且我还发现，不少北方籍的男职工，其实是很希望娶一位上海女知青做老婆的。结婚以后，这些北方男子甚至很快就会上海化。即便不像上海男人那样怕老婆，至少也不像北方男人那样打老婆。除了不会说上海话，全身上下都会被他的妻子打扮得像个上海人，甚至连饮食习惯也不例外。

这正是上海嗲妹妹的功夫所在：先用嗲功征服男人，再用嗲功改造男人，让男人在柔情蜜意中悄然就范，成为自己理想中的那个样子。所以，门槛精又讲实惠的上海姑娘并不奢望白马王子，她们宁可挑一个"可教育好的子女"，亲自动手把他塑造成理想丈夫。

谁说嗲妹妹们弱来着？

其实，上海女性不但在家里是强者，而且在单位上也不弱，不少人是业务骨干，甚至是领导。要之，她们的柔弱和娇嗲，有一半是做给别人看的，这样可以得到种种实惠（比方说在劳动时得到男性的主动帮助，生活中得到男性的主动照顾等）。可以这么说，现代嗲妹妹在表面上继承了传统弱女子的形象，却把那"弱"改造成了一种生存武器和生存智慧。

毫无疑问，当娇嗲或其他什么女性的特征被看作成一种可资利用的手段时，它们固然可以被用来为自己谋求幸福，但也完全可能成为商品。上海人的婚恋中，原本就有"讲实惠"的传统，那么，当婚姻变成了金钱交易时，娇嗲也就往往变成了讲价的砝码。

也许，这也正是北方姑娘极其厌恶南方小姐之娇嗲的原因之一。相比较而言，北方姑娘的确更为"侠义"。北方的男子互称"哥们"，北方的姑娘则互称"姐们"。而且高兴起来，没准儿也互称"哥们"。她们重情感，讲道义，和男人们一样，频繁地使用诸如"特肝胆""特铁"之类的词儿，来形容她们和自己朋友的友谊，而这种友谊又往往是打破性别界限的。在假日，上海姑娘多半是挽着男朋友的手去"轧马路"（实在地讲，上海除了马路，还真没有什么别的地方可逛），而北京姑娘则完全可能男男女女一大群，呼朋引类地到城外去郊游，去远足，去举行"不分你我的共产主义野餐"，大碗喝酒，大块吃肉，大秤分苹果。酒足饭饱以后，便呼啸山林，或感叹活得"真没劲"。

显然，北方姑娘绝无南方的嗲气，有的只是豪气。她们大多性格开朗，自然大方，大大咧咧，没心没肺。不但自己有事不往心里去，而且深信别人也是这样。她们跑到别人家里去，可以和别人的丈夫嘻嘻哈哈，打打闹闹，谈笑风生，亲如家人，全不管对方的妻子是否会吃醋。当然，对于自己的吃喝穿戴，也是满不在乎的。她们当然也有高档的、名牌的服装，但购买这些服装，多半是凭一时的兴致，很少经过精细的盘算。甚至会有这样的情况，几个朋友竟会买回同一种面料款式的衣服，因为这样才显得够"姐们"，而这在上海姑娘看来显然是不合算的——有这份钱，还不如各买一种面料款式的换着穿。

然而，穿着马虎吃得也马虎的北京姑娘，在选择对象时却又是审美型的。她们坚持"男子汉"标准，对于诸如有无住房、是否会做家务之类的实际问题较少考虑，或放在次要位置。"不就是住房吗？哪儿不能凑合？"至于做家务，更不要紧。大家都不会做饭更好，干脆吃食堂，熬不住了就下馆子："不就是涮羊肉吗？撑死了也就半月工资嘛！"

与这种豪气相对应，北方姑娘对自身形象的塑造，当然不会是"嗲妹妹"，反倒有不少是"假小子"。

我对"假小子"的特点有句调侃的界说："说话颠三倒四，做事丢三落四，交友不三不四，被人说三道四。"前两句当然是说她们的性格：风风火火、毛毛糙糙、大大咧咧、咋咋呼呼，没有章法，不讲规矩；所谓"交友不三不四"，当然不是指她结交坏人，而是说她们与人交往没有那么多忌讳和戒备，三教九流，五湖四海，只要脾气对路，性格结缘，都与之往米，这也正是她们豪爽的一面。豪爽的"假小子"们，最痛恨和最鄙视的，就是"抠门"和"犯酸"。不抠门当然"大度"，但往往连勤俭持家、精打细算、省吃俭用、细水长流等传统美德也予以抛弃；不犯酸当然"帅气"，但往往连优雅、温柔、含蓄、细腻等女性特征也丢个精光。此外，她们也都相当一致地厌恶家政，不屑于学习烹饪料理、针线女红。她们完全有可能把自己的房间弄得乱七八糟，凌乱不堪，东西乱扔，被子不叠，要用的东西找不到，不用的东西到处都是。她们甚至对自己的身材、长相、衣着也满不在乎，山吃海喝，零嘴不断，吃得胖乎乎傻呵呵的，然后吊儿郎当地穿件文化衫，上面印着："别理我，烦着哪！"或者："从来就没想嫁人！"

这就难免让人说三道四了。1988年，美籍作家赵浩生在《中国青年报》上撰文，惊呼"中国最大的悲哀，就是没有女人了"。我想这主要是指那些"假小子"而言，而且主要是指她们的粗暴生硬、咋呼泼辣、蛮横无理、说话挺冲，一开口就是"老姑奶奶"如何如何之类的德行而言。

其实，即便没有这些"假小子"，中国人也会普遍地感到"女人越来越不像女人了"。各地都有诸如"女的比男的坏"或"姑娘比小子坏"之类的民谣。这里说的"坏"，可能有两种：一种是指道德的堕落，比如"男人有钱就变坏，女人一坏就有钱"的"坏"；另一种就是指性格、脾气甚至气质、禀赋的"坏"。而后一种"坏"的结论，又往往是比照传统妇女形象得出的。这说明中国妇女的情况，在20世纪确实比男性发生了更大的变化，而这种变化又不是可以简单地用"坏"或者"好"来形容的，尽管它往往被这样简单地归结着。因此，我们还有必要对20世纪女性的变化，做一个简单的回顾和检讨。

20世纪新女性

的确，20世纪是中国社会政治文化天翻地覆的时代，而其中变化最大且感受最深者，又莫过于女性。

20世纪前的六七百年间，即元、明、清三朝，是中国妇女生活最黑暗的几个世纪，其中又以明清两代妇女受压迫最重。有学者甚至认为，中国妇女的非人生活，到清代已经"登峰造极""蔑已加矣"（陈东原《中国妇女生活史》）。换言之，已非革命不可了。

革命是在中国妇女毫无思想准备的时候突然发生的。到19世纪中叶以前，封建礼教对中国妇女的限制、歧视、压迫、禁锢，早已从一般性"贤妻良母""三从四德""授受不亲"的要求，发展到"守贞守节""无才是德""足不出户"的禁令，女性的心理受到严重的压抑和扭曲，妇女的身体早已丧失自由。然而，历史上所谓近代、现代、当代这一个半世纪，在中国大地上发生的事情，却又太具有突变性和戏剧性：鸦片战争、太平天国、洋务运动、戊戌变法、八国联军、辛亥革命、五四运动、北伐战争、井冈烽火、万里长征、抗日战争、解放战争……一系列的活剧纷纷上演，其内容、形式、情节、主题、宗旨、导向又不尽相同甚至相悖，让人目不暇接，就连反应稍快的男人都难免落伍掉队，更遑论久受禁锢的女性了。

然而，革命给中国妇女带来的好处，也是她们意想不到和喜出望外的。"不缠足"解放了她们的身，"兴女学"解放了她们的心，"废除包办婚姻"还其恋爱自由，"实行一夫一妻"使其免受奴役，"男女同工同酬"提高了她们的经济地位，"妇女参政议政"提高了她们的政治地位，而"男女一律平等"则更从法律上保证了她们成为和男子一样，有着公民权利与义务的独立、自主以及人身人格不受侵犯的人。

这是几千年来连想都不敢想的事，而革命却几乎在一夜之间实现了。那些千百年来强加于妇女之身、想挣又挣不脱的铁锁链，也几乎在一夜之间就由革命给粉碎了。中国妇女不能不感谢革命、拥护革命、热爱革命。作为中国革命的直接受益者，她们和广大工人、贫下中农一样，也同时是中国革命最热忱的拥护者和最坚定的支持者。中国革命队伍中有那么多的女性，原因之一，也在于此。

也许正是这个原因，革命者，尤其是女革命家，就成为20世纪中国女性，尤其是新中国成立以后中国女性崇拜的偶像和学习的楷模。

这样一些女革命家、革命者和革命英雄的名字，几乎是每个新中国女性都耳熟能详的：秋瑾、宋庆龄、何香凝、向警予、刘和珍、杨开慧、赵一曼、江姐、刘胡兰、向秀丽……她们不仅是中国女性的骄傲，也是中国女性的榜样。榜样的力量是无穷的，正是在榜样的带动和鼓舞下，新中国女性表现和建立了与传统美德不同的新美德，它们包括：

一、爱国主义精神。爱国是中华民族的光荣传统，但在传统社会，女性似乎又没有多少资格爱国。除花木兰、穆桂英、梁红玉等屈指可数的少数女英雄能够以身报国外，其他女子大多报国无门。只有在抗日战争和解放战争中，中国妇女的爱国热情才有机会得到表现。新中国成立后，女性有了参政议政的权利，也不再被束缚在家庭的小圈子里，便变得关心起国家大事来。天下兴亡已不再只是"匹夫有责"，而是"男女都有责"了。当然，对国家大事的关心，主要还体现在城市妇女（尤其是北京）、职业妇女（尤其是干部和知识妇女）和学生身上，但毕竟已开始成为一种新的时代风尚。

二、英雄主义精神。这主要表现在对传统男性职业的挑战和对女性生理极限的超越。因为"时代不同了，男女都一样"，男人能干的，女人也要照样能干才行。于是，女拖拉机手、女司机、女飞行员、女子高空带电作业等英雄形象便层出不穷。这实际上是女性英雄主义的一种表现。它甚至超过了"男女都一样"的要求，而向"女子胜过男子"的目标进军，并战果辉煌。比如在体育方面，继中国女排的崛起之后，女子足球、女子摔跤、女子举重、女子柔道、女子竞走、女子中长跑等项目都令她们的男性同行汗颜。女子在体格体力上原本不如男子，那么，体育界的"阴盛阳衰"，还不足以证明中国女性的英雄主义精神吗？

三、积极向上精神。这主要表现在学习上。有资料证明，新中国女性的学习热情要普遍高于男性。其原因有三：一是学习机会来之不易而倍感珍惜；二是意识到旧社会妇女地位低下与不识字有关；三是前述女革命家多为知识妇女。这种精神从建国初期一直贯穿到现在。近几年频频出现的女生高考平均分数高于男生，或"女状元"多于"男状元"的现象，便是证明。看来，女性不但在体力方面大出风头，而且在智力方面也要压倒须眉了。

这些现象确实很能令人鼓舞。因为它们证明中国妇女确实成了国家的主人，证明中国女性的内在潜力确实得到了开发，优良品质确实得到了体现，自身素质确实得到了提高，同时也证明"妇女的解放"确实不是一句空话，而是实实在在的事情。

然而忧虑也不是没有的。

最令人忧虑的，就是与此而同时产生的女性的"无性化"和"男性化"倾向。

前面已经说过，中国妇女是在毫无思想准备的条件下迎来自己的解放的。她们并不知道解放以后的自己，该是个什么模样（事实上也没有任何人知道），于是，她们就只能为自己的形象塑造设定两个榜样和一个标准。这两个榜样分别是女英雄和男同志，而这一个标准则是革命化。

新中国女性以革命化为标准是很自然的事，因为没有革命就没有妇女的解放。然而革命本身是没有性别的。它关心的主要不是两性之间的关系和男女各自性别角色之类的问题，而是社会政治问题。在这些问题上，革命对男人和女人都一视同仁。它要讲的，只是社会性、人民性、阶级性和党性。也就是说，它只区分阶级、敌我、党派等等，不区分男女。所以，在革命斗争中，男女之间的性别差异往往会被抹平而变得无性化起来。

其次，革命毕竟是一个阶级推翻另一个阶级的暴力行动，它更需要男性的阳刚之气，而不是女性的阴柔之美。事实上，在革命队伍中，也总是男同志的人数大幅度地多于女同志。而且为了革命的胜利，又总是要求女同志向男同志看齐，而女同志也乐意这样，因为这才能体现"男女都一样"的妇女解放精神。如前所说，这确能给女性带来不少好处，比如增强自信心，提高战斗力，变得有进取精神和会做社会工作等，但女性的某些性别特征的无意流失甚至男性化，也是一个事实。

接踵而来的是一个多样化的年代。

20 世纪最后二十几年，是中国历史上空前开放和活跃的时期。在这个百花齐放的年代，各类女性形象的纷纷"粉墨登场"，可以说是不足为奇。

最先让人耳目一新并引起愉悦的，是那些全无尚武好斗色彩的女性形象，比如《苦恼人的笑》《甜蜜的事业》《小街》《大桥下面》等影片中由潘虹、李秀明、张瑜、龚雪、殷亭如等人扮演的那些角色。这些正面人物因其已开始展示女性独有的美而大受观众的欢迎，其中又尤以龚雪、殷亭如等人的楚楚动人而招人疼爱，而这几位恰好正是正宗的上海姑娘。刘晓庆虽然"辣"了一点，却也还有川妹子的可人之处。她和陈冲联合主演的《小花》，至今仍为不少人所津津乐道。

《妹妹找哥泪花流》的歌曲，当然也风行一时。

后来则是"北地胭脂"巩俐等的走红，而银幕上的形象也越来越"不像话"：不是歌女、舞女、吧女，便是女匪、女谍、女贼，连妓女也不甘寂寞，卷土重来，频频亮相。甚至连"性感明星"这样的头衔，也居然被启用，而且颇为看好。与之相对应，90年代女孩子们的言谈举止和社会交往也越来越"胆大妄为"。出入舞场已不足为奇，衣着入时更不在话下；笑不露齿固然早成历史，口出狂言差不多也是家常便饭。尤其令人不解的是，90年代的女孩子们，对于性、爱情、婚姻等问题似乎都不大当回事。五六十年代女孩子们羞于启齿的那些词，比如"恋爱""结婚"等，她们都能满不在乎地脱口而出，甚至在大庭广众之中像说吃饭喝水洗衣服一样说到诸如"做爱"这样的词，令老一辈人瞠目结舌大摇其头。问题并不在于她们说了什么，而在于她们在说这些时的那种无所谓和不动声色，那种坦然、淡然、超然和随意。看来，新一代的女性真是大不同于前，而近二十年的变化也绝不小于世纪之初。

然而传统的力量依然存在。在一个人们似乎不大有思想准备的夜晚，凯丽扮演的刘慧芳忽然大爆冷门，又几乎在一夜之间占领了全国的电视频道。人们这才惊讶地发现，弄了半天，似乎还是咱们中国那些贤惠、温柔、善良、忍让的传统女性好。

几乎与此同时或稍后不久，一股"女红热"也在大学校园里悄然兴起，并成为当前讨论的一个热点。历史转了一个大圈，似乎又回到了原地。这才真让人哭笑不得哪！

看来，要对这一系列的风云变幻作结论，显然还为时太早。

的确，要描述和评说这将近一百年间中国妇女的变化，无疑是太复杂的事情；而前面的述说，当然也难免粗疏和偏漏，甚或有荒谬错误之处。但有一点可以肯定：这毕竟是一个妇女解放的世纪，也毕竟是一个充满着艰难困苦、反复曲折，因而风波迭起、险象环生的世纪。在这样一个世纪探索前行，什么问题都可能遇到，什么事情都可能发生，因此一切现象都属正常，一切变化都有道理，既毋庸大惊小怪，也不必"觉今是而昨非"。重要的是对此持一种客观、冷静、理智、科学的态度，则对于我们今后的事业，必有所裨益。

更何况，我们还应该看到，较之旧中国，新中国的男人和女人，应该说是更像男人和女人了。他们无论在体格上还是在心理上，较之"东亚病夫"和"王朝顺民"，都有了质的变化和飞跃，尤其是有了对自身进行认识和反思的能力，这才提出了"女人越来越不像女人"或"男人越来越不像男人"的问题。要言之，这些问题的提出，并非意味着我们的状况有多么糟糕，而只意味着我们对自身人格塑造的要求越来越高，这才表现出对现状的不满。无疑，这是一种进步的表现。

同样的，要展望中国女性的未来，也是一个太复杂的问题，我们将留到本书的最后再去讲它。这里要说的是，"女人越来越不像女人"，绝不单方面的只是女人的事，正如"男人越来越不像男人"不是男人单方面的事一样。作为矛盾对立统一的双方，男人和女人形象的重塑都既有赖于自己，也有赖于对方。没有健全的男性，就没有健全的女性。同理，没有健全的女性，也就不会有健全的男性。当然，没有健全的男性和女性，也就没有健全的人性，而没有健全的人性，就不会有健全的社会。在大力提倡精神文明的今天，这无疑又是一个极有意义的课题。

问题看来已经比较明朗了：既然男性和女性都只有在对方那里才能展现自己的特征，也只有在对方那里才能得到自己的生成，那么，我们就有必要先来考察一下中国社会的男女关系，考察一下它的历史及其得失。

　　显然，这就必须谈到中国社会中曾经有过的种种男女关系。

　　当然，也就不能不谈到性。

第三章　性

神圣祭坛

性，是男女之间最自然的关系。

所谓"最自然的关系"，也就是最天然、最当然、最不勉强、最合乎天性因此自然而然就会发生的一种关系。然而，这个最自然的关系，又曾经被弄得很不自然。它不但登不得大雅之堂，即便在大雅之堂外面，在穷街陋巷、田边垄上，也未必就那么冠冕堂皇，多半仍要通过俚词、俗话、民谣、小曲、暗号、谜语、歇后语等形式曲折地表现。正规的教育，更是没有性这一课。似乎性既不是文化，也不是知识，竟是可以无师自通的事情。结果，关于性的知识，只能靠父母（主要是母亲）在子女婚前语焉不详地私相授受，而长期讳言性，则造成了心理的反常。只要一提到，或与性有关联者，立即就会变得神秘兮兮，或紧张兮兮，原本自然的表情也会变得不自然起米。

其实，在远古时代，性既不神秘，也不忌讳；既不可怕，也不下流。它和吃饭、睡眠、排泄等等一样，是一种很自然的生理行为。

后来，事情开始有了一些变化。但也不是变得神秘，而是变得神圣。大约是在新石器时代早期，性被当作一件特别重要的事而予以注意，性、性器官、性行为被推上了神圣的祭坛，成为人们顶礼膜拜的对象。这就是历史上所谓的"性崇拜"。不过，这种崇拜的目的并不是性，而是生育。因此，它准确的名称，不是"性崇拜"，而应该是"生殖崇拜"。

生殖崇拜在原始时代，是一件庄严神圣而又至关重要的事。它的终极目的，是种族的延续；而它的直接起因，则是死亡的威胁。原始人的寿命很短而死亡率极高。据研究，尼安得特人平均寿命不到二十岁，山顶洞人的成年人没有超过三十岁的，而死亡率则可能高达50%。自然的灾害，意外的事故，野兽的伤害，敌人的攻击，随时随地都可能夺去人的生命，而医药又尚未发明，一场瘟疫和一次战争，便可能给整个族群带来灭顶之灾。事实上，高达50%的死亡率，便等于告诉我们：传种的可能仅仅只有一半；而灭族的可能，也差不多同样有一半。这可真是生死攸关，危乎险哉！

幸好，在不可抗拒的死亡和50%的灭族威胁面前，我们的祖先表现了一种十分冷静和现实的态度：既然死是不可抗拒的，那么与其抗拒死亡，不如创造生命；与其乞求不死，不如设法多生。

于是，生殖就被看作了关乎族类生死存亡的头等大事。但是，原始先民对生殖的原理又还不甚了然。他们还没有建立关于生殖的科学，因此难免产生一种神秘的感觉，以为生殖乃是来自一种神秘的力量。只要获得了这种神秘的力量，新的生命体就会被源源不断地创造出来，而族类的生命也就会因此而得到保全和延续。

这样一来，生殖崇拜就产生了。

生殖崇拜最早是对女性的崇拜，而且首先是对女性生殖器的崇拜。因为所有的孩子都是女人生的。这样，女人和女性生殖器，也就理所当然地被看作是神秘生殖力的源泉，或神秘生殖力的寓所。于是，女性生殖器（后来也扩展到男性生殖器）便被制作成各种图像和模型，而加以崇拜。而且，女性生殖器偶像都是按照张弛状态塑造的，男性生殖器偶像则是照勃起状态塑造的，因为这正是它们发挥魔力时的状态，因此有脱离人体而特别加以崇拜的意义。

不过，崇拜女性生殖器，归根到底是人对自身的崇拜。这种崇拜的有效性，显然要打折扣。神秘的生殖力，应该是来自大自然，表现于大自然的。于是，人们的目光便转向了那些生殖能力特别强的自然物，比方说，鱼。

鱼是女阴的象征。

鱼为什么是女阴的象征呢？说穿了，也很简单。从外表看鱼形，尤其是两鱼相叠之形，与女性的外阴十分相似；从内涵看，鱼腹多子，繁殖力极强，颇有生生不已之势，足使人相信它们身上一定寄寓着神秘的生殖力量。于是，多子多孙的鱼便成了先民们羡慕、敬仰乃至崇拜的对象。原始先民渴望通过这种崇拜，将鱼旺盛的生殖力转移到自己身上，或者能增强自己的这种功能。

仰韶文化中的"鱼祭"和"鱼纹"，就是这种崇拜的形式。印度河文明彩陶上的比目鱼，印度史诗中的天女变鱼，以及欧洲妇孺皆知的美人鱼神话，也许都是这种崇拜或明或暗的表现和遗存。由于崇拜鱼，鱼就被看作是氏族的祖先。夏民族的始祖颛顼是一条半人半鱼的鱼妇，也就是上半身为人下半身为鱼的美人鱼。禹的父亲（其实是母亲）鲧，则是一条"白面长人鱼"。

进入文明时代以后，鱼的崇拜仍被保留了下来。古代贵妇人乘坐的车舆叫"鱼轩"，传达爱情的书信叫"鱼书"，送子观音手上提的是

"鱼篮",正月十五悬挂的彩灯中有"鱼灯",陕西农村婚宴上要陈设木制双鱼,"年年有鱼"的年画则几乎贴遍了全中国。此外,鱼还被看作是女性或爱情的象征,如唐代女诗人李冶诗云:"尺素如残雪,结为双鲤鱼。欲知心里事,看取腹中书。"又如元稹诗"重叠鱼中素,幽缄手自开;斜红余泪迹,知著脸边来",都是。

鱼象征着外阴,蛙则象征着子宫。

蛙也是中国原始时代女性生殖崇拜的象征物之一。从表象上看,蛙的肚腹与孕妇的肚腹一样浑圆膨大;从内涵上说,蛙的繁殖力很强,一夜春雨便蝌蚪成群。所以,蛙也被看作是神秘生殖力的象征,而受到敬仰和崇拜。

于是,在神话中,我们民族的母亲神便被想象成一个蛙女,这就是女娲。娲(读如"蛙"),其实就是蛙。因为不是一般的蛙,而是神圣的、作为我们民族始祖的蛙,所以不写作"蛙",而写作"娲"。娲这个字,除用于女娲外,再无别的意义,可见是特创出来用于圣蛙或母亲神的。《说文》曰:"娲,古之神圣女,化万物者也。"王逸的《楚辞注》也说娲"一日七十化"。这里说"化",都是孕育、生育的意思。

其实,女娲造人和补天的故事,便正是从蛙的形象延伸演变出来的。在姜寨出土的彩陶上,有一个蛙形图案,蛙身浑圆,上面布满了斑点。这些斑点,原本是代表蛙腹多子的意思。后来,在神话中,就成了补天的五色石子。我们的先民坐地观天,想象浑圆之天穹有如蛙腹,那满天繁星即腹中之子,而四条蛙腿也就成了支撑天穹的四根支柱。

先民的想象力是很丰富的。他们不但把天穹想象成蛙腹,而且把月亮也想象成青蛙。月有盈亏，恰似蛙腹和孕妇之腹有规律的膨胀和缩小；而成年女子的信水，又恰好一月一次，与月的盈亏相同步，所以叫"月经"。月即每月一次，经即经常、常规。信水每月常规性地来一次，这就不能不让人们认为，月亮与女性的生殖特征之间，一定有着某种神秘的联系。

于是，人们又想象，月亮是一只肚腹有规律膨胀缩小的神蛙，或者月亮中有一只这样的神蛙。这只神蛙名叫"蟾蜍"，"蟾蜍"转音为"嫦娥"，是一位美丽的女神。因为月中有这位主司生育的女神，所以主管婚育之神，便在神话传说中，被想象成一个月下的老人，叫"月老"。媒人之所以叫月老，不仅因为在传说中他是一位对着月亮翻检婚牒的老人，也不仅因为花前月下是谈情说爱的最佳场所，还因为月亮原本就是生殖崇拜的对象。

嫦娥也好，女娲也好，究其原型，都是青蛙。正因为母亲是"蛙"，子女才被称为"娃"。娃也者，女娲所生之小蛙也，故曰"娇娃"，而娇娃有时也特指娇美的小女孩。娃娃落地，呱呱而鸣，恰似蛙声。因此，荷塘之中，月色之下，那一片呱呱蛙鸣，便成了生命的交响。

作为神蛙和母亲神的女娲，在漫长的神话衍变过程中，又有了一位配偶——伏羲。伏羲是蛇。汉代石刻画像和石画中，女娲和伏羲被画成两条尾巴缠在一起的蛇。交尾的形式暗示着性和生育，但把女娲画成蛇却不够准确。事实上，只有伏羲才是蛇，女娲应是蛙。因为蛇是男根的象征。蛇平时看似绵软无力，一旦需要进攻，便立即勃起并十分坚挺，正与阴茎相似。它躲在草丛里，"寻常看不见，偶尔露峥嵘"，用之比喻男根，再合适不过。所以，不但中国的伏羲是蛇，印度的韦须奴，欧洲的阿波罗，也是蛇。同理，在伊甸园里，引诱夏娃犯下"原罪"的是蛇，被上帝规定了要和女人终身作对的也是蛇。在这些神话中，我们都不难看出一些蛛丝马迹。

除蛇以外，鸟也被看成男根的象征。它们的共同之处，是都有"卵"。先民们看见雏鸟从鸟蛋中出，婴儿从胞衣中出，便联想到人类的新生命，大约也是男卵入女腹的结果，于是又以生卵极多的鸟为崇拜对象。所以后来，俗话中便把男根称为"鸟""鸡鸡"，正如英人俚语把它称为"cock"一样。

蛙后来到了月亮里，鸟则飞进了太阳中，成为一种神鸟——金乌。金乌是日中之三足神鸟。为什么是三足呢？就因为两腿夹一男根之故。月有蟾蜍，日有金乌，它们又恰恰是女娲和伏羲手捧之物。

鸟与蛇这两类象征形象的出现，标志着男性在生殖活动中的作用开始被认识；而女娲由蛙变蛇，则是父系制取代母系制的结果。许多学者都指出，父系制取代母系制，在历史上可能是一场残酷的斗争。在这场斗争中，蛇所象征的男子性器，有可能被当作了斗争的武器。男子用它，征服和占有了女性，从而揭开了男女不平等历史的帷幕。

更何况，现实中的蛇，原本就是恐怖的东西。男性用它来做性象征，本身就意味着阴谋与暴力。原始先民十分怕蛇，平时在森林里走路，见面时都要相互询问："有它无？"不敢称"蛇"而称"它"，可见恐惧之至。后来不太怕了，才在"它"旁加一个"虫"字，称为"蛇"。但男根仍被称为"它"，或"那玩意""那话儿"。另外，现实生活中，蛙也常被蛇吞食。所以，当父系制取代母系制后，神圣的"蛙女"便被迫"失身"，变成了人面蛇身的"女娲"，弄得有点不男不女了。可以说，当"蛙女"变成"蛇人"后，中国妇女的受难，也就慢慢开始了。

当然，这个过程一开始是非常缓慢的，其年代也一定十分久远。如果不是对原始神话进行上述人类学的破译，我们就会上当受骗，以为女娲真是伏羲的"蛇妹妹"，并以为在中国历史上，从古到今都是男尊女卑的。

从禁忌到贞节

就在"性崇拜"的同时，"性禁忌"也开始了。

从生理的角度看，男子是没有性的禁忌的。女子则不然。月经期、妊娠期和分娩期，是她们的禁忌时期。因此，出于生理保护的需要，女性一般都会在上述时期对性生活采取回避态度，拒绝男性的性挑逗和性骚扰，并对一切性行为和与性有关的事情，近乎本能地产生反感和厌恶的情绪，至少也会表现出冷淡的态度。

然而，男人却很难理解和接受。

原始时代的男子，大约都是精力充沛和性欲旺盛的。他们还处在野蛮时代，告别动物状态还不太久，身上还保留着不少野性和蛮劲，不像后来文明时代的男人那样文雅、缠绵、从容不迫和"温良恭俭让"。他们平均寿命很短，人生转瞬即逝，很需要"及时行乐"；他们长年茹毛饮血，跳跃奔走，端的一副好体格，一身好力气，也很少有人会阳痿不举。再说，他们也没有什么生理卫生的科学知识，并不懂得他们的女同胞们有什么特殊的生理特征。因此，这些不懂事的野男孩，就完全有可能不顾姐妹们是否愿意，由着性子胡来，甚至仗着自己人高马大，身强力壮，强行与女子发生性关系。我们现在还不能确切地知道原始时代是否有强奸案发生（因为动物是不强奸的）。但即便那些男子不来强奸，只是一味地来挑逗和纠缠，也够让人讨厌的了。

女人当然要设法对付。对付的办法，当然也不能靠体力，只能靠智慧。性禁忌就是一种聪明的办法。禁忌在文化人类学中称为"taboo"，音译为"塔布"，往往用于那些被认为既神圣又危险、既纯洁又肮脏的事情和事物。它的成立，是建立在人类恐惧的心理上，是人类畏惧与欲求、恐怖与被诱的矛盾混合物。也就是说，为了防范那些不该有的诱惑与欲求，便只有施以恐吓和欺骗。比方说，在原始时代，经期中的妇女要被隔离起来，因为她们在流血。流血在原始时代是恐怖的事情，因为那往往意味着死亡。这样，流血的妇女不但自己是危险的（所以要隔离开来加以保护），而且对别人也是有威胁的（所以要隔离起来加以防范）。这时，一个男子如果见到了经血，就会"倒血霉"；如果与之性交，更会触犯神明。凡此种种，就是禁忌。

这一类禁忌，我们无妨称为"生理性禁忌"。

另一类禁忌是心理性的。

这类禁忌来自女性的性选择。

在原始时代，人类没有家庭而只有群团，没有夫妻而只有性伙伴。在这个时代，男女之间的性关系相当随意，女子既"人尽可夫"，男子也"人尽可妻"。一个男子可以只选择一个性伙伴，也可以同好几个女子都发生关系。同样，一个女子可以只选择一个性伙伴，也可以同好几个男子都发生关系。只要双方乐意，社会对此并无限制，其他人也不会在意，因为反正大家都一样。

但是，随意并不等于任意，更不等于淫乱。这个时候的两性关系，应该说是"无限制，有选择"。其中，起到决定性作用的是性的选择，尤其是女性对男性伙伴的选择。

从遗传学的角度讲，性选择来自人的动物祖先。达尔文在其名著《人类的由来与性选择》一书中，以大量的事实令人信服地证明了，在动物的性关系中，性选择有着极其重要的作用，而且多数是雌性选择雄性。在交配季节，雄性动物必须通过各种方式——比如孔雀的开屏和雄性动物之间常有的搏斗——来展示自己的魅力，获取雌性的芳心。那些在选美比赛或拳击比赛中获胜的雄性动物，便可得到一位自己的配偶，甚至可能妻妾成群，而那些败北的便只好去打光棍，或者失去配偶成为鳏夫。

在原始时代，人类的情况也差不多。

在那时，性伙伴基本上是由个人自己选择的，而且也多半是女性选择男性。格罗塞在《艺术的起源》一书中说过："在原始民族间，和在高等动物间一样，是没有老处女的。"女人无论如何，总会找到一个性伙伴，只要她不忌讳和其他姐妹共有一个，而男人却弄不好会一次次轮空。所以，原始时代的男子，就和雄性动物一样，特别注意梳妆打扮，当然也更注意自己的表现。布雷多克在《婚床》一书中说，原始民族的男子可以有两种手段获得姑娘的好感："一是他所具有的超凡出众的跳舞技艺，一是他所拥有的英勇善战的敌人的头颅。"这两手显然都是动物界的"正宗嫡传"：前者来自孔雀的开屏，后者来自公鸡的好斗；一展示美丽，一展示英武；而最具权威的裁判，则是稳坐钓台的女人。

这确实很能让女人得意一阵子的。

得意之余，女人起了一种自律性的冲动。她要节制自己的性欲，由人尽可夫一变而为情有独钟。这往往是一个很自然的过程。在与多个男子有过交往之后，她会特别中意某一个人，而只愿意与他一个人做爱。从此，她的心灵和身体的门户都将只向自己爱慕的那一个人洞开，而不会随便向什么人张开双臂。相反，还会对其他人的胡搅蛮缠产生厌恶感，表现出性的冷淡。这时，她会觉得自己的性器官是极为圣洁和宝贵的东西。它必须被加以保护和遮蔽，不但不允许随便进入，也不能随便被人看到。总之，它成了一种禁忌，一种女性对自己性器官和性特征的禁忌。这是一种心理性的禁忌，我们无妨称为"原始贞节"。

原始贞节是女性的自觉行为，是通过自我制裁而实现自我保护和自我完善。与此同时，人类很可能已经发现了群婚杂交对族类和社会的危害，有必要对其进行节制和规范了。在这个时候，处于主动地位的女性率先以身立法，"从我做起"，应该说相当伟大。

对于女性的这种"门户关闭政策"，男子显然是不欢迎甚至是相当恼火的。正如恩格斯在《家庭、私有制和国家的起源》中所指出："男子从来不会想到甚至直到今天也不会想到要放弃事实上的群婚的便利。"也许正是在这个时候，强奸开始发生了。无论在古代或是现代，强奸都是对女子贞节的一种破坏和摧毁。所以我们有理由相信，强奸案必然首次发生于女性贞节观建立之后，而女子决心守贞以后，也一定有一个强奸案的频发时期。而且我猜测，这个时期也许在男根登上生殖崇拜祭坛之后，而与"蛇吞食蛙"正相同时。

这种猜测并非没有道理。前面讲得很清楚，原始贞节虽然在心理上起源于女性的情有独钟，但在形式上，却表现为女性对自己性器官的珍爱和保护。这种珍爱和保护要成为可能，必须有一个社会文化的环境和背景，而女性生殖崇拜恰好提供了这种文化氛围。当女性的性器官被当作神圣之物格外加以崇拜时，它当然也就不容侵犯。所以，女性生殖崇拜，就不但是女性尊严的保护伞，也是女性贞节的总后台。同理，要破坏和摧毁这一贞节，就只有把男性生殖器也推上祭坛，使之成为与女阴平起平坐的东西。

于是，原始神圣祭坛上，就演出了新的节目。

男根一登台，就充满了暴力与邪恶。

如前所述，蛇在原始时代，无论如何也是让人反感、厌恶和恐惧的东西。所以，男根崇拜的最早象征，不是蛇，而是比较可爱的鸟，而后来又有蜥蜴、龟、鹿等。但终于，蛇被起用了。蛇一登台，就翻脸不认人，不但吞食了蛙，而且连女娲也被迫失身，变成了蛇。

事实上，所谓"蛇吞食蛙"这个意象，有两重文化内涵。从社会制度的角度讲，它意味着父系制取代了母系制；从两性关系的角度讲，则意味着性欲取代了生殖。前已说过，女阴崇拜实质上是生殖崇拜。它的目的，是要多生孩子，以抗拒死亡，保存族类。男根崇拜则不同。它表面上也是生殖崇拜，其实是"明修栈道，暗度陈仓"，由生殖崇拜过渡到了性崇拜。它崇拜的不是生殖力，而是性快感；不是多子之腹，而是伟岸阳具。从某种意义上讲，男根的登场，是人类堕落的开始。《圣经》讲人类的堕落系由蛇的诱惑所使然，说不定就有这个意思在里面。

这一台好戏当然是以女性的性快感为开场锣鼓的。性快感使女性认为男人的那玩意还真是个好东西，因此宽容地让它也登上祭坛来享用牺牲烟火。大受鼓舞的男性自然也用自己的良好表现作了回报。但是，当女性决心要守贞时，已取得并尊地位的男人便不答应，而且认为自己有资格不答应了。于是，一场火并便不可避免，而强奸则无疑成了其中最惨不忍睹的一幕。现在很难讲清楚，当时的男子是否果真有意识地以性器为武器。但可以肯定，男子一旦决定进攻，女子是打不赢的。除了体力方面的原因外，经济基础无疑起着决定性的作用。这时，生产力较前已大有发展，而社会财富的增加又往往被归功于男子。也就是说，男子的地位随着财富的增加而提高了，因此才那样猖狂、放肆和明火执仗。

总之，这场斗争的结果是：男子十分高兴地承认了女子守贞的必要，而女子则无可奈何地交出了贞节权。也就是说，在后来的社会里，守贞不再是女子的权利，而是她的义务。她不但可以守贞，而且必须守贞，但不是为自己，而是为了男人。

这看起来似乎很矛盾：男人不是不赞成女人守贞，不是有一种天然的群婚倾向吗？是这样。所以男人一开始是反对女人守贞的。

但是男人很快就想通了。

原因就在于男人不但有群婚倾向，也有嫉妒心理。恩格斯在《家庭、私有制和国家的起源》中就多次提到"雄性的嫉妒"。这种嫉妒使他们不能容忍自己的女人和别的男人发生性的关系，而女性的守贞，恰好能够满足这一心理。

剩下的事情便只是夺权。

事实上，直到很久以后，男人的性心理也仍然是很矛盾的：他希望自己的女人严守贞操，而其他的女子最好都是娼妇。《战国策》里有个故事，讲有个楚国人有两个老婆。有人去挑逗她们，结果年纪大的那个严词拒绝，年纪小的那个欣然答应。没多久，那个楚国人死了。于是便有人问那个挑逗者：你喜欢的那两个女人现在可以嫁人了，你是娶那个年纪大的呢，还是娶那个年纪小的呢？这人回答：当然是娶那个年纪大的。别人又问：那个年纪大的拒绝你，年纪小的答应你，为什么要娶那个年纪大的？这人笑着说，当初她们是别人的老婆，当然巴不得她们都答应我；现在要做我的老婆，当然希望她们也能为我而拒绝别人啦！

这种心理实在很自私，可惜这种自私的心理却与私有制相合拍。在私有制的条件下，女人和土地、牲畜一样，都是男人的私有财产。私有制再加嫉妒心，还有什么人间悲剧不能被创造出来？所以到了后来，原本为女性所发明，用于保护自己纯洁爱情不受侵犯的贞节，反倒成了套在女性脖子上的一条枷锁，而男人却可以通过纳妾和嫖妓等方式来满足自己的群婚欲，这真是何其不公乃尔！

但是，也正如恩格斯所指出的，"成年雄性的相互宽容，嫉妒的消除"，乃是"形成较大的持久的集团的首要条件"。所以，除了向女性夺取守贞权外，还必须建立一系列的有效制度，来防止男性之间的性争夺，以维护社会的安定和群体的团结。

于是，"宗法"就产生了。

从图腾到祖宗

宗法制度是伴随着私有制而产生的。但是，作为一种有"中国特色"的私有制，却又与两性关系有关，而且可以追溯到原始时代的又一种性的禁忌——乱伦的禁忌。

与前两种禁忌——生理性的禁忌和心理性的禁忌不同，乱伦的禁忌是一种社会性的禁忌。其最初的起源，大约出自避免近亲繁殖的优生学考虑。《左传》说："男女同姓，其生不蕃。"《国语》说："同姓不婚，恶不殖也。"大体上都是这个意思。总之，我们的先民大约很早就意识到，近亲繁殖，会造成种族的退化。神话传说中伏羲、女娲兄妹通婚，竟生下一个肉团，大约便是对这种可怕后果的远古回忆。因此，避免近亲交配，不能不说是一件大事。

但是，这事真是说说容易，做起来却很难。首先，原始人活动范围很小，又没有什么先进的交通工具，要他们远距离通婚，事实上很困难。其次，兄弟姐妹，同族男女，从小嬉笑玩耍，耳鬓厮磨，两小无猜，及至一个个出落成俊男靓女，又成天在一起劳动生活，且常裸体，岂有不互相吸引、产生性冲动之理？看来，对付这种"哥哥爱妹妹"的事，光讲道理怕是不大灵光的。

没法子，只好请神来帮忙。

这个神，就是"图腾"（totem）。

"totem"本是北美洲奥杰瓦人的语言，意谓"他的亲族"。图腾制的要义，是坚信氏族和部落的所有成员，无论血缘亲疏，都有一个共同的祖先，而这个共同的祖先，又是一个神圣的事物，叫"图腾"。图腾大多是动物，少数是植物，极少数是自然现象。动物、植物和自然现象之所以能够成为族的祖先，当然是因其神圣之故。所以，图腾表面上是物，实际上是神。

不过，刚开始的时候，乱伦的禁忌和图腾制并不相干。按照恩格斯的研究，它是"本能地自发地进行的"，而且大约有三个阶段：首先是禁止父母与子女之间的性关系，第二是禁止同母兄弟姐妹之间的性关系（恩格斯说这一步要"困难得多"），最后是连她们的子女、孙子女、曾孙子女之间的性爱也在禁止之列。但无论是子女、孙子女，还是曾孙子女，都只认母系，不认父系。也就是说，表兄妹之间不能通婚，堂兄妹之间则无所谓，就连同父异母的兄妹之间也没有性的禁忌。因为那时"民知其母而不知其父",便是想禁,也禁不来。

显然,在这里,没有男人什么事,也用不着请神帮忙。因为母亲的权威不容置疑。但如果当爸爸的也要出来管事,可就困难得多,因为父亲的权威还没有建立起来,人们还只习惯于禁止母系子女之间的乱伦。对于禁止父系子女之间的性关系,他们不但不习惯,没准还会有抵触情绪。

于是,图腾便登场了。

其实,只要稍加注意,便不难发现,所谓图腾,无一例外都是男性的。比如《诗经》上说"天命玄鸟,降而生商",大约就是说商族以玄鸟(有人说就是燕子)为图腾。以玄鸟为图腾的商族,资格最老的一位恰是女性,据说名叫简狄,是商族之祖契的母亲,而那位玄鸟先生则身份不清来历不明。据说,契乃"无父而生",是他的母亲简狄在玄丘河之滨拾到一只玄鸟蛋,吞了下去,就生下了契,故《淮南子》云:"契生于卵。"

这个神话大体上告诉我们以下事实:一、以契为祖的商族,是一个由母系氏族过渡而来的父系氏族,那个母系氏族的最后一位女首领就是简狄。当然,简狄也可能是这个母系氏族的最后一个历史阶段。二、从契开始,商族进入父系,契可能是这个父系氏族的第一位大酋长,也可能是这个氏族社会第一个历史阶段。三、从母系制到父系制,中间经历了一个图腾制阶段,玄鸟则是其图腾。四、图腾制是从男性生殖崇拜转化而来的。因为鸟和卵都是男根崇拜之象征,而所谓"玄鸟生商"或"契生于卵",无非是说男根崇拜导致了崇拜图腾的父系氏族社会的诞生。

事实上,所有图腾传说的模式都差不多:族的某一老祖母因某种神奇的遭遇而怀孕，生下了以后的族人。比如禹的母亲吞食了薏苡生下了夏族，弃的母亲脚踏了巨人的足迹生下了周族等。这类事情当然不可能是真的。它们都不过是父系制向母系制夺权时，故意对男性在生殖中的作用加以神化而已。

神化的目的是抬价，而抬价的目的是夺权。夏禹、商契、周弃一类人物既然是"神之子"，则他们至少也是半个神，比他们那些不是神的母亲和姐妹，也就更有资格去当领袖。

但是，禹也好，契也好，弃也好，只当一任领袖是没有意义的。如果像武则天那样，当了一任领袖以后，又把政权交还给男人，则革命也就等于失败。契们的革命要想成功，就必须把母系制改为父系制。也就是说，血缘统绪的承继，必须由母系改为父系。因此，乱伦的禁忌，也必须由禁止母系兄妹通婚改为禁止父系兄妹通婚。为了实现这一点，又只好借助图腾制的神圣感和权威性，从禁止同一图腾族民之间的性关系开始。这样做，比较冠冕堂皇，也容易行得通。事实上，由于图腾本身是男性的，则无论如何抬举图腾，都只会对男子有利。

这样一来，族外婚制就从性的禁忌变成了社会制度。它的目的，是要通过确立父系血统来确立男性统治。这个过程，全世界都是一样的。所以恩格斯说："母权制的被推翻，乃是女性的具有世界意义的失败。"

不过，在世界各民族那里，一旦完成了这一历史转变，图腾制度便悄然退场了，代之而起的是以男性为家长的"一夫一妻制"。在这种父权制家庭中，丈夫掌握着主宰家庭的权柄，"而妻子则被贬低，被奴役，变成丈夫淫欲的奴隶，变成生孩子的简单工具了"。

所以，恩格斯又称它为"男子独裁制"。

中国的情况在本质上没有两样，但在形式上略有不同。不同之处在于：当父系制取代了母系制之后，氏族没有解体，只不过由氏族转化为家族；图腾也没有退场，只不过改头换面，换了服装和脸谱，继续表演。也就是说，中国人继续通过神圣的祭坛来维护父系的权威，只不过把图腾崇拜改成了祖宗崇拜。

祖宗崇拜是鬼魂崇拜中特别发达的一种。鬼魂有男有女，按说被崇拜的祖先，也应该既有男鬼，又有女鬼。然而，在中国历代祖庙里，坦然地享受牺牲玉帛的，却差不多都是男鬼，女鬼们至多只能列席作陪。在漫长的中国古代社会，女鬼们很少能够成为祭祀和崇拜的对象。她们多半只能在民间传说和文艺作品中出现，或为冤鬼，或为厉鬼，在某种特殊的情况下现身显灵，来偿还情债，或讨还血债。例外的也许只有一个妈祖，但她已不是鬼，而是神。

理所当然地受到祭祀崇拜的只有男鬼。他们生前为人，死后为鬼，却要享受后代子孙的香火牺牲，顶礼膜拜，仅仅因为他们是祖宗。在中国，祖宗的地位是很崇高的。他们简直就是后代子孙生死荣辱的依据和目的。比方说中国人生孩子，决不会说是为了满足自己父爱或母爱的需要，更不会说那不过是自己性爱的一种副产品，而要说是为了列祖列宗香火旺盛，祭祀不断，血统延绵不绝。又比如一个中国人要干一番事业，也不会说那是因为个人兴趣或野心，而要说那是为了"光宗耀祖"。当然，有了成绩，也得说那是"祖上积德"；有了错误，则是"辱没先人"。这时，就要举行仪式，向祖宗汇报或请罪，并请求帮助。

中国人如此敬祖，是有道理的。

这个道理，就在于祖是父系制度和男权政治的象征。

"祖"这个字，郭沫若先生以为就是男根的符号。这个说法当时颇受讥讽，现在却几乎成了学术界的定论。近年来，在我国陕西、河南、山西、山东、湖南、湖北、广西、新疆等地，都出土了"且"——男根模型。这些模型有大有小，有石有陶，大多十分形似，有的还有龟头、尿道和睾丸。这些模型，就叫"祖"。石制的叫石祖，陶制的叫陶祖。可见祖即男根，只不过平时叫"且"，登上了祭坛才叫"祖"。

祖既为且，为男根，则祖宗崇拜也就无疑来源于男根崇拜。按照现在的解释，"祖"主要有两种原始意义：一是祭祀祖先的宗庙，二是宗庙里祖先的神主（牌位）。不过依我看来，神主的意义当更原始。大约那祭祖的宗庙，原本是一般的祭坛，祭祀的也是一般意义上的"且"，即象征着生殖力量的男根。后来，它有了特定的意义，特指某位具体的、对氏族有开创之功的男性祖先，于是便把他的名字或符号刻在那"且"上。再后来，祖宗越来越多，文字也发明了，性器也不那么堂皇了，石祖和陶祖换成了石牌和木牌，但仍叫"祖"，而供奉祖（神主）的地方也跟着叫祖（宗庙）。现在你如果去考察宗庙里的神主，仔细地琢磨一下，仍不难发现其男根的意味。

祖的建立，标志着父系氏族社会的成立。所以，祖，也就成了每一个父系氏族的象征和图腾。作为神主的祖，就像图腾柱一样重要；作为宗庙的祖，就像祭坛一样崇高。当一个新的氏族建立时，最重要的事情就是建立祖庙。以祖庙为中心，族长率族而居，叫作"籍"。祖立则籍立，祖在则籍在，祖毁则籍亡，叫"毁庙灭籍"。籍既因祖而生而灭，所以就叫"祖籍"。后来，氏族变成了国家，祖便成了国家的象征。以祖庙为中心，国君率民而居，叫作"国"。祖立则国立，祖在则国在，祖毁则国亡，叫作"毁庙灭国"。国既因祖而生而灭，所以就叫"祖国"。

等级与配额

祖既然有如此至高无上的地位，而祖又是男性的，那么，祖庙一立，则天下定矣。男尊女卑，大体上已成定局。

剩下的，便是解决男人们之间的分配问题。

事实上，在任何自然形成的群体中，雄性的嫉妒都是一个让人头疼的问题。恩格斯说过，埃斯潘纳斯的《论动物的社会》一书"非常清楚地说明了，雄性在交尾期内的嫉妒是怎样削弱或者瓦解任何共同生活的群"。但是，动物的事情要相对好办一些。因为动物的性关系要受季节的限制。除长臂猿外，大多数野生动物都只有在雌性发情时才交配，因此它们雄性之间虽然也会嫉妒，但交尾期一过，又会握手言欢，和好如初，以待来年。再说，雄性动物在争夺异性时，虽然也免不了大打出手，但也相当"绅士风度"。只要把对方打败赶走，也就不再追究。所以，对于动物的群体来说，雄性的嫉妒虽然也会产生破坏力，但力量也有限。

人类的情况就不同了。

首先，人类的性生活不受季节的限制。一年四季，日日月月，男人都有性的要求，女人也随时都能接受性。如果不合理解决每个男性的性欲问题，任其争夺，则无异于将整个群体每天都置于内部瓦解的危险之中。

其次，人类的占有欲特别强。有些动物，比方说长臂猿，并没有那么好色。只要有一位"太太"，便已使它心满意足了。有些动物，虽然"妻妾成群"，但它们的王位，却必须轮流坐庄。一旦下台，也只好自认倒霉。人却不一样。一方面，男人总是希望占有的女人越多越好；另一方面，又希望一旦占有，就霸住不放。中国古代的那些帝王，便是典型。

再者，人与人之间的斗争，比动物严重得多。人斗人，往往不止于赶走对方，而是要"打翻在地，再踏上一只脚"，必欲置之死地而后快。因此争端一开，往小里说，可能会导致谋杀（奸夫谋杀亲夫之事层出不穷）；往大里说，弄不好就会爆发战争（如争夺海伦之特洛伊战争）。一旦如此，则后果堪虞。

因此，对异性的争夺，是一个健全社会必须合理解决的问题。更何况，爷儿们要争夺的，远远不止于女人，还有食物、财富、荣誉和权力。

应该承认，争夺是男人的天性，而且未必就是坏事，比方说，球场上的争夺就很好。只不过，我们一般不把它叫"争夺"，而叫"竞争"罢了。甚至战争，也不能简单地说就是坏事，如果没有过去的战争，人类历史的发展也许就会缓慢得多。至少我们可以肯定，如果所有的男人都不去争，不去夺，都不争强好胜、雄心勃勃，而是疲疲沓沓、懒懒散散，那又成何体统。

然而，人类的群体又经不起折腾。

人类可以说是世界上最具有群体性的动物。一方面，人的自然能力较许多动物为弱。他力大不如牛，速快不如马，望远不如鹰，潜深不如鱼。在恶劣的自然环境中生存，不要说在进攻方面远不是大型猫科动物的对手，甚至在防御方面也未必比某些食草动物灵光。

另一方面，人类要实现的，又是"自然界中最伟大的进步"。这就正如恩格斯所说，必须"以群的联合力量和集体行动来弥补个体自己能力的不足"。因此，群体绝不能瓦解，而一切瓦解群体的力量也都必须予以消除。

办法也有两个。

一种办法是"堵"，即干脆禁止性生活，把男人和女人隔离开来，一视同仁地禁绝性关系。这在某些特殊时期（如战争时期）或某些特殊群体中是行得通的。比如，不少古代部落在作战前都禁止性行为，斯巴达城邦和太平天国也实行过男女分隔制。但这种办法，行得了一时，行不了永久。因为如果男女永远隔离，则孩子也无由出生，岂不要灭种亡国。

另一种办法是"疏"。既让所有的水都有地方流，又不让它们乱流，或挤在一起，变成洪水。最好是让所有的人都各有所得，各有所归，按照不同的层次，得到不同的满足，就像今天按照职位的高低领取工资津贴一样。中国古代社会采取的是后一种办法。在女人成了男人的附庸和占有对象后，中国古代社会决定把她们也像食品、财富和权力一样，进行有计划的分配。分配的依据就是"名"，分配的规则就是"礼"。最早规范着名和礼的，就是"宗法"。

宗法首先是一种中国特色的继承制。它的核心，是一脉相承的父系血统。这一血统就像是一根接力棒，必须一代一代地传下去。但是，这根接力棒，又不能大家一拥而上哄抢，否则就会天下大乱。所以，非事先法定一个"正宗"接棒人不可。

这个法，就是宗法。

宗法要解决的，就是血统的正宗继承亦即"正统"的问题。正统只能独一无二，其余都是旁门、别支、分流。那么，正宗接棒人从哪里产生呢？当然是从交棒人的儿子当中产生。交棒人如果只有一个儿子，则问题也就不成其为问题。但这种情况并不普遍，大家也不希望"一脉单传"（风险太大）。因此，在交棒人的儿子很多的情况下，就只能由其中地位最高的一个去接棒。这些候选人既然都是交棒人的儿子，则他们的地位当然也就不能由父亲的地位来定，而只能由他们母亲的地位来定。

所以，尽管宗法制是一种以男性为中心、为男人的利益服务的制度，但是它所要做的第一件事，却是要先确定女人的地位。也就是说，必须在父系家长所占有的众多女性中，规定其中一个的地位，远远高于其他女性。这个地位最高者，必须是父系家长的正宗配偶，叫原配、正室、正房、正宫，也叫嫡配，或简称"嫡"。通常的称呼，则是"妻"。

妻的儿子叫"嫡子"，妾的儿子叫"庶子"。嫡子和庶子，地位相差得远。嫡子当中，地位最高的又是嫡长子，因为只有他，才是最正宗的接棒人。这样推算下来，则地位最高的，就是"祖"的嫡长子。一般地说，他也就是"宗"。以他为首，由他的嫡长子、嫡长孙、嫡长曾孙、嫡长玄孙一直延续下去的这一系统，就叫"大宗"。他弟弟们创立的系统，则叫"小宗"。大宗小宗，地位也不一样。大宗的嫡长子叫"宗子"。对大宗，他是家长；对小宗，他是族长。只有他，才能继承始祖的爵位，并主持祖庙的祭祀。小宗既不能袭爵，也不能祭祖，因为他不是"嫡传"，也不是"正宗"。

看来，即便是一祖之孙、一父之子，其地位也有高低贵贱之别。反倒是女孩子，因为不存在继承权的问题，嫡庶长幼之别就没有那么重要。对于她们来说，要紧的是自己娘家的门第和地位。娘家地位高，即便自己是庶出，嫁出去后也不怕当不上正妻。如果娘家地位低，即便自己是嫡长女又怎么样呢？还不是只好去给别人当小老婆。

显然，宗法制是一种等级制度。它首先把人分成两等：男人和女人。然后，又把男人分成三六九等，每一等的地位和待遇都不同。等级确定以后，就要按此来进行分配了。

这种分配是家国一体的。因为依照宗法制，天下一家，天子（周王）是最高级的家长和族长。他既是最大的一支大宗的宗主，也是所有大宗小宗的共同宗主，谓之"天下共主"。诸侯对于天子而言，是小宗；对于大夫而言，则是大宗。同理，大夫对诸侯而言，是小宗；对于士而言，又是大宗。士是最小的宗主，以下便是庶人。大体上可以这样说，天子是民族之宗，诸侯是氏族之宗，大夫是家族之宗，士是大家庭之宗，庶人只有自己一夫一妻的小家，无所谓宗不宗了。于是，士率领庶人尊大夫为宗主，称为"家"（家族）；大夫率士、庶尊诸侯为宗主，称为"国"（氏族）；诸侯率大夫、士、庶共尊天子为宗主，这就是"天下"。天下既然是一个大宗族，当然贵族们在政府中的地位，也就和他在宗族中的地位一致了。

十分有趣的是，用来标志这一地位的礼器之一，就是一种阳具的模型——圭。圭，玉制，状如男根，大小不一。天子所持者曰"镇圭"，一尺二寸；公爵"桓圭"，九寸；侯爵"信圭"，七寸；伯爵"躬圭"，五寸。这种制度，说得粗俗一些，就是凭借"那话儿"来确定或象征地位的高低，权力的大小。谁的阳器粗壮伟岸，谁的地位就高，权力就大。反过来说也一样，谁的地位低、权力小，似乎谁的阳器就不怎么样，当然就不能占有太多的女人。

这听起来十分滑稽，但又并非没有道理。因为祖也好，宗也好，图腾也好，原本就与"那话儿"颇有瓜葛。连宫门前的华表、庙里面的神主，都由"那话儿"演变而来。那么，把它拿在手上，以表示自己的身份，也并无不可。依周礼，天子登基时，要举行仪式，接受上天和先王赐予的圭；册封诸侯时，也要为他颁发相应等级的圭，叫"命圭"。这个仪式的意义是很明显的：天子通过列祖列宗从上天那里接受了伟大神圣的生殖力，又把它分给诸侯。因此，天子有资格当天下人的父亲和宗主，诸侯和大夫则有资格当他们各自国和家的父亲和宗主。当然，也就有资格占有更多的食品、财富、土地和女人。

于是，周礼便规定，天子可以有一后、三夫人、九嫔、二十七世妇，八十一御妻。诸侯就差多了，只有一夫人九嫔。大夫又少，只有一妻二妾，士则一妻一妾。至于庶人，能讨一个老婆，就很不错了。这似乎很"合理"：天子从上天那里接受的生殖力，经过层层分配，分到士、庶的头上，已少得可怜，当然不宜多吃多占。至于天子本人，直接受命于天，当然要美女如云了。

设男女之大防

不过，对于封建宗法制的设计者和维护者来说，问题倒不在于逻辑的混账（他们自己并不认为混账），而在于执行的困难。

我们知道，宗法制虽然烦琐复杂，但核心却只有一个，即"宗"；关键也只有一个，即"嫡"。确立了嫡（嫡子），就承继了统（血统），也就保住了宗（宗族）。所以，对于宗法制社会而言，"立嫡"从来就是头等大事。

一般说来，"嫡"应该是父与其正妻所生的第一个儿子，即嫡长子。然而，嫡之贵，不但在"嫡配"，更在"嫡传"。如果这位嫡妻所生的儿子，竟没有其合法丈夫的血统，而是她在婚前与别人私通而生下的"野种"，那就不但不能立为"嫡"，还要逐出家门甚或杀掉才行。

这种事并非没有可能。在上古，性关系比较随意，野合之事时有发生，不少新娘在出嫁之前便已怀孕，而且很可能曾与多个男人交往。腹中之子究竟是谁的，根本就弄不清楚。

不过，图腾制的建立，毕竟标志着男性地位的提高，标志着母系制向父系制的转化。过去，孩子反正是女人的，男人既无责任，也无义务。现在不一样了。孩子变成了父亲的，则父亲们便不能不来认真考察一下，那孩子究竟是不是"我的"。如不是，感情上就受不了。其次，财产的继承也是一个问题。儿子是要继承老子的财产的。如这儿子竟是野种，岂非将自己的血汗钱拱手相送？这当然也断乎不可！

然而，在这时，新娘大多并非处女，而亲子鉴定的科学方法又尚未发明。所以，唯一的办法，便只有拒不承认那些来历不明的儿子，甚至将其遗弃。这个办法，就叫"弃子"。更严重一点的，则可能还要将第一个孩子杀掉或吃掉。这种野蛮的习俗，就叫"杀首子"。

显然，弃子也好，杀首子也好，都是一种极不人道的、残忍粗暴和大伤感情的做法，其不得人心，可想而知。更何况，宗法制重视的，恰恰正是嫡妻所生之首子。如果首子该杀，则嫡长子何由产生？如果所杀之子又是自己的，岂非自己给自己断后，活生生断送了血统的正宗传人？显然，弃首子或杀首子的政策，实不宜推广发扬。

但是，另一方面，嫡长子血统的纯正，又无论如何是极其重要的。从某种意义上讲，它比不弃子不杀子还要重要。因为弃子杀子固然可能错杀，不弃不杀则可能错认。错杀了不要紧，还可以再生；错认了就很糟糕，可能永远也改不过来。

看来，唯一可行的办法，就是"正本清源"。也就是说，只有绝禁婚前和婚外的性行为这个好办法。如果能够保证新婚之时，夫是童男，妻是处女，则他们婚后生子，当然也就不会有什么问题。否则，便难免有妻子从外面带进的野种来"夺嫡"，也难免有丈夫在外面留下的情种来"争长"。所以，婚前婚外的性禁忌，对男女双方都很重要。

不过这事也是说说容易，做起来很难的。因为一方面，"哪个男子不善钟情，哪个女子不善怀春"，性的吸引乃是少男少女无法抵御的诱惑；另一方面，当时的风俗，是对性关系看得很淡，野合之事，比比皆是。就连孔夫子他老先生本人，也是其父叔梁纥与其母颜氏在尼山祭神时野合而生，祷于尼丘而得。故孔子名"丘"，字"仲尼"，其来由便正是他父母做爱的那个地方——尼丘。

现在看来，所谓野合之风，很可能是远古时代群婚制度的一种遗存。至少在周代仍有这样的习俗：一到春天，男男女女便都跑到春意盎然的野外，在春风杨柳之中自由恋爱，在和阳明月之下私相偷情，而社会和官方也予以允许。《周礼·地官·媒氏》云："中春之月，令会男女，于是时也，奔者不禁。"其中，自然不乏童男处女，甚至已婚夫妇。如此看来，童男处女的纯洁性，便不一定靠得住；已婚男女的偷情，也难保不会发生。嫡传是否会"误传"，也仍是一个疑问。

于是，宗法制的设计者和维护者们，便只好采取一种不得已而为之的办法——把男人和女人严格地区分和隔离开来，让他们不能交往，不能接触，甚至不能见面。也就是说，不让他们有淫乱的机会。

这就是所谓"设男女之大防"。

关于这一点，《礼记·曲礼》有详尽的规定。按照《曲礼》说法，即便是一家人，男人和女人也不能坐在一起（不杂坐），不能将衣服挂在同一个竹竿衣架上（不同椸枷），不能用同一条毛巾洗脸，用同一把梳子梳头（不同巾栉），不能手递手地直接传递某一件东西（不亲授）；小叔子和嫂子之间不能说话（嫂叔不通问），不能让父亲的妾为自己洗衣服（诸母不漱裳）；别人家的男孩和女孩，除非是有媒人来说，不能知道他们的名字（男女非有行媒不相知名）；自己家的女子，许嫁以后，出嫁以前，没有特殊情况不能到夫家去，也不能和未婚夫见面（女子许嫁，缨非有大故不入其门）；嫁出去的姑表姊妹和自己的女儿回娘家来，即便是亲兄弟子侄，也不能和她们坐在一张席子上，吃一口锅里的饭（姑、姊、妹、女子子，已嫁而反，兄弟弗与同席而坐，同器而食）。凡此种种，一言以蔽之曰："男女授受不亲。"

　　由此可见，古人的"设男女之大防"，差不多已经到了神经质的程度。不但男人和女人的身体、目光和言语不能接触，就连碰过的东西也不能接触。似乎用了同一条毛巾，就会产生性冲动；衣服挂在同一根竹竿上，就等于有了性关系。这可真是神经过敏，莫名其妙。具体地实行起来，不但诸多不便，而且也有麻烦甚或危险。所以便有人去问孟子，说"男女授受不亲"，是礼吗？孟子说，当然是礼。又问，那么嫂子掉进水里去了，也不能用手去拉吗？孟子说，嫂子快淹死了还不去拉一把，就是畜生，但这只能算作是特殊情况下的权宜之计。幸亏还有孟子这句话，否则不知多少人会要死于不救。

　　不过，虽然有孟子的权宜之计，也还是有不少人死于"男女之大防"。元代有个姓马的寡妇，乳房生疮，不治则死，人们便劝她去看医生。她说，我是杨家的媳妇，宁愿死，也不能让男人看病。结果真的不治而亡。当然，她死后便被尊为"节妇"，被树碑立传，流"芳"千古。

真不知制礼者闻之，又有何感想！

应该承认，"设男女之大防"，至少对于那些"意志薄弱者"，还是很有一些作用的。

我们知道，一男一女两个人，要发生性关系，也并不那么容易。首先，他们得见面，才可能产生性吸引。产生性吸引后，还要调情，然后是肌肤的接触，最后才可能进入实质性阶段。现在，男人和女人既不能见面，又不能说话，更不可能有身体的接触，如何"淫"得起来？这样的防范措施，真可谓堵泉眼、刨树根，一开始就把可能发生的事端捏死在摇篮中，让怀春者无春可怀，好色者无色可好，比事后去追究和惩罚，高明得多了。

所以，历代的统治者、道学家和一般良善人家，对于"男女之防"，都看得很重。不但严格执行《曲礼》的规定，后来还增加了一些条款，比如不共厕所、不共浴室、不共井水等等。不共厕所、浴室是可以理解的。如果有条件，亦不妨多盖几间厕所、浴室，以免男男女女衣冠不整地从里面走出来，双方见了面"不好意思"。然而不共井水，便匪夷所思。一井之水，各用各的，又有什么关系呢？更何况，地下水都连成一气，虽从不同的井里打出来，其实还是一回事。幸亏持此主张的司马光先生不是现代人。否则，他就该主张建两个自来水厂，一个男水厂，一个女水厂了。

但不管怎么说，"男女授受不亲"的观点，在中国是相当地深入人心。记得直到我上小学的时候，还认为和女孩子说话是相当可耻的事情，而老师也要经常进行"打破男女界限"的教育，并强制性地实行男女同学同桌同坐的制度。事实上，直到现在，中国人男女之间的交往，也还相当矜持，不可太随便，否则便会有人说闲话。这种男女之间保持一定距离、界限的态度，已经成为一种民族心理习惯，无法加以简单地评说了。我们还将在后面的篇章里继续讨论这个问题。

从"生殖崇拜"到"男女设防"，这就是中国古代两性关系发展史大体上的一个走向。从总体上讲，这是一个两性关系从野蛮走向文明的过程，也是一个对人的自然属性进行压抑的过程。这也没有什么奇怪，因为文明原本就是对野蛮的镇压。既然是镇压，产生这样两种结果也就不足为奇了：一是在走向文明的过程中，同时毁灭了一些可贵的东西，比如原始时代两性关系中那种热情奔放的生命活力，也随同其野蛮形式一并消失；再就是产生反弹，比如嫖妓和同性恋。所以，同性恋实际上是一种"文明病"。

总之，在中国社会进入文明时代后，我们民族曾经下大力气对两性关系进行了一系列规范，以至于使性变成了一种谈虎色变的东西。但性本身并未因此而消亡，也不会因此而消亡，而只不过被局限于一个很小的范围罢了。

这个为社会公认许可的范围，就是夫妻。

第四章　夫妻

形式与内容

夫妻，是所有男女关系中最正当的一种。

人类的两性关系，除夫妻外，还有纳妾、宿妓、通奸、苟合、强暴等。但这些形式都不正当。法律不允许，道德也不支持。因此有的要受限制（如纳妾），有的要受鄙视（如苟合），有的要受批判（如私通），有的要受制裁（如强奸）。其中，除纳妾因其是一种"准夫妻关系"而曾被容许，宿妓因其能增加国家财政收入而曾被默许外，其他方式，都只能是地下活动，或半公开半地下，不大见得了人。

那么，为什么只有夫妻关系才是最正当的呢？说来也很简单，就因为他们正式履行了结婚的手续，为礼教或法律所认可。可见婚内婚外，就是正当不正当的分水岭，而要讨论夫妻，就不能不研究婚姻。

婚姻是中国人的大事。

正因为是大事，所以不敢马虎。在中国传统社会，其具体操作，大体上要经过和履行下列法定或约定的程序：

第一步叫"纳采"，近代俗称"说媒"，即先由媒人往女方家中陈述男家求婚之意，询问待字之女的年岁与生肖，然后由男家请术士"合婚"，卜算生肖是否相合，婚姻是否吉利，双方同意了，男方就送一只雁给女方，作为"献纳采择"之礼，所以又叫"委禽"。宋代以后用羊、酒、彩缎为礼，叫"敲门"。

第二步叫"问名"，近代俗称"订婚"，即双方正式交换庚帖，甚至详至两造三代及主婚人的姓名、荣衔、里居等。

第三步叫"纳吉"，近代俗称"小聘"，即男家向宗庙问卜于祖先，如得吉卜就往告女家，并致送订婚礼品（一般为女子衣饰），女家也致答礼（一般为冠履及文房四宝），婚约即告成立。

第四步叫"纳征"，近代俗称"聘礼"，即于迎娶前几日，男方将议定之聘金，并布帛、衣服、首饰、礼饼等物，如数以盛大仪仗送之女家。女家收受后，分赠亲友邻里，以示女儿出嫁有期。

第五步叫"请期"，近代俗称"择吉"，即由男家择定迎娶之吉日，并通知女方。

第六步叫"亲迎"，即在喜结良缘之日，新郎躬率鼓乐、仪仗、彩舆（俗称花轿），到女家以礼迎娶新娘，并一同归家。此节为以上六项程序中最隆重最重要者，通常所谓婚礼即从此开始。远自先秦，近至当代，上至品官，下至庶民，新婚之日，无不亲迎，唯皇帝因至尊而例外。同时，它也是传统社会中一个女子一生中所能享受的最高荣宠，因此也历来为女性所看重，倘无花轿，决不嫁人。

以上六大程序，合起来就叫"六礼"。依六礼而婚娶者，就叫"明媒正娶"，有着不可动摇的合法性。

然而，正是在这庄重、认真、严谨到近乎烦琐的仪节中，我们看不到男女双方当事人的任何主观能动性。而且，除新娘有权要求新郎亲迎（这往往也是女方家族的要求），新郎有义务亲率鼓乐仪仗彩舆迎娶外，我们也看不到他们都有什么权利和义务。一个人一生中最重要的大事，反倒好像是别人的事情。选择、决定和操作，都由别人代劳并承包，男女双方当事人则有如提线木偶，任人摆布，这真是咄咄怪事！更奇怪的是，几千年来，绝大多数人的婚姻，其程序都大体如此，居然基本上没有人认为有什么不妥，这就不能不让人怀疑，中国人的结婚，其目的和原因究竟是什么？换言之，结婚，究竟是谁的大事？

其实，中国传统婚姻的目的是很明确的。这个目的，用《礼记·昏（婚）义》上的话来说，便是"合二姓之好，上以事宗庙，而下以继后世也"。也就是说，婚姻的目的无非两条：一是为两个异性家族缔结亲缘，二是为其中男方家族继承血统。要言之，也就是"继统"与"结缘"。

先说"继统"。

继统包括两个内容，即"上以事宗庙"和"下以继后世"。依照这个说法，男女两人结为夫妻，首先不是为了他们自己的幸福，甚至也不是为了他们的父母，而是为了那些早已死去的列祖列宗，而且还只是男方的祖宗。或者说，是为了让男方的家族，在祖宗面前有个交代。因为祖宗开创了这个宗族，是很希望子孙后代能够繁荣昌盛，延绵不绝的。至少，也希望子孙后代不至于太不成器。现在，宗族中的一员娶媳妇了，这就说明他很"成器"，已经是一个长大了的、有能力、负责任并能把宗族血脉延续下去的人。这就足以告慰祖宗，否则就会丢祖宗的脸，让祖宗在地下也"没脸见人"（其实是"没脸见鬼"）。所以，一个青年男子如不肯结婚或无力结婚，是辱没先人，对不起列祖列宗的。也所以，为了不负祖望，即便自己不愿意，也得结婚。

当然，祖宗的愿望，也是父母的愿望。所以，新妇入门以后，要举行"成妇之礼"和"庙见之礼"。"成妇之礼"即"拜舅姑（公婆）"，于迎亲之次日清晨举行。届时，新妇要沐浴盛装，拜见公婆，并献上枣、栗、腶脩（即肉脯，读如"断修"），表示"早自谨敬，断断自修"，然后再献盛馔。饭毕，舅姑从客位下堂，新妇从主位下堂，表示这个家，从此就交给儿媳妇了。

所谓"庙见之礼"，即新妇要和丈夫一起到夫家的家庙或祖宗的牌位前举行拜祭仪式。如果结婚时舅姑已死，则要在三个月后到家庙或牌位前祭拜舅姑，并祭告说："我来你们家做媳妇了。"如此这般以后，新媳妇的身份才正式得以确认，否则就叫"妾身未分明"。杜甫《新婚别》云："暮婚晨告别，无乃太匆忙！妾身未分明，何以拜姑嫜？"这位新妇尚未行上述二礼，丈夫就被抓了壮丁，弄得她姑娘不是姑娘，媳妇不是媳妇，实在很惨。

更惨的是，如果等不到三个月行庙见之礼新妇就死了，便不能葬在夫家坟地，得将尸体运回娘家去。因为她还没有得到夫家祖宗父母的承认，也就算不得夫家的人。既然生非夫家人，当然死非夫家鬼。她这个婚，也就算是白结了。

不过，"上以事宗庙"还有一个更重要的内容，就是要帮助宗庙香火不绝。依礼，祭祀宗庙的只能是男子，女子没有祭祀权，也没有接继血统之权。因此，结婚又有一个再明确不过的目的——生儿子。

这个任务，当然又"历史地"落在媳妇身上。

结婚之后必须生儿子，这几乎是每个旧式媳妇都知道的。早在出嫁时，她的母亲便已把自己的酸甜苦辣都告诉她，希望她嫁出去以后"肚子争气"。进夫家门时，夫家要以口袋铺地，让新娘从上面走过去。走过的袋子，又迅速地传到前面铺在地上。如此一袋一袋传过去，袋袋相传（意谓"代代相传"）。这就等于明确宣布了新人入门之后的首要任务——传宗接代。

这个任务真是艰难得很。

稍有现代科学知识的人都知道，一男一女结婚后，生男生女，甚至生不生孩子，都不是由这两个人主观愿望来决定的事，更不是妻子单方面的事。说得白一点，这多半要靠运气。从理论上讲，一对夫妻结婚后的生育，可能有四种情况：男孩女孩都生，只生男孩，只生女孩，男孩女孩都不生。只生男孩当然没有问题：生一个是"喜得贵子"，生两个是"龙腾虎跃"，生三个是"三虎为彪"，生四个是"四大金刚"，生五个是"五虎上将"。"家有五虎将，半个土皇上"，父老乡亲，都要另眼相看，不敢欺侮怠慢。男孩女孩都生也行，叫"儿女双全"，同样被视为有福气的事情。有些地方的风俗，要在婚床上放红枣和栗子，取"早早立子"之意；放莲子，取"连连得子"之意；还要放花生，意思是说"花着生"，男孩女孩都有，花色品种齐全，更能尽享天伦之乐。这两种情况，都算好运气。

最倒霉的是一个也不生，这会被认为是夫家的"家门不幸"。老百姓们会说："母鸡还下蛋呢，哪有女人不生孩子的？"于是，这个女人就可能被休弃，因为她"无出"，够了被休的资格。只生女孩也很糟糕，因为她尽生"赔钱货"，等于是一个弄得企业年年亏损的厂长，董事会当然要撤他的职。所以只生女孩的媳妇便只有两条路可走：或者也被休弃，因为她同样是"无出"；或者继续不停顿地一口气生下去，直至生出男孩为止。无论何种前途，对于一个女人来说都很惨。

当然，不被休弃也是可能的，但必须同意丈夫纳妾。你自己既然没本事生男孩，就允许别人来代替，也得容忍丈夫宠爱那能生男孩的妾。这种日子，当然也不会好过。但婚姻的目的既然是继统，女人们即便一肚子怨气，又能怎么样呢？

再说"结缘"。

"缘"是相对"统"而言的。统即血统，是一个垂直方向的血亲关系体系。它以父子关系为核心，向上下两个方向延伸，构成一个由高祖、曾祖、祖父、父、自己、子、孙、曾孙、玄孙组合而成的父系血亲集团，叫"九族"，又叫"父族"。这个集团的统绪，就叫"血统"，也叫"父系"。

缘即血缘，是一个横向扩散的亲属关系体系。它以非血亲的夫妻关系为核心，凭借夫妻双方的亲属关系向周边扩散，形成"亲戚"。其中有血亲（如表兄弟姐妹），也有非血亲（如岳婿、连襟）。但无论血亲非血亲，都是"亲"，却又不那么亲。可见，"缘"低于"统"。统是天生的，缘则是人为的；统是固有的，缘则是结来的，所以叫"结缘"。

其实，"婚姻"这两个字，本义就是"结缘"。婚是男子娶妻，姻是女子嫁夫。所以妻之父（岳父）叫"婚"，夫之父（公爹）叫"姻"，相互之间就叫"婚姻"，也叫"亲家""姻亲"。姻亲之间，不存在任何血缘关系，按说不该亲的，然而却也成了"亲"，所以结婚也叫"成亲"——不但夫妻两个成为亲人，而且夫妻两族也成为亲戚。

成为"亲"又有什么好处呢？好处多啦！"是亲三分向。"中国人待人接物，说话办事，从来就不问是非，只问亲疏。亲戚遇了难，固然要救助，即便犯了法，也要包庇。总之，有了亲戚，好人有帮衬，坏人有帮凶，所以无论好人坏人，都很看重结缘。

更何况，结缘这事，是没完没了的。张家和李家结缘，李家又和王家结缘，张家也和赵家结缘，结果，张王李赵，都成了"亲戚"。如此攀援下去，瓜藤扯柳叶，自然"四海之内皆兄弟"。于是，"俺媳妇她娘家侄的小姨子的婆家兄弟媳妇她哥"，这种八竿子打不着的关系，也是亲戚。有这种亲戚关系，到衙门机关里去办事，至少能换来一张笑脸，不至于板起脸来公事公办，谁说没好处？

可见，把一男一女结为夫妻，只是形式；把两个家族结为亲家，才是内容。显然，它只是旧家族的延续，而不是新家庭的开始；是男方家族多了个成员，女方家族多了门亲戚，而不是男女双方当事人得个伴侣。既然并非个人的事，则当事人也就当然不必操心，不必过问，不必参与，只需完全按照"父母之命、媒妁之言"去坐享其成好了。

所谓"明媒正娶"

当事人不必费心，父母亲却不能不操心。

在中国传统社会，父母为儿女的婚事操心，既是他们的义务，也是他们的权利。中国传统的婚姻制度，是男女双方必因"父母之命、媒妁之言"而结合，才是合法夫妻，叫"明媒正娶"。否则，便是违法，至少也不算数，或者要降格处理。比方说男女二人私订了终身，那么，不管他们同居了多久，哪怕生了孩子，也不算夫妻。即便承认他们的同居关系，那妻子也不能算"妻"，只能算"妾"，这就叫"聘则为妻，奔则为妾"。

这种规矩和礼法，在某些人看来，不但合法，而且合理；不但合理，而且合情。孟子就说，男孩一生下来，父母就希望为他娶一房妻室；女孩一生下来，父母就希望为她寻一个婆家。做父母的这一片良苦用心，是每一个人都有的啊！如果少男少女们公然"不待父母之

命、媒妁之言"，自个儿钻窗户扒门缝地互相偷看，爬过墙去私下相会，那就会弄得父母伤心，别人也看不起。（《孟子·滕文公》）

孟子这话，颇有些逻辑不通。依此类推，我们也可以说：孩子一生下来，父母就希望他能吃饱饭。如果他不等父母来喂，自己就张口去吃，岂不是让父母太伤心了吗？可惜，好像并没有谁认为饭不该自己吃的。既然饭可以自己吃，那么，为什么丈夫或妻子就不该自己去找，非得要父母去"喂"呢？

原因就在于吃饭是自己的事，婚姻却是双方家族的事。所以，娶妻叫"娶媳妇"，嫁夫叫"寻婆家"。男子要娶的既然不是妻子，而是父母的儿媳，当然由父母去挑选；女子要嫁的既然不是丈夫，而是婆家，自然也用不着自己来操心。不操心也不负责，吃现成饭，不也挺好吗？正因也"挺好"，所以直到今天，也仍有让父母去操劳者。

可惜，媳妇和婆家虽说可以让父母去选择和决定，婚后的日子却只能由自己来过。这就好比点菜的是别人，吃饭的却是自己，其滋味如何，可就真是"如鱼饮水，冷暖自知"了。

尽管孟子断言"父母之心，人皆有之"，似乎父母之包办子女的婚姻，全是一片爱心，是为了子女好。但其实，父母的心思并不都一样。

确有真心为子女好的父母。这样的父母在为子女选择配偶时，往往会费尽心机，左挑右拣，唯恐不如意。但即便这样的选择，其后果如何，也还是一个疑问。因为爱毕竟是主观的。父母看中的，子女不一定喜欢；父母讨厌的，子女也未必就不爱。以父母之好恶代替子女之好恶，至少也无法避免好心办错事，如贾迎春之"误嫁中山狼"，薛文起之"悔娶河东吼"，都如此。

更何况，婚姻的目的，原来就不是男女当事人的幸福，而是"合

112

二姓之好"。所以,父母在为子女选妻择婿时,往往会更多地从家族的利益出发,而难以顾及子女们的意愿和情感。甚至当婴儿还孕育在母腹中时,其父母就决定了他们未来的婚姻命运,这就是在旧中国曾风行一时的"指腹为婚"。

历史上的指腹为婚始见于《后汉书·贾复传》。据记载,在一次战争中,汉将贾复受了重伤,汉光武帝闻讯大惊,认为这都是自己轻敌所致,于是便与贾复指腹为婚(这时贾复之妻正好有孕):如果生女孩,"我子娶之";如果生男孩,"我女嫁之"。这大约是史书所载之首例指腹婚。皇上既然带了头,臣民们自然乐于效法。魏晋六朝时,指腹婚颇为盛行。比如《魏书·王慧龙传》载:王慧龙妻与卢遐妻同时怀孕,崔浩便在中间为两家撮合,谓"可指腹为婚"。又《南史》载:"(韦)放与吴郡张率皆有侧室怀孕,因指腹为婚姻。"

指腹婚之无视于当事人的人格、意志、情感和利益,是显而易见的。其所以流行,就在于婚姻关系中,家族的利益远远高于当事人的利益。在中国传统社会,两家联姻,是可以给双方带来好处的,而指腹婚则可以把本来要到十几年以后才可能兑现的好处,提前支付给双方家族。这就好比用分期付款的办法购买住房或汽车,可以提前享受一样。但可惜,在这里,享受好处的是双方家族,偿还债务的却是腹中胎儿。事实上,这种危险的交易,是用两个男女青年的幸福甚至生命来做抵押的。

其实,只要稍微理智一点,就不难看出这种婚约有多么冒险。因为谁也不知道那腹中婴儿长大了是什么样子,也不知道十几年后两个家族的兴衰如何。结果,双双出落成俊男靓女的有,变成了恶少丑女的也有;两家依然富贵荣华世交如故的有,一家家道中落或两家翻脸交恶的也有。如果事情不像当初想象的那样美满如意,则结缘就会变成官司，亲家就会变成冤家，那才是"早知今日，何必当初"哪！

如果说，"父母之命"还有几分道理，那么，"媒妁之言"就简直莫名其妙。娶媳妇又不是买房子，干吗非得经过中介才能成交呢？

然而，媒妁在中国传统婚姻中，就是不可缺少。哪怕双方父母赞成，当事人自己也乐意，仍得请媒人来撮合一下。如果请不到媒人，那就只好不结婚。"处女无媒，老且不嫁"，媒妁，似乎比父母还要重要。

婚姻须经媒妁，原因也很简单，就因为婚姻制度是一种社会制度，缔结婚姻是一种社会行为，因此必须经过社会的公证和承认。代表社会加以承认之公证人和公证机构，在西方是教堂和神父，在现代是婚姻登记处及其工作人员，在中国古代则是媒妁，包括"官媒"（媒官）和"私媒"（媒婆）。

不过，媒妁可是比神父或政府公务员忙碌得多，因为他们不但要证明婚姻，还要撮合婚姻。

在中国古代，两个家族缔结婚姻的可能性，是要取决于媒妁的。不但男女青年不能私订终身，就连双方家族也不能私结良缘。双方家族的意向，一开始就得由媒人去传达。这种安排，自然有它的好处。第一，媒妁因为专司此职，当然消息灵通，知道谁家有男欲娶新妇，谁家有女待字闺中，好比一个"婚姻信息中心"，而媒人便可从中进行优选，使门当户对者喜结良缘，让怨单求偶者各得其所。第二，缔结婚约，事关荣辱，若遭拒绝，就很没有面子；而媒妁既非当事人，又非当事人家族，不存在面子问题，再说职业媒人多半皮厚嘴巧，也就不会有绕不过去的弯。第三，缔结婚姻，牵涉到双方许多实际利益，讨价还价说不出口，不讲价钱又怕吃亏，由媒人从中斡旋，两个家族的互惠交易也就比较容易谈拢；而且，不管谈不谈得拢，将来双方见了面，都不怕面子上有什么过不去。第四，由于婚姻必经媒妁，而媒人们又总是信誓旦旦地保证维护当事人的合法权益，这对于处于青春期的当事人，就既有一种威慑作用，又给他们吃了一颗定心丸，当然也能让"防儿如防贼，防女如防妓"的父母放心。也许，正因为媒妁有这些好处，所以不但政府规定婚姻必经媒妁，当事人及其家族往往也依赖于媒人，甚至相当信任媒人。

然而，媒妁也是会坏事的。

中国古代的媒人有点像当今西方的律师，都是只要自己的案子能办成，不大管别的什么。不同的是，西方的坏律师是为了当事人的利益，不顾社会正义和法律尊严，但背叛当事人的却不多；中国的坏媒人却是只要能撮合成一桩婚姻，当事人的利益是可以不考虑的。似乎撮成婚姻便是唯一目的，婚姻的质量则不在考虑之列。正如畲族《骂媒歌》所唱的："媒人是个油嘴猫，东家舔油西家叨。甜言蜜语两头骗，沟里放牛两头捞。管你牡丹配青树，管你蜂蜜配花椒。管你婚姻好与歹，管你牙齿咬舌条。只要钱财捞到手，三寸舌头任鼓摇。"

这就未免也太"妈妈的"了。

任何职业都应该有自己的职业道德。媒人的职业道德，应该是促成幸福美满的婚姻。然而，中国古代的媒人却似乎鲜有这样的考虑。于是，不负责任，乱点鸳鸯谱者有之；不怀好意，甘当马泊六者有之；巧舌如簧，把麻子说成酒窝者有之；瞒天过海，让瞎子嫁给聋子者有之。反正媒人"口才"都好，中国词汇又丰富，近义词足够使用。比如懦弱可以说成厚道，狡猾可以说成聪明，矮胖可以说成敦实，削瘦可以说成苗条。双方当事人及其家长既然不便实地考察，就只好对媒人的介绍胡乱琢磨，甚至上当受骗。正如宋人袁采在其《世苑》

一书中所指出："若轻信其言而成婚，则责恨见欺，夫妻反目至于仳离者有之。"

不过，最让少男少女们痛恨的，还不是媒人的"乱点鸳鸯"，而是他们的"棒打鸳鸯"。尽管礼法规定"男女之大防"，但在乡间市井、平民百姓人家，因为女孩子要参加劳动来养家糊口，因此无法养在深闺，当然也就"防不甚严"。所以，悄悄恋爱的事也是有的。可是，正当他们海誓山盟，私订终身时，媒人却一脚插进来了，说什么他俩八字不合，生肖相克，应该另嫁某男或另娶某女云云，便有可能活活拆散一对有情人。这个孽造得就大了，有时竟会闹出人命案来，不但当事人会仇恨媒人，其他少男少女也会因"物伤其类"而对媒人没有好感。

所以，中国人一方面离不开媒人，另一方面又讨厌甚至痛恨媒人。有些地区和民族，在婚礼上还有"骂媒""打媒"甚至"审媒"的节目。在文艺作品中，职业媒人尤其是女媒人（媒婆）的形象都不好，几乎无一例外地都是丑角。大约人们无力推翻媒妁的制度，在生活中又得依靠媒人，便只好在戏曲舞台上戏弄他们一番，在其鼻子上贴一块白色，小小地出他一口恶气。

其实，认真想来，媒人也是冤枉的。因为不要说媒人，即便当事人父母，在为其择偶时，也是不谈爱情的。

父母们考虑的，主要是"门第"（结缘）和"生育"（继统）。如果稍做分析，则女方家长更考虑门第：男方门第太低，会委屈了女儿，自己也没有面子；男方门第太高，又怕高攀不起，或者尽管攀上了，但因自己门第太低，女儿嫁过去要受欺负。事实上媳妇在男家的地位，也往往取决于娘家的门第。比如《红楼梦》中王夫人、王熙凤二位，虽然都不是长媳，但出身于"四大家族"中的"金陵王"，地位就非同一般，而身为长媳的邢夫人、李纨、尤氏，反倒没有多大的面子（其中李纨因为守节又面子略大）。至于官宦人家，则于门第之外，还要考虑政治因素，即两家的结缘，要有利于自己政治上的发展和政治势力的培植。因为中国的传统政治体制是"家天下"，血缘裙带关系在其中起着不可低估的作用。甚至连皇帝有时也要动用"政治联姻"的手段，如朱元璋在洪武九年（1376年）将自己的女儿临安公主下嫁给致仕宰相李善长的长子李琪为妻；又如汉、唐各代都曾使用过的"和亲"策略都是。就连中国戏曲舞台上，也常常演出皇上或宰相选择新科状元为婿的故事，便实际上是这一现实的反映。

如果说女方家长更考虑门第，那么男方家长则更考虑生育。因为儿媳妇进门来，最重要的事是要传宗接代。其他问题（比如伺候公婆丈夫等）可以通过其他方式解决，继统的任务却非妻子不能承担。在正妻无出的情况下，固然可以纳妾，但妾生得再多也是庶出，血统上已低了一等，在继承权上也会产生麻烦。所以最好是正妻能生育，而且生男孩，而且头一胎就是男孩，以便尽早确立嫡子地位。这一点当然谁也没有把握，于是只好寄希望于祖宗、鬼神和媒人，职业媒人（俗称"媒婆"）也自有"某女宜男"一类的说法。民间的说法则是"买地要买三合土，娶媳妇要娶大屁股"，也就是盆股宽大利于生育之意；而现代性美学中推崇的那种臀部较紧的性感女郎，则在排斥之列。"宜男"外，要考虑的则是该女是否贤淑。因为她除传宗接代的任务外，尚有孝敬翁姑和伺奉丈夫的义务。倘若娶来悍妇，岂非家门不幸？

显然，在这里，男女双方家族在为其子女择偶时，都只有政治、伦理和生育的考虑，从而共同地排除了爱情这一原本理应成为"合乎道德的婚姻"的基础。岂但排除了爱情，连将来是否可能产生爱情都不予考虑；又岂但不考虑"情"，甚至连"性"也不考虑。试想一个体壮如牛的所谓宜男女子，哪来的性吸引力？一个形容猥琐的所谓富家公子，又何能激起女方的情欲？结果在婚床上，男子或许只不过出于生理需要而一泄其欲，女方则很可能以挺尸的姿态来勉为应付，因为他们原本素不相识，既无爱情，又无性吸引力，完全是被某种外力驱赶到一起的。正如鲁迅先生所说："仿佛两个牲口听着主人的命令：'咄，你们好好的住在一块儿罢！'"（《热风·随感录四十》）这样的婚姻，当然只能叫作"无爱之婚"。

无爱之婚

我在《闲话中国人》一书中说过，无爱之婚，是中国传统社会最常规的婚姻状况和婚姻方式。所谓"最常规"，并不表现在统计数字，比如百分之多少的婚姻无爱等等。事实上，谁也提不出这个数字，因为既没有人想到要去统计，而且也不可能进行统计。我们得出这个结论，乃是基于这样一个事实，即无论结婚离婚，均与爱情无关。因此一旦有人私订终身，便立马成为传奇。恋爱是传奇，岂非只有无爱才是"常规"？

在中国古代，私订终身的传奇也很不少。王实甫的《西厢记》算一个，白朴的《墙头马上》算一个，汤显祖的《牡丹亭》也是一个。其中，又以《牡丹亭》最为离奇：少女杜丽娘在梦中与书生柳梦梅相爱了牡丹亭畔，醒后感梦伤情，愁病而死。死后，杜丽娘的游魂找到了柳梦梅其人，两人相见如故，便令梦梅掘坟而再生。复生后，几经周折，才终于成就了婚姻。这个传奇，寓意其实是很深的：梦中相爱，即等于说现实中不可能相爱；死后成婚，即等于说活着时不可能成婚。有人说这个传奇证明了中国古代有着美丽的爱情，我倒以为它恰恰证明了中国古代实在少有爱情。即便有，也只能是一个梦，很难变成现实。

因此，对这类传奇故事，中国人就表现出不同的态度。大多数人当然是津津乐道。因为一方面这种事情实在罕见少闻，看一看，听一听，说一说，可以满足自己的好奇心、新鲜感和想象力；另一方面，自由恋爱，毕竟是最合乎人性的事情，而且中国历史上又曾有过自由恋爱的时代（详后），所以人们对于这种浪漫行为，在内心深处也未尝不是心仪已久，颇向往之。看一看，听一听，说一说，可以宣泄压抑的情感，获得一种替代性满足。因此，这类传奇在民间，是大受欢迎的。正因为大受欢迎，才会屡禁不止，久演不衰。

少数封建卫道者的态度则是歇斯底里。历朝历代，都有人把它们视为淫秽，列为禁书，大张挞伐，极力诋毁。这也不足为奇，因为这些传奇，确实以其自身的魅力，冲击了"父母之命、媒妁之言"的礼法，当然要引起这些人极大的仇恨和恐慌。

最"高明"的是《红楼梦》里的贾老太太——"不以为然"，根本就不相信。依贾老太太的说法，一个大户人家的小姐，平日里端庄贤淑，知书达礼，养在深闺，什么事也没有的，"只见了一个清俊男人，不管是亲是友，想起他的'终身大事'来，父母也忘了，书也忘了，鬼不成鬼，贼不成贼"，世上哪有这样的人？世宦书香大家子的小姐，自然是门风严谨，奴仆成群，怎么一到这时，就只一个紧跟着的丫头知道？世上哪有这样的事？

可见，这都是说书人瞎编出来的，而且编得还不那么"圆"。总之，这种事，根本就不可能。不可能的事，没有必要去当真。于是轻飘飘三个字，便把这些传奇故事的意义和影响都打发了，可不是高明？

事实上，这类传奇，即便到处流传，也至多只能给人们增加一点茶余饭后的谈资，而很少起到"启蒙"的作用。即便有人动心，也多半不敢试法。所以，尽管《西厢记》《红楼梦》之类多次被目为淫书，却并未真正遭到严禁，就因为它们其实无伤大雅，无碍大局。

其中的原因也是显而易见的。对于大多数传统社会中的中国人而言，爱情实在是一种太空洞太渺茫的东西。婚姻有没有爱情做基础，其实并不重要，重要的是男的找不找得到老婆，女的嫁不嫁得出去。如果满世界都是怨女旷夫，连"男有室，女有家"都办不到，却来侈谈什么爱情，那就只能惹人发笑，嗤之以鼻。

那么，如果"男皆有室，女皆有家"，是不是就可以来谈爱情了呢？对不起，那就更不必了。男的都有了老婆，女的都有了老公，那还谈爱情干什么？好好过日子就行了呗！爱情并不能当饭吃，结婚是为了过日子，这是个实实在在的事情。柴米油盐酱醋茶，样样要操心，件件要落实，哪里浪漫得起来？

的确，婚姻在中国，从来就是一件很现实的事。除家族有结缘和继统两大功利目的外，当事人则多半把它视为一种责任和一种义务。"男大当婚，女大当嫁"，这似乎是一件不需要讲道理的事。反正到了年龄，就该婚嫁。既然婚姻只是社会义务，而非个人需求，则男女双方当事人也就当然会采取一种"听天由命"或"服从分配"的态度，不会要求非有爱情这种纯属个人的东西不可了。

至于个人方面的要求，也不是没有，但也无关乎爱情。对于女方来说，嫁人的目的主要是有口饭吃，即所谓"嫁汉嫁汉，穿衣吃饭"。所以女方在择偶时，往往会更考虑对方的经济条件和经济实力，其次才是社会地位如学历、职称、官衔，以及身材相貌等关乎面子的问题。至于男方，讨老婆的目的在古代主要是生儿子，在现代则对女方的身材相貌十分挑剔，至少也得"不影响市容"或"对得起观众"。

再就是"过日子"了。传统观念认为，孤男寡女，日子是不好过的。"男人无妻家无主，女人无夫房无梁。"一个男人，如果是"光棍"，就没有温暖和体贴，没有热饭热菜，没有干净衣裳。一个女人，如果是"寡女"，就没有靠山，没有顶梁柱，没有主心骨，就会受人欺负。只有男女结合，阴阳互补，才能过上"好日子"。因此，不少孤男寡女，在日子实在过不下去的时候，也会胡乱找个人结了婚凑合着过。配偶再不如意，好歹也比打单身强。

显然，在这里，男女双方当事人也和父母、社会一样，几乎不约而同地排除了爱情这个最重要的因素。所以，无论古代或现代，也无论是包办婚姻或自找对象（其实往往是通过热心人的介绍而见面，大致满意谈妥条件就结婚），铸就的大多是无爱的婚姻。如果说有什么不同，也不过古代的包办婚姻，是"隔着布袋买猫"；当代的自找对象，是"看过样品订货"而已。

结婚既然是为了"过日子"，那么，只要日子过得好，甚或只要日子过得下去，这个婚姻就可以成立和维持下去，爱不爱没什么关系。有没有共同兴趣，共同语言，也没什么关系。礼法甚至规定："外言不入于阃，内言不出于阃。""阃"就是门限。男人的事业在门外，女人的事业在门内，男人的事不能告诉妻子，女人的事不能告诉丈夫，则夫妻之间能够说的话，大概只有"吃了没"和"睡觉不"这几句了。

语言是情感交流最主要的工具之一。夫妻之间，如果连话都没有什么可说的，那还有什么感情可言？所以，不少中国的旧式夫妻，其关系是连办公室里的同事都不如的。然而在传统礼教看来，却理所当然，而且应该受到表扬和鼓励，因为他们能做到"谨夫妇，正人伦"，

"止乎礼义"，是合理的，也是正常的。相反，夫妻之间如果感情浓烈，则是不正常的，因为传统礼教从来没有规定过婚姻中要有爱情，也没有创造过这方面的条件，那么他们的感情又从何而来？岂但"来路不明"，而且"出格越轨"。因为他们之间居然有了"私情"。私情既然沾了一个"私"字，那就不仅是"不正常"，而且是"不正当"了。所以，便应受到批判，斥为"淫邪"；或应受到嘲笑，视为"丑事"；甚至应该告到皇帝那里去，让皇上给个不大不小的处分。

西汉宣帝时的京兆尹（首都市长）张敞就被人告过。张敞的妻子很漂亮，张敞也很爱她，常在家里为她画眉毛。这件事被当作花边新闻传出去后，便有人上奏宣帝。宣帝听了，便把张敞叫来责问。张敞的回答也很巧妙，说："臣闻闺房之内，夫妇之私，有过于画眉者。"汉宣帝自己是结过婚的人，自然知道夫妻之间比画眉"过分"得多的事还多得很，也就一笑了之。张敞给老婆画眉毛算什么事呢？也要闹到皇帝那里去，还差点掉了乌纱帽，可见传统礼教对夫妻之间的情爱，忌讳到了什么地步。

当然，即便在古代，也有不信邪的人。比如晋人王戎（安丰）之妻就是。王戎夫妻感情很好，妻子便常用"卿"来称呼王戎。"卿"是一种爱称，但只用于君对臣，后来也用于夫对妻。臣对君、妻对夫就不能这样称呼。王戎妻称王戎为"卿"，既违背了"男尊女卑"的原则，又违背了"夫妇有别"的原则，是双重的"不礼"。所以王戎便对他妻子说，你这样叫，"于礼为不敬"，再别这样了。谁知他妻子回答说："亲卿爱卿，是以卿卿，我不卿卿，谁当卿卿？"王戎没有话说，只好随她去。

但这并不能说明什么。因为张敞夫妇和王戎夫妇的故事，从来就是被当作笑话讲的。他们绝不是传统婚姻中的典型，更不是"模

122

范夫妻"。

无性之恋

被视为"模范"的是东汉的梁鸿和孟光。

认真说来，这两个原本也不能算是很"模范"的，因为他们的婚配，多少带有一点自主选择的意味。据说孟光身材长相都不怎么样，"肥丑而黑，力举石臼"，没有什么女性魅力，但眼界却很高，而且沉得住气，一直拖到三十岁还不肯嫁人。父母问她为什么，她说，只希望能嫁一个像梁伯鸾（梁鸿）那样好的。梁鸿听说，便请媒人下聘礼，明媒正娶了孟光。

不过梁鸿孟光婚后，倒是十分地"守礼"。据说，孟光每次给梁鸿送饭，都要"举案齐眉，不敢仰视"。这便正是其之所以为"模范"的原因所在。因为传统社会设计的夫妻关系模式，恰恰正是要"燕尔新婚，如兄如弟"，"举案齐眉，相敬如宾"。梁鸿孟光如此"合模入范"，自然是"模范"。然而，恰恰是在这十六个字中，我们看到了传统婚姻模式的实质：只有敬，没有爱；只有礼，没有情。夫妻之间如果像兄弟，夫妻生活如果像做客，那还叫夫妻吗？如果连吃饭这样的日常生活小事，都要礼教化、程式化，一举一动，一言一行，一抬手一投足，都有如做戏，哪里还有什么爱情可言？我很怀疑，孟光与梁鸿做爱时，是不是也要行礼如仪，恭恭敬敬客客气气地说一声："夫君，请了？"

这不是说笑话，而是有事实根据。据说，宋代有某教官，五十而续弦（妻死再娶）。举行婚礼那天晚上，学生们去偷看，都以为这种事情，大约用不着课堂上讲的那些什么礼仪吧？谁知道，入洞房时，只见那位教官先生像上朝办公一样，顶戴袍褂，冠冕堂皇地走进洞房，将双烛放在床前，扶新娘坐在床上，脱去她的衣裳，点头赞叹一番，然后后退三步，恭恭敬敬地对着新娘长揖三次，说：不孝有三，无后为大。鄙人老了，没法子，只好唐突夫人，对不起了。

如此"止乎礼义"的夫妻生活，真不知好在哪里？

事实上，中国传统婚姻中的夫妻生活，不但没有爱，甚至也是没有性的。

所谓"无性"，不是说这些夫妻之间没有性关系或性行为，而是说它不被重视，不被看作是夫妻生活的重要内容之一；而只被看作一种手段，是为了继统，为了生育。既然只不过是手段，也就不必太讲究。大概在礼教的制定者和维护者看来，性作为生育的手段，乃是一种生物性的本能，可以无师自通，亦不必挑肥拣瘦，只要两个当事人"例行公事"即可。这样的性关系，与其说是有性，毋宁说是无性。

事实上，不少包办婚姻，都相当地类似于圈养牲口。男女当事人，素不相识，毫无感情，有的甚至连都没有见过一回，稀里糊涂地被拉扯到一起，晕头转向地拜了天地，然后就被推进"洞房"。"洞房"这个词，从字面看，也是四周封闭，黑咕隆咚有如洞穴。直到这时，才可能掀开盖头，在昏暗的灯光下一睹"庐山真面目"。接下来，便是吹灭灯火去上床。这样的一面之交，如说有性吸引，除非真是郎才女貌，可以一见钟情。就多数情况而言，则恐怕与强奸没有什么太大的区别。实际上，生活中也有新娘见新郎过于丑陋而拒不从命，最后被男方家人捆起来由新郎实施强奸的。这样的性关系，在某种意义上可以说真是禽兽不如。因为动物，尤其是野生动物，在交配之前也尚有性挑逗和性选择，而且绝无强奸行为。算下来，大约只有家禽和家畜，才会这样听话，这样乖，这样不把性当回事。

既然连最起码的性吸引都不必考虑，当然也毋庸讨论性快感和性满足。在不少婚床上，新郎在强行施暴、一泄其欲后，便往往倒头大睡，一任新娘在旁吞声饮泣。总之，在传统婚姻中，女人只是男人泄欲的工具和生育的机器，在性的方面没有任何合法权益——既没有拒绝性生活的权利，也没有要求性满足的权利。倘有要求，则不是遭人耻笑（要求性满足），便是招来毒打（拒绝性生活）。

这就有可能造成相当普遍的女性无性化，即对性生活完全抱以一种听之任之麻木不仁的态度。当女性持这样一种态度时，男性是否真能获得快感和满足，就是一个值得怀疑的问题。在中国传统婚姻中，究竟有多少夫妻的性生活是真正和谐美满的，恐怕谁也说不清。因为根本不可能有这方面的统计数字——既不会有人想到要去统计，也无法进行问卷调查。当事人既不敢说出去"丢人现眼"，打听者也难免会有"流氓嫌疑"。当然，中国也有"房中术"，但这种性技巧有多少人用，其中又有多少用于婚内，多少用于婚外，同样无法查证。于是这个问题，就永远只是一个谜。

其实，即便打听到什么，也无可如何。因为婚姻既然只关乎生存而无关乎爱，只关乎生育而无关乎性，则"夫妻之间有无感情"和"性生活是否和谐"这些问题，就与婚姻是否成立以及能否维持无关，当然也不能成为夫妻离异的正当理由。既然如此，打听它作甚？

更何况，性冷淡和性无能，不但不能成为离婚的理由，而且还会受到社会的赞扬。女的性冷淡是"不淫荡"，男的性无能是"不好色"；前者是"淑女"的标志，后者则是"好汉"的本色。可见，社会道德在总体上是压抑、限制甚至敌视性的。而且，这种压抑、限制和敌视于女性尤甚。礼法甚至明确规定女性必须检点自己，不能"淫佚"。所谓淫佚，包括两方面。一方面是与丈夫以外的男人有性关系，这是"不贞"，当然罪莫大焉。另一方面，即便与丈夫过性生活，次数太多，或主动提出性要求，或希望得到性快感，或因无此快感而抱怨，或在性高潮中感到高兴，也都是淫佚。但凡有此几种情况中之一种，夫家就能以此为由将其赶出家门，打发她回娘家去。

女性不但被规定为不得有性要求，而且还规定为不得有性魅力，长得太性感或打扮得太漂亮，都是不守妇道和不遵妇德。所谓妇德，即"三从四德"中的"妇德、妇言、妇容、妇功"，是东汉一位叫班昭的"女圣人"制定的。班昭是史学家班彪的女儿、班固的妹妹，才学是很好的。然而她的才学，却用来压迫自己的姐妹。按照班昭的规定，一个妇人不必才华出众（才明绝异），只要规规矩矩，老老实实，安安静静，本本分分，就是"有德"；不必能说会道（辩口利辞），只要小心措辞，看人说话，不出秽语，不伤他人，就是"有言"；不必脸蛋漂亮（颜色美丽），只要干干净净，整整齐齐，按时洗澡，勤换衣服，就是"有容"；不必心灵手巧（工巧过人），只要专心纺织，不好戏笑，把饭菜弄整齐，把厨房弄干净，就是"有功"。我们现在称赞一个女子，总是说她"才貌双全"。但按照班昭的"四德"，则要求"才貌双不全"。

最好是呆头呆脑（可以理解为"守妇道"）、笨嘴笨舌（可以理解为"谨言词"）、没神没采（可以理解为"不淫邪"）、慢手慢脚（可以理解为"勤劳作"），又丑又蠢，毫无魅力，便有希望成为"模范妇女""优秀妻子"。

不难想象，这样的愚妇，再和那些方正古板、木讷呆滞的迂夫配为一对，会是一种什么样的夫妻生活。

可以肯定，那一定充满了木乃伊的尸臭。

不过，即便是这样的夫妇，也一样能制造人口，而且造出来的也不一定很差。比如，贾政、王夫人便是这样的夫妇，但他们的孩子宝玉却是才貌双全、资质卓异之人。这可真是个奇迹。

由此我常怀疑，中国人的忠厚、老实、本分和无魅力，只怕有一半以上是装出来的。正因为是装出来的，所以他们对于不肯装的人，尤其是对那些又聪明又漂亮、充满青春气息和女性魅力的女孩子，几乎会近乎本能地充满着嫉恨。

王夫人就是这样一个人。

王夫人并不丑。如果王夫人很丑，就不会一连生了两个漂亮儿子（贾珠和宝玉）。王夫人也不笨。她的才具虽然平平，心计却很深。其心计深就深在懂得利用自己的平庸，不显山不露水地实现着自己的目的。可见，王夫人的平庸没本事，有一半是天生的，还有一半是伪装的；而她的平板无魅力，则有一半是装出来的，还有一半是逼出来的。因为只有这样端起一副"正派"架子，她才能在那个封建大家族中站住阵脚，并整垮敌人。

凑巧得很，与王夫人相匹配的，恰恰是贾政这样一个方正古板、迂腐衰朽的伪道学先生（如果王夫人的丈夫是贾赦那个色鬼，事情可能又不一样），结果就弄得王夫人更加平庸无色。尽管对于这对夫妻的性生活，书中并未有正面描写，但不难想见一定是相当乏味。好像自从有了宝玉以后，他们就少有这方面的交往。所以王夫人便只好整日吃斋念佛，以此来强行压抑自己的性冲动，并借此打发时光。

因此，王夫人对那些比自己年轻、比自己漂亮、比自己伶俐、比自己有魅力的女孩子，有一种刻骨的仇恨。她恨晴雯，只因为晴雯长得漂亮："水蛇腰，削肩膀儿，眉眼又有些像你林妹妹。"便被她没来头地断定是"妖精"，在病中被撵出门去，含冤而死。她恨芳官，只因为芳官会唱戏，而"唱戏的女孩子，自然更是狐狸精了"，也撵了出去。甚至连一个没多少地位的小丫头四儿，她也恨，因为四儿"虽比不上晴雯一半，却有几分水秀，视其行止，聪明皆露在外面，且也打扮的不同"，因此断定"也是个没廉耻的货"，也撵了出去。留下的只有袭人、麝月等，因为"这两个，笨笨的倒好"。逻辑也很简单："好"女孩应该又丑又笨。如果不丑，笨一点也行。如果又聪明又漂亮，肯定会把宝玉"勾引坏了"。其实，在大观园里，宝玉要坏也坏不到哪里去。但只要有了爱情，在王夫人看来，那就是"坏"。换言之，只有像王夫人这样冷酷无情，才算是"好"。

王夫人的逻辑，其实也就是中国传统社会里"正统派"的逻辑：漂亮、有吸引力（甚至还谈不上"性感"）的女孩子一定不贤淑，一定是"妖精"。于是，反过来，一个女孩或女人，如果要证明自己是"好人"，是"正经女人"和"良家妇女"，那就只有尽量把自己弄得不漂亮、不性感，没有吸引力。

由此可见，淫乱并不因为性感，美丽更非淫乱之源。把女孩子们都弄得笨笨的、丑丑的，让所有的女人都没有女人味，也保证不了两性关系的"纯正"，只能给婚后生活带来不幸。婚姻虽不等于性，但又离不开性。美满的婚姻应该包括性生活和谐这一内容，而性生活和谐，一是双方有性吸引力，二是要双方有性快感。在这里，女方的态度相当重要。然而传统礼教却又恰恰规定了女方既不准有性魅力，又不能有性冲动，那么可选择的就只有性冷淡了。以女方性冷淡为前提的性生活大抵可能有以下三种结果：一、男方单纯泄欲，女方勉强应付，双方例行公事；二、造成男方阳痿，失去性能力；三、造成男方心理变态，对女方进行性虐待。无论何种结果，都是婚姻的不幸。

然而，奇怪得很，这种既无爱又无性的夫妻关系，却同样能产生感情。一个不容否定的事实是：中国传统社会离婚率并不高。不离婚当然不等于有感情，但没爱情也不等于没感情。人的感情是复杂的、丰富的、多样的，爱情只是其中的一种。比方说，我们在一个地方生活久了，就会产生感情，感到留恋；和一个朋友相处久了，也会产生感情，感到依恋。这些感情都不能叫作爱情，也许只好叫作"恋情"。恋情也是感情，而且是一种非常重要和常见的感情。

中国传统婚姻中的感情便主要是恋情。因为在这种婚姻关系中，最模范的夫妻也不过只是"如兄如弟""相敬如宾"，最幸福的家庭也不过只是"互助组""合作社"式的。夫妻关系既然有如兄弟、朋友、同事，则他们之间的感情，当然也就只能叫作"恋情"。这种恋情既然并非建立在性关系的基础上，当然也就只能叫"无性之恋"。

恋丈夫与怕老婆

应该承认，爱与恋是不同的。

比如一条狗，或一只猫，在家里养熟了，你就赶它不走。别人要，也会恋恋不舍。这就不好说是爱情，只能叫"恋情"。所以我们只能说猫狗"恋人"，不能说它们"爱人"。说句不恭的话，旧式夫妻之情，实有类于此。

当然，恋也可以转化为爱，不过这多半要靠运气，即父母和媒人撮合的一对，碰巧刚好是郎才女貌、情投意合，于是一边做夫妻一边谈恋爱。也有做了一段夫妻的，开始大家都不过是"例行公事"，后来忽然发现了对方的可爱之处，于是公务变成了私情，依恋变成了爱慕。这时，这对夫妻往往会感叹着说：从今天起，我们的夫妻生活才真正开始。这种情况，便是在现代所谓"自由结合"的夫妻中也不少见。

不过，大多数情况还是恋多于爱。因为他们结合的基础不是相互吸引和相互爱慕，而是实际生活中的相互依靠。依则恋，叫作"依恋"。只要对方靠得住，就会恋恋不舍。相反，如果靠不住，则倘有机缘，也可舍之而去。所以恋与不恋主要看有无依靠基础，与双方的个人魅力无关。所谓"秤杆离不开秤砣，老公离不开老婆"，无非如此。

这样一分析，我们就不难明白，为什么在旧式婚姻中，女方的恋情成分要大大超过男方。丈夫可以随意休妻，或到外面寻花问柳，妻子却少有要求离异或公然私通者。除社会礼俗的男女不平等外，女人更需要靠山，也是一个重要原因。至于丈夫对妻子的恋情，则多因妻子温柔体贴、善解人意，在她的怀抱中能体验到一种母亲般的温暖。因此，一个优秀的妻子，或会做妻子的女人，在丈夫面前，最好一半像女儿一半像母亲。像女儿让人疼爱，像母亲让人依恋，合起来可不就是"恋爱"？难怪鲁迅先生说："女人的天性中有母性，有女儿性；无妻性。妻性是逼成的，只是母性和女儿性的混合。"

丈夫依恋妻子有如恋母，妻子依恋丈夫则一半有如恋父，一半有如恋主，二者孰多孰寡，因人而异。一般地说，妻多如恋父，妾多如恋主；被疼爱者多如恋父，被驱使者多如恋主；如恋父者多依靠，如恋主者多依从，总体上说则仍是依恋。丈夫依赖妻子（严重者一旦离开妻子的照顾便生活不能自理），妻子依靠丈夫（严重者一旦离开丈夫的保护便无法生存），夫妻二人就这样唇齿相依、相依为命、相互依存、相依相靠，当然恋恋不舍，盼望着白头偕老、地久天长啦！

那么，中国古代难道就没有爱情吗？有。但多半不是在婚前，就是在婚外。

认真说来，中国古代歌颂爱情的文艺作品为数也并不很少。早一些的，有《诗经》《楚辞》；晚一些的，则有元明杂剧和明清小说。但是这些诗章也好，传奇也好，基本上都与婚后生活无关。姑娘小伙子们婚前爱得死去活来，又是"求之不得，辗转反侧"，又是"一日不见，如三秋兮"。等到结了婚，天天见面了，怎么样呢？诗也没有了，歌也没有了，传奇也没有了，戏也没有了。大约一结婚，"情郎情妹"就变成了"老公老婆"，或者"才子佳人"就变成了"老爷太太"，剩下的事情，就和千百个普通家庭一样，无非生儿育女、传宗接代，或者男耕女织、夫唱妇随，哪里还会有什么诗意？岂但没有诗意，事实上，在许多夫妻，尤其是包办婚姻的夫妻之间，是连情爱也没有的。所谓"伉俪情深"，只是一句空话。

夫妻之间既然缺少情爱，表现和反映夫妻之情的爱情诗，自然也少得可怜。比如李商隐，算得上是"有情人"的，写过不少情诗，其中如"身无彩凤双飞翼，心有灵犀一点通"，如"梦为远别啼难唤，书被催成墨未浓"，如"春心莫共花争发，一寸相思一寸灰"，如"春蚕到死丝方尽，蜡炬成灰泪始干"等等，都是千古名句，却都不是赠给妻子的。只有一首《王十二兄与畏之员外相访见招小饮时予以悼亡日近不去因寄》涉及妻子，却又是"亡妻"。其他历史上一些表现夫妻之情的名篇，如元稹《遣悲怀三首》和苏轼《江城子》，也是写给亡妻的。妻子在世时无诗相赠，死了以后才写诗悼亡，也是一种颇有中国特色的文化现象。我怀疑这正是因为社会不容许夫妻之间过于亲密，或只允许妻子依恋老公，不容许丈夫疼爱老婆所致。因此即便悼念亡妻，也很难说是真正的爱情。如元作主要是表达自己对妻子的感激和回报："唯将终夜长开眼，报答平生未展眉。"苏作则似乎主要是在慨叹人生的坎坷："纵使相逢应不识，尘满面，鬓如霜。"

夫妻之间既无情爱，则男女之爱便只好移情他人，叫作"移情别恋"。比如李商隐，写了不少情诗，很真挚，很感人，很美丽，也很隐晦，谁也猜不出那是写给谁的。但多半不是妻子，否则怎么会说"曾是寂寥金烬暗，断无消息石榴红"，或者"蓬山此去无多路，青鸟殷勤为探看"云云？看来是写给情妇的（也有人认为这些诗另有寄托，不是情诗）。至少，题中点明是赠给妓女者，便有《赠歌妓二首》等。在古代，文人墨客狎妓，写了歌词给歌妓唱，或与才艺双绝的名妓唱和酬答，被视为风流韵事，是"雅"；如与正妻过于亲热，写诗赠妻，似乎反倒是"俗"。这又是一大怪事！细究起来，大约是"正统"思想在作怪。妻为"正"，必须正经严肃，不可调笑；情妇和妓女既然"非正"，自然不妨放浪形骸。这正如诗为"正"，故多言政事，而词为"诗余"，不妨聊叙闲情一样。

疼老婆的诗没有，怕老婆的事倒挺多。

中国历史上，究竟有多少老公怕老婆呢？这可统计不出来，但相信一定很多。证据之一，就是中国历来就有这一类的笑话。古代有，现代也有；平民百姓讲，达官贵人也讲。比如《红楼梦》第七十五回写贾府夜宴，击鼓传花，轮到贾政讲笑话，一开口便是："一家子，一个人，最怕老婆。"结果，"只说了这一句，大家都笑了。"及至笑话说完，更是笑成一片。以贾政之方正古板，半点幽默感也没有的人，居然也会讲怕老婆的笑话，而且据他自己说也只会讲这个，这就说明这类笑话是何其之多。而以贾政之"非礼勿言"，半句出格的话都不敢说的人，居然当着母亲、夫人、子女、媳妇、亲戚的面，大讲怕老婆，也可见这类话题是百无禁忌，而这类事情更是遍地开花了。

历史上最有名的"怕公"，当数唐初御史大夫裴谈。此公之所以有名，不仅在于他有"怕绩"，还在于他有"怕论"。唐代的御史大夫主管监察和执法，相当于今之监察部长兼司法部长，想来口才和辩才都是很好的。所以，当别人嘲笑裴谈的惧内时，裴部长便发表了一通辩词。他说，"妻有可畏者三"：年轻漂亮时，看上去就像活菩萨，世界上哪有不怕活菩萨的？等到她儿女满堂，看上去就像九子魔母，世界上哪有不怕九子魔母的？再到她五六十岁时，薄施脂粉，满面黑色，看上去就像鸠盘荼，世界上又哪有不怕鸠盘荼的？

裴谈的惧内既然如此典型，已上升到了理论高度，则大家自然拿他来做一个标杆。有一次，伶人为唐中宗和韦皇后表演节目，就居然唱道："回波尔时栲栳，怕妇也是大好，外边只有裴谈，内里无过李老。"这里说的李老，就是中宗。中宗是"女强人"武则天的窝囊儿子，和他老子高宗一样，也是个怕老婆的货。所以，一个戏子，也敢当面说皇皇大唐，最怕老婆的，宫外是裴大人，宫里是万岁爷。此外，后来的唐肃宗，也极怕老婆张皇后，以至于当时的诗人还有"张后不乐上为忙"的讥讽。

既然皇上带头怕老婆，则臣下效法，也就不足为奇。所以有唐一代，丈夫畏妻，竟成为一代风气，怕老婆的事，层出不穷。到了宋，皇帝受制于皇后的事，倒是不大有了，但士大夫阶层之畏妻，还依然如故。比如"河东吼"和"胭脂虎"的典故，便均出于宋。"河东狮吼"的故事已于前述，"胭脂虎"则是宋代尉氏县令陆慎言妻朱氏的绰号。朱氏凶悍无比，陆某畏妻如虎，居然连一县之政令，也要请示夫人，这就真是阴阳倒错，不成体统了。

所以，怕老婆虽是夫妻之间的私事，但有的时候，政府也不能不出面干涉，甚至禁止。

比方说，唐代的阮嵩和宋代的吕正己，便都因为惧内而被罢官。阮嵩是唐初贞观年间人，官居桂阳县令。有一次，他在客厅里请客吃饭，一时兴起，招来女奴唱歌。老婆阎氏知道后，竟披头散发，光脚赤臂，持刀冲进席间，吓得阮嵩躲入床下，客人一哄而散。这事闹得太不像话，结果考评时，上司便评曰："一妻不能禁止，百姓如何整肃？妻既礼教不修，夫又精神何在？"便把他评为下等，罢了官。

吕正己是宋代人。有一次，他到一个有姬妾的朋友家喝酒。他的老婆听说了，居然爬上墙头大骂。这件事当然也闹得太不像话，结果皇上得知，也罢了吕某的官。

照理说，丈夫惧内，就像前面说过的张敞画眉一样，原不过是人家两公婆的事，哪里用得着政府干预，皇上过问呢？但我们也应该知道，中国古代政治，是以礼治国，而所谓"礼治"，又是要求"男尊女卑""夫为妻纲"的。这些原则，必须从上到下，全国执行。各级官吏，更应该身体力行，以为表率。如果一个官吏，竟连自己的家都管不好，又何以治国？而一个朝廷命官，竟被当众辱于妇人而不能整肃，则国家体面何存？所以阮、吕两位，便只好丢了乌纱。

至于民间，对于这类事情，就不会那么认真了。在一般民众看来，老公怕老婆，不过是一件可笑甚至有趣的事情罢了。之所以可笑，是因为"夫为妻纲"，乃天下之通则，而这一家人居然倒了过来。这就像一个人把衣服穿反了一样，岂不惹人发笑？

当然，衣服穿反了可笑，不仅因为那是一种倒错，还因为这种倒错是无伤大雅的。民间就更是如此。认真说来，"夫为妻纲"是那些礼法森严的大户人家的事，小民们并不那么认真。他们的夫妻关系，更多的还是男耕女织的互助组模式。互助互补，互帮互让，无所谓纲不纲的。所以，在他们看来，实无伤大雅。

不过即便在小户人家，男尊女卑的样子，总归是要摆一摆的。如果有谁连样子都不摆一下，大家就会觉得有趣，也就无妨说他一说，给枯燥平板的生活添点乐趣，加点佐料。在这时，说的人笑，听的人笑，甚至被说的自己也笑。笑完以后，也不当回事，各人回去照旧过日子。

中国传统婚姻中的夫妻关系，除恋丈夫和怕老婆外，还有一种情况数量也许并不太多，那就是夫妻相互仇视和敌视。存在这种现象的一个证据是：在中国的离婚案中，好说好散的不多，而大吵大闹的不少。其程序大体都差不多：先是相互不满，再是彼此指责，继而寻衅闹事，最后大打出手。实在过不下去了，就离婚。甚至直到对簿公堂时，还要互相辱骂。反正夫妻俩闹离婚者，多半已恩断情绝，反目为仇。对于这种情况，古代有个说法，叫"似猫鼠相憎，如狼羊一处"。夫妻两个，虽说并不一定要有爱，但再不济，也得能凑合着过。倘若两人关系，竟如猫和鼠、狼和羊，你死我活，不共戴天，当然无法再过，只有离婚。遇到这种情况，一个"合理"的解释是："彼此姻缘不合，必是前世冤家。"

其实，即便不离婚，夫妻两个吵架、对骂、互打的情况也不少。俗云："天上下雨地下流，两口子打架不记仇。"看来打架也是常有的事，有的也不影响感情。这种现象，国外也有，并非咱们的国粹。有意思的是，中国人喜欢把自己的配偶，称为"冤家"。冤家路窄，躲也躲不掉，只好在一起过日子。如果这"冤家"碰巧又是个美丽可人，或帅呆酷毙的主，那就是"俏冤家"了。所以冤家一词，反倒多半是一种昵称。这种心理其实很复杂，姑且存而不论。但可以肯定，不少夫妻的心理深层，都确实潜意识地存在着一种敌意，一点点鸡毛蒜皮，都会引发"两伊战争"，弄得"海湾地区"不得安宁。

至于相互之间不满，看不顺眼，挑毛病，找岔子，男的指责，女的唠叨，两公婆不停地拌嘴，这类事情，就更是多得难以尽数。不过，这类事情，在一般人看来，不过小菜一碟，早已不足为奇，不值得大惊小怪，拿出来说了。

总之，在传统婚姻中，总体上说，夫妻之间是礼多于情，义多于爱，生育重于性。夫妻之间，处于一种既不平等也不正常的关系之中。丈夫可以怕老婆，却不可以疼老婆；妻子只能恋丈夫，却不能爱丈夫。夫妻双方，都只能例行公事，不能产生私情。结果当然也很简单：夫妻之间既然少有情爱，甚至少有性爱，则婚后的男子（女子无此权利），便只好到别的女人那里去寻找爱情或满足。

第五章　姬妾

妻与妾

妻之外的性爱对象，首先是妾。

妾是相对妻而言的。所谓妻，就是男子的正式配偶。她与丈夫之间的关系，是正式的婚姻关系。结成这种关系，要经过一系列的正式手续，即必须通过"父母之命、媒妁之言"，举行从纳采到亲迎等一系列仪式，还要拜舅姑、祭家庙。这样明媒正娶来的妻，当然在名分和待遇上都受到礼与法的保护，有着妾不可企及和不可替代的地位。

妾则是男子的非正式配偶。她与丈夫之间的关系，是一种非正式的关系。所谓非正式，就是没有或不必经过"父母之命、媒妁之言"，并非明媒正娶的意思。妾的来路不一，说句不好听的话，真是偷的、抢的、骗的、买的、讨的、借的，样样都有。当然，也有父母"赏"的，但这与父母为之择妻仍不相同。择妻，不仅是择妻本人，也是择妻族，是"合二姓之好"；而"赐妾"则全无这些内容，夫家与妾家也没有婚姻关系，不算亲家。这样，按照中国古代的婚姻制度，夫与妾之间在名分上，就不能算夫妻。

但是，夫与妾之间，又在实质上具有夫妻的性质，包括：妾只能有夫一个性对象，妾之所出被承认为夫之子，妾与夫一般都共同生活，对于夫之财产有部分继承权等等。这是妾与妓不同的地方。要言之，夫与妾，乃是一种有夫妻之实而无夫妻之名的两性关系，我们无妨称之为"准夫妻关系"或"非正式夫妻关系"。正因为是一种非正式的关系，所以男子之获得妾，便不能叫娶，而只能叫"纳"（纳妾），甚至干脆就叫"买"（买妾）。之所以叫"买妾"，不仅因为不少妾确实是买来的，还因为依礼法，"妾通买卖"，不是买的也是买的。叫作"纳"，就算是相当客气了。

什么叫"纳"？纳也者，收容之意也。男子将女子非正式地占为己有，还要说是"收容"，这当然混账得很。但名之曰"纳"，也还有"容纳"的意思；这个意思是对妻而言的。也就是说，妻容忍夫把妾纳入家中、收在房内，以为自己的"第二梯队"和"候补队员"，成为自己的"副职"和"帮手"，故曰"纳妾"。

可见，没有妻，也就没有妾。妻和妾，都是夫的性对象。但是，妻与夫有正式婚姻关系，妾与夫只有非正式的婚姻关系。妻为嫡，妾为庶。"嫡"也就是"敌"，即"匹敌"，有"对等"的意思。因此夫妻关系又叫匹耦、伉俪、配偶。"庶"即"众多"，当然无法与妻匹敌。所以，妻有正室、正房、嫡配、原配、夫人等称呼，妾则只能称之为小妻、旁妻、下妻、次妻、庶妻、小妇、侧室、偏房、副室、姨太太、小老婆等。反正"夫为日，妻为月"，妾们至多是"小星"。客气一点，也可以叫"如夫人"，也就是"相当于夫人"的意思。但实际上，许多"如夫人"的日子，是很不如夫人的。

总之，妻为正，妾为副；妻为主，妾为仆。明媒正娶的妻，与"来路不明"的妾，其地位不可同日而语。

首先，妻与夫，是配偶、伴侣关系；而夫与妾，则是主仆、主奴关系。这样，妻与妾，在理论上也是主仆关系。至少妻对于妾，是半个主子，与夫一样，对妾握有生杀予夺大权。依礼，夫纳妾，应经妻的批准；夫与妾同房，也应经妻同意。因为"纳妾"之义，原本就有须经妻"容纳"的意思。尽管在事实上，不少男子纳妾，未必要妻批准；与妾同房，也完全由自己兴之所至。但至少在理论上，妻是拥有这一权限的。而且，在历史上，也确有因妻坚决反对而丈夫终于未能纳妾者，比如东晋的当朝显贵谢安即是。

妻与妾既然有主仆的名分，则妾对于妻，也应谦卑自抑，恭敬有加。她应称妻为"夫人""太太"，晨起晚睡时，要向妻请安。妻吃饭时，妾应站在旁边伺候。如妻赐座，也只能坐半边屁股，而且时时站起来添饭、布菜。总之，妾绝不可与妻平起平坐。因为依礼，"妾，接也，言得接见君子而不得伉俪也"。妾既与夫"不得伉俪"（不匹配、不对等），当然也不能与妻对等。

妾不但不能与妻平起平坐，而且还要受妻管辖。因为妻作为"主妇""主母"，享有法定的"治内权"，即管理家内事务的一切权力。这个权力是礼法授予的，连夫也不得僭越和干预。夫如干预妻治内，一旦妻搬出"礼"来，则连夫也只能自讨没趣。这个治内权，当然也包括管理妾在内。比方说，未经妻批准，妾不得出门；妻训斥妾时，妾不得还口；他人赠物与妾，未经妻允许，妾不得接受等等。甚至，在法定由妻陪侍夫的日子，即便妻不在，妾也不得代行其事。

妻妾之间的这种不平等关系是终身的。许多朝代，都有不得以妾为妻的规定。唐代的杜佑，就因为晚年以妾为妻，颇受士林的指责。甚至直到死后，妾与妻也仍不能平等：妻死可以与夫同椁，而妾则无此殊荣。

其次，不但妾的地位低于妻，而且妾之家族的地位也与妻之家族不可并论。

前已说过，妻族与夫族是"合二姓之好"的婚姻关系，妾族则不然。郑玄对《礼记·坊记》的笺注说："妾言买者，以其贱同之于众物也。"也就是说，妾就像市场上流通的商品一样，是一种如同娼妓人皆可夫的"众物"。所不同者，娼妓是零售商品，妾则被一次性"买断"。既然是"众物"，当然也是没有家族的。即便有，也不把妾的家族视为家族，因此，一般地说，夫家与妾家不相往来，也不认这门亲戚。即便打交道，也只不过视为奴仆，只能享受奴才的待遇。

比如贾政之妾赵姨娘的兄弟赵国基就是。赵国基死后，代理王熙凤主持家政的贾探春虽然是赵姨娘的亲生女儿，也仍然只公事公办地照着对待奴才的规矩，打发了二十两银子。赵姨娘闻讯赶来，找探春闹事，说是"如今你舅舅死了，你多给了二三十两银子，难道太太就不依你？"结果，探春还没听完，就"气得脸白气噎"痛斥赵姨娘说："谁是我舅舅？我舅舅早升了九省的检点了！哪里又跑出一个舅舅来？我倒素昔按礼尊敬，怎么敬出这些亲戚来了！"这里所说"升了九省的检点"的，就是王夫人的兄弟王子腾。因为王夫人是贾政的正妻，所以探春虽是赵姨娘的女儿，却只认王夫人的兄弟为舅舅，不认赵姨娘的兄弟为舅舅。

探春不认赵国基为舅舅，赵国基自己也不认为是。他见了赵姨娘的儿子贾环，也是一副奴才相。所以探春才说："既这么说，每日环儿出去，为什么赵国基又站起来？又跟他上学？为什么不拿出舅舅的款来？"在这里，探春不但不认这个舅舅，而且还直呼其名，完全是主子对奴才的谱了。

夫家不认妾家这门亲戚，这就在礼法上断绝了妾的后援，使妾在夫

140

家完全处于孤立无援的地位。其实，即便夫家承认这门亲戚，也不顶用的。因为让女儿给人家做妾的，其家族的社会地位都不会有多高，而小户人家的女儿嫁给大户人家，即便做妻，也没多少地位。不信请看贾赦的正妻邢夫人，又有多少地位来着？

再次，不但妾不如妻，妾族不如妻族，便是妾之子，也不如妻之子。

对于这一点，礼法有极其严格的规定。依法，妻之子曰"嫡子"，又叫"嫡出"；妾之子曰"庶子"，又叫"庶出"。嫡子是宗族血统的当然继承者，庶子绝不能僭越嫡子承继宗祧。也就是说，嫡子与庶子，一生下来，就有高低贵贱之分。母为妻，则贵；为妾，则贱。这就叫"子以母贵"。

只有一种情况例外，就是正妻"无出"。这对于庶子及其生母而言，就算是走了狗屎运，捡了金元宝。因为这时，庶子便可以承继宗祧，升为嫡子，成为新一代的族长或家长。这时，他生母的地位，当然也会相应有较大幅度的提高，很可能有做"老太太"的福分。这就叫"母以子贵"。

但即便是这种情况，依礼，家庭的主母仍然是妻，妾的儿子即便承继了宗祧，他的生母也仍不能超越嫡母（父之妻）的地位。比方说，妃的儿子当了皇帝，她自己固然也可以弄个太后当当，但仍然不如由皇后直接升格而成的太后。比如明宪宗（成化）皇帝朱见深为生母争了老半天，也才得了个光秃秃的太后，比不得皇后，在太后之上还另有徽号。后来，万历皇帝的生母李贵妃，只是靠着张居正的帮助，才弄来了一个徽号，尊为慈圣皇太后。再后来，清的同治皇帝，也是"两宫并尊"：嫡母为慈安皇太后，生母为慈禧皇太后。但是，饶这么着，底下的人还是敬慈安而畏慈禧，背地里叫慈禧为"西边的"，"并尊"的后面仍有歧视。

道理也很简单：妾虽然生了儿子，但这儿子却是替妻生的。从名分上讲，妻才是这些儿子的母亲。换言之，生儿子的是妾，做母亲的是妻。所有的子女，无论嫡出庶出，都要认父之妻为母。对于自己的生母，则可认可不认。比如探春就和宝玉（嫡子）一样，管王夫人叫"太太"，管赵姨娘叫"姨娘"。在公认妻为母的前提下，妾之子当然也可以承认自己的生母，并在嫡母的允许下孝敬生母。但是，嫡子对于庶母（父之妾）则无承认和孝敬的义务。不但无此义务，而且最好不要往来，不要见面，不要说话，以避瓜田李下之嫌。只有一种情况例外，即嫡子幼时，母即去世，嫡子由庶母抚育成人。这时，庶母之于嫡子，就有了母子情分。依照"生身不如养身"的原则，嫡子应视庶母为养母，但在名分上，嫡母还是嫡母，庶母还是庶母。

嫡子交由庶母抚育，是一种特殊情况下的权宜之计；而庶子交由嫡母抚育，则是堂堂正正的常规之举。尤其是，当正妻无出或庶子居长时，更是理应交嫡母抚育。因为，第一，从名分上讲，妻是夫的唯一合法配偶，嫡母是诸子唯一法定母亲，其余诸母并无此抚育权；第二，妻的出身较妾为好，本人修养照理说也较妾为好，由嫡母抚育庶子，有利于庶子的教育；第三，"子以母贵"，如庶子由嫡母抚育，可以抬高庶子的地位，所以不少妾也愿意将自己的儿子交妻抚育。如果这庶子有可能承继宗祧，成为嫡子，则一定要由嫡母抚育。比如同治皇帝，就是由咸丰帝的皇后，即后来的慈安太后抚育长大的。所以他与慈安的感情，还要超过慈禧。

这头仕是一件很残忍的事。不少庶子，甚至在襁褓之中，就被夺走，以至长大之后，与生母毫无感情。妾在家中，原本一无所有，唯一可指望的，也就只有儿子。现在，连儿子也被夺走了，那么她活在世上，还有什么指望？

更残酷的是，妾与其子，不但有母子之实而无母子之名，而且，在名分上，还应视为主仆。子因有父的血统，所以是主子；妾尽管生了儿子，也还是奴婢。所以，妾不但对夫的嫡子必须谨守礼法，便是对自己的儿子，也不能随便教训和呵斥。有一次，赵姨娘在屋里训斥贾环，被王熙凤在窗外听见了，就教训她说："凭他怎么着，还有老爷太太管他呢，就大口家啐他？他现是主子，不好，横竖有教导他的人，与你什么相干？"这就说得很清楚了：有资格教导庶子的，只是父亲与嫡母。作为生母的妾，不但没资格教训他（他现是主子），而且根本就与他没有母子关系（与你什么相干）。论辈分，王熙凤是赵姨娘的"侄媳"。但凤姐儿是妻，赵姨娘是妾，这就有主仆的名分。再加上凤姐儿说的在"礼"（即所谓"王熙凤正言弹妒意"），赵姨娘听了，也就一声儿不敢吭了。

由此可见，妾之与妻，其地位真不可同日而语。妻为正、为嫡；妾为副、为庶。正副嫡庶，不容混淆，不可颠倒，不许僭越。这是封建宗法制度再三强调、视为国脉家本的基本原则。《左传》说："并后、匹嫡、两政、耦国，乱之本也。"并后，就是妻妾不分，王后与嫔妃相提并论；匹嫡，就是嫡庶不分，嫡子与庶子等量齐观；两政，就是君臣不分，国君与臣僚权力相等；耦国，就是朝野不分，京城与都邑彼此抗衡。古人认为，所有这些，都是祸之源乱之本，因为它们破坏了封建等级秩序，只能造成人们思想上的混乱和关系上的紊乱。

正是为了维护封建伦理秩序，宗法制度在首先确立了男尊女卑的夫妇之别后，又确立了嫡尊庶卑的妻妾之别。这就在等级之中又设等级，从而把"身为下贱"的妾，打入了社会的最底层。

妾之地位

妾的地位，为什么会这样低呢？

最根本的原因，如前所述，就在于她来路不明，不是明媒正娶。妾之来路，有从嫁、私奔、购买、收房、赠送、转让、赏赐、抢夺、变卖、官配等好多种，而根据这些来路，妾与妾之间的地位便也不相同。

地位最高的妾是"媵"。"媵"是赠送的意思。先秦时，诸侯娶他国女子（当然多半是公主）时，女方国君都要赠送几个女子做陪嫁，与女方国君同姓的其他国家也要有所赠送，颇有些像现在许多商号的"买一赠二"，买一套高档西服，赠送一条领带或一件衬衫一样。衬衫领带和西服当然不等价，所以媵的地位也比妻低，只能算是妾。据说有一次，秦伯嫁女于晋侯，因为从嫁之媵衣着华丽，结果"晋人爱其妾而贱公女"。这件事，曾被韩非子当作笑话讲，可见妻与媵地位并不相等。

不过，先秦时陪嫁的媵，往往也不是一般女子。她们或者是主嫁者的妹妹，或者是主嫁者的侄女，说起来也是贵族。依礼，媵者必须与主嫁者同姓，否则就是非礼。很显然，这是原始社会的族外婚向对偶婚演变中的一种过渡形式，即恩格斯所说的，"与长姊结婚的男性有权把她的达到一定年龄的妹妹也娶为妻"。大约也就是民歌中所唱"带着你的嫁妆，领着你的妹妹，赶着马车来"吧！

媵既为妻之妹、夫之小姨，地位当然并不很低。《尸子》推测尧嫁娥皇、女英二女于舜，乃是媵制，谓"妻之以皇，媵之以英"，其说应大体可信，而娥皇、女英，地位也大体相当。至少，媵之地位，远高于一般的妾。依唐律，"妾犯媵者，加凡人一等"，可见媵是地位比较尊贵的妾。之所以尊贵，就在于媵与妻出于同宗，甚至同父同母，也是"合二姓之好"的桥梁。但是，媵又毕竟是"陪嫁"而非"主嫁"，是

144

"副"而非"正"，所以，说到底，也仍是妾。

媵既为妾中地位之最高者，则后世的妾，便都努力想把自己说成是媵，或者希望别人视己为媵。"姨娘""姨太太"这类称呼，大约便由此而来。因为上古的媵，确实多半是夫的小姨，当然也就该称之为"姨太太"了。此外，妻如对妾宽容，也可以称妾为"妹妹"，这也有抬妾为媵的味道，不完全是"哥们""姐们"的意思。

秦以后，天下一统，没有诸侯国了，主要用于诸侯国之间通婚的媵制，也就逐渐消亡。不过消亡归消亡，遗风总还是有的。比如，妻死以后，与妻妹续弦的风俗就是。不过续弦者是妻，而不是妾。另外，陪嫁的风俗也有，但陪嫁的女子，多半是奴婢丫环，是婢，而不是媵。总之，媵这种制度，主要实现于先秦，且主要见于周制。

先秦以后，地位最高的妾，是所谓"二房"。

严格说来，所谓"二房"，即在已有正妻之后，又正式娶来的妾。这里说的"正式"，也就是要符合纳妾的规定和手续。

历代封建王朝，对于纳妾者的资格和妾的数目，都有一定之规，比方说"士一妻一妾"。当然，后世多有不执行者，变相纳妾，不计其数。但认真说来，士人之妾，也只能有一个，就叫二房。当然，即便只纳一妾，也要有正当理由，比方说"正妻无出"，夫家有断子绝孙之虞等。此外，也要经过父母批准（甚或指定）、正妻同意等程序，并举行相应的仪式。这样娶来的妾，已多少有正式婚姻的意味，因此其地位在妻之下，而在诸妾之上，故称之为"二房"，意谓在妻妾中排名第二，是"第二把手"的意思。

不过，有的二房，则又系由夫的情人转化而来，即夫于父指定的妻以外，又私娶女人，甚至在正式娶妻以前，已私娶女人。依礼，"聘则为妻，奔则为妾"，该女既属私奔，当然也就只能做妾。比如《红楼梦》中贾琏之妾尤二姐即是。贾琏先是娶尤二姐为"外室",即在外面找间宅子养着。虽然也坐了轿子(但却是"素轿",不是花轿)拜了天地,但毕竟父母不知,媒妁不证,也未经正妻批准,所以并不合法,只能叫"私娶",实则是偷情。结果尤二姐这个妾,连二房的身份都有了疑问,在荣国府中,一点地位都没有,连丫头仆妇们,都看她不起,甚至当面对她说:"咱们又不是明媒正娶来的。"看来,尤二姐的失足,全在于"先奸后娶"四个字。所以即便后来死了,也没有什么像样的待遇。贾母吩咐:"既是二房一场,也是夫妻情分,停五七日,抬出来,或一烧,或乱葬堆上埋了完事。"

二房一场,亦不过如此,妾的地位,可想而知。

正式的妾(二房)只能有一个,非正式的就难讲了。

最常见的非正式妾,就是"由婢而妾"者。婢是一种女性家奴,地位极为卑下,所以做妾,也只能做次等的。前已说过,正式的纳妾,是要经过一点手续的。而且,其所娶,也多为良家妇女,只不过一般家境较为贫寒罢了。比如尤二姐,就是宁国府贾珍之妻尤氏的妹妹。尤家是贾家的亲家,当然也是良善人家。只不过,一则尤父已死,家道中落,尤母又是继母,没有多少说话的资格;二则尤二姐是尤母改嫁时带过来的"拖油瓶",并非尤家血脉,当然地位也更低,这才甘愿去做妾。但好歹,总是亲家府上的人。如果不是背了个"先奸后娶"的名声,又有凤姐使坏,则她在贾府的日子,倒也坏不到哪里去。

婢就不一样了。婢有两种,一种是"家生"的,一种是"外来"的。所谓"家生"的,就是奴才的女儿,自然仍做奴才;所谓"外来"的,也就是买来的,其中有终身买断的,也有短期服役的,也有随女陪嫁的。但无论哪种,地位都低。所以,纳婢为妾,竟不要什么手续,有时不过也就是一句话的事情。

但即便这样的妾，地位也有高低。较高的一种是父母赏赐的。其所以地位较高，乃因为多少有父母之命的意味在内。所以，贾赦要向贾母讨她身边的贴身丫头鸳鸯做妾，那邢夫人便劝鸳鸯说："你比不得外头新买了来的，这一进去了，就开了脸，就封你做姨娘，又体面，又尊贵。""过一年半载，生个一男半女，你就和我并肩了。"从这些话看，父母指配的婢，在妾中地位也算较高的。她可以得一个"姨娘"的封号，算是半个主子。如果"生个一男半女"，还有可能与妻"并肩"。当然，这里很明显的有邢夫人的诱惑。因为赵姨娘（也是由婢而妾者）也当真生了"一男半女"（一个贾环，一个探春），又何曾与王夫人"并肩"过，谁又真把她当"主子奶奶"？

　　不过，由父母指配的婢，在妾中地位不算很低，倒也是实情。比如贾琏的妾秋桐，原是贾琏之父房中的丫环。论地位，不但在凤姐之下，也在尤二姐之下。然而那秋桐，"自以为系贾赦所赐，无人僭他的，连凤姐平儿皆不放在眼里"，更是容不得"那先奸后娶、没人抬举"的尤二姐。而且，她向邢夫人告了刁状后，邢夫人还为她说话，骂贾琏说："不知好歹的种子！凭他怎么样，是老爷给的！为个外来的（指尤二姐）撵他，连老子都没了！"可见，这一类妾，因其颇有来头，也就有些威风。

　　由婢而妾者中地位较低的，叫"通房丫头"，又叫"屋里人"。既名"丫头"，可见尚未脱离奴婢地位而升格为主子奶奶；而所谓"通房"，实则就是同居。因为依礼，主子爷的房，原不该与丫头之房相通的。如今既然连房都通了，还有什么事干不出来？因此所谓"通房"，无非就是同房甚或通奸罢了。从本质上讲，乃是主子对奴婢的一种强行霸占。

　　不过，即便这种霸占或通奸，也有正式与非正式两种。比如贾琏的"屋里人"平儿，薛蟠的"屋里人"香菱，便都是正式的通房丫头，都是"开过脸"，多少办了点手续的。这个手续，就叫"收房"，即"收在房中"的意思。婢女一经主子收房，就成了主子的专利品，其他人不得染指，也不再许配人家。如果这屋里人运气好，能生个一男半女，也可以升格为姨娘，分一间房单住。

可见，要当"通房丫头"，也要有一定的手续，例如"开脸"什么的。如果无此手续，就不算。比方说袭人，虽然与宝玉有过性关系，按薛姨妈的说法，也应该"算个屋里人"，但可惜，"到底他和宝哥儿并没有过明路儿的"。换言之，毕竟"妾身未分明"。因此，到宝玉出家时，袭人的去向归宿，便成了一个大问题。尽管我们很不喜欢袭人这个人，但她落到这样一个不明不白、不伦不类的下场，却还是令人同情。

有可能变成"通房丫头"的婢女主要有两种，一种是夫主原来使唤的丫环，另一种是随正妻陪嫁来的丫环。她们因为和主子关系特别密切，主子的饮食起居，一应生活琐事，都由她们料理，往往也就不太拘于形迹，也容易引起男主人的邪念甚或"爱情"。往往是还没有办什么手续，稀里糊涂、轻而易举地就发生了性关系（如宝玉与袭人）。生米煮成熟饭后，再来"开脸"，而女主人往往也比较能容忍。容忍的原因，一则因为毕竟多少有些主仆情分，二则也知道她们"翻不起大浪"，三则毕竟是自己的奴才，知根知底，怎么也比外面买来的"婊子"或"骚货"好。所以，不少主母，也鼓励夫君收自己房里的丫头。

丫头即使收了房，也是丫头，断然摆不起谱的。不过，在丫头当中，也算是最有脸面的了。何况，她们毕竟是男女主人身边的人，要递个小话，或使个绊子，都很容易。某些小事，甚至还能做主。所以，其他仆人，往往还会来讨好她们。比如贾琏的通房丫头平儿的面子就够大的。她在"议事厅"外等着给薛宝钗传饭，那些仆妇便又是递坐垫，又是端茶，极尽巴结之能事。之所以如此，除平儿人缘好外，手上多少有些权力和方便，也是原因之一。

如果说"通房丫头"的身份是介乎妾与婢之间，那么，"姬"则介乎婢与妓之间。"姬"的本义是美女，而与妾合称"姬妾"的姬，则主要是指姬侍、家妓、家养的戏子等。她们多半是买来的，也有赠送的和抢来的，没有人身自由，地位也极低，这一点与婢相类。但婢的任务，主要是从事家务劳动，伺候主人的衣食住行；而姬的任务则主要是娱乐耳目，歌舞升平，满足主子的精神需要，这是她们与婢的不同之处。所以，她们的生活往往比婢要优裕，既不必从事繁重的家务劳动，又有好茶饭吃、好衣服穿。除学习技艺外，闲着没事的时候，也可以东游游，西逛逛。个别"高级"的宠姬，还可能配上一些丫头以供驱使。

但是，不论姬们的衣着如何华丽，日子如何悠闲，她们终归是主人的玩物。主人宠她，正是为了让她好玩；主人培养她，也只是为了让她更好玩。所以，说到底，她们仍然是很卑贱的。比如《红楼梦》第六十四回写赵姨娘和戏子芳官等人怄气，探春便教训她说："那些小丫头子们原是玩意儿，喜欢呢，和他玩玩笑笑；不喜欢，可以不理他就是了。他不好了，如同猫儿狗儿抓咬了一下子，可恕就恕；不恕时，也只该叫管家媳妇们，说给他去责罚。"这席话，很能代表"主子们"对姬的看法。

姬们既然不过只是"玩意儿"，那么，男主人要带她们到床上去玩，大约也只有从命的。但姬与妾的不同之处，在于妾只能有男主人一个性对象，而姬却可以陪侍客人。比如白居易在裴侍中府里夜宴，就有"九烛台前十二姝，主人留醉任欢娱"的诗句。这就大不同于妾而近于妓了。妾无论是纳还是买，都是男主人的专有物。比如，唐人柳公绰纳妾，同僚想见见这个女子，柳就说："士有一妻一妾，以主中馈，备酒扫。公绰买妾，非妓也。"姬则不然，不但可以出面待客，侍酒陪宿，还可以被主人拿来送人，甚至可以用来换马或做赌注，所谓"一掷赌却如花妾"，这里说的妾便是姬。

总之，无论是身份高于婢的妾，还是性质近于妓的姬，被统称为"姬妾"的这些女子，在总体上说，都是被污辱的和被玩弄的。她们在身份上低人一等，人格上没有尊严，有的甚至连人身安全都没有保障（如前所述石崇令姬侑酒，客不饮酒便杀姬一例即是）。应该说，姬妾是封建宗法制度和阶级压迫剥削的牺牲品。

然而，恰恰是这些地位低下的姬妾，在许多时候，却又会比地位较高的妻，更有可能获得夫的疼爱。在中国传统的两性关系中，情爱往往表现于夫与妾之间，而不是表现于夫与妻之间，这就是古人常说的"妻不如妾"。在中国历史上，风流皇帝与宠爱妃子的爱情故事，可谓层出不穷（如唐明皇与杨贵妃），而夫妻之间的爱情反倒罕见。那么，这又是为什么呢？这就要从妻与妾的不同家庭角色说起了。

妻不如妾

在中国传统家庭中，妻扮演的不是单一的角色，而是一个多重角色。她的任务，至少有四种，即：辅佐丈夫、孝敬公婆、教育子女和管理家政。与此相对应，她的角色要求也有四种，即：贤妻、良母、佳媳、严妇。

这四个角色都不好扮演。

所谓"贤妻",也就是"贤内助"。从理论上讲,就是要做好一切后勤工作,解除丈夫的后顾之忧,创造良好的家庭环境,辅佐丈夫事业有成。从表面上看,这并无不妥。在女性不能外出工作,无法成就自己事业的历史条件下,这似乎还是一个合理的要求。但是,我们必须记住,这个角色,是在"男尊女卑"和"夫主外、妻主内"的前提下设计的。也就是说,它是以男性为中心的。丈夫既然是妻子角色设计的中心,则一个妻的"贤"与"不贤",便只有一个标准,即丈夫是否满意。显然,这是一个主观的标准,而不是一个客观的标准。"人心不同,其异如面",每个男子,都有不同的性格,而这些性格的形成,又有气质、禀赋、教养、阅历等多方面的原因,谁能保证每个丈夫都有一个好性格?谁又能保证每个妻子都与丈夫性格相投?所以,一个妻子能否让丈夫满意,单从性格方面讲,就是一个未知数。

更何况,在包办婚姻的情况下,夫妻双方在婚前,不少是连面也没有见过一次的,哪里还会相互了解?在并不了解对方性格的前提下,却又要求妻子让丈夫满意,岂不是神话?现代自由恋爱而结合的夫妻,尚且有不少在婚后发现性格不合而吵将起来的,况乎父母包办者?然而,丈夫不满意,尚可尽情发泄;妻子不满意,却只能委曲求全。这就在一开始,便把做妻子的置于一种十分尴尬和为难的境地,在她年轻的心灵上,投下终身难忘的阴影。

于是,为了做一个贤妻,妻子们便只好去揣摩丈夫的心理,适应丈夫的性格。说得直白一点,就是去看丈夫的脸色。然而这并不容易。且不说压抑自己去适应别人有多痛苦,也不说这种适应是一个何等漫长的过程,即便这些难关都渡过了,也不能保证丈夫认定她是贤妻,因为丈夫的性格、兴趣和要求还会改变。丈夫变了,妻子反应不过来，还用老一套去奉承他，岂不又要自讨没趣？

再说了，丈夫的要求，有合理的，也有不合理的；有办得到的，也有办不到的。正如贾母训斥邢夫人时所说的："他逼着你杀人，你也杀去？"遇到这种情况，做妻子的，又该怎么办呢？可见，看着丈夫的脸色做妻子，是很难的。

更何况，一个标准的"贤妻"，不但应该让丈夫满意，而且还要能让丈夫成为一个"好男人"。比方说，让丈夫有出息、有作为、有成就、有功名等等。也就是说，妻子不但有关心丈夫、照顾丈夫的义务，还有辅佐丈夫甚至教育丈夫的责任。

在传统观念看来，一个男人是否有出息或有作为，妻子的责任是很重大的。因为母亲只担任成人前的教育。男子一成人，就要娶妻，于是这个人就交给那做妻子的了。如果那男人居然竟"没有出息"，那么，做母亲的是绝不会认账的。因为世界上的母亲都不会承认自己儿子不好和自己教育不成功。宽容一点的，可以承认那是自己儿子"运气不好"；不宽容的，则会一口咬定是儿媳妇"坏了儿子的事"。"坏事"的原因可能有三种：一是儿媳妇"命相不好"，命里克夫；二是儿媳妇"辅佐不力"，没有尽责；三是儿媳妇"过于风骚"，害得她儿子玩物丧志。这三条，都可以构成休妻的条件，引起做公婆的来向那做媳妇的大兴问罪之师。

在传统社会，当然没有多少妻子是愿意被休的，也没多少人愿意被责。更何况，丈夫事业有成，对妻子来说，也有不少实际上的好处。丈夫发了财，妻子可以穿金戴银；丈夫升了官，妻子可以"诰封命妇"。在这一点上，传统社会倒还算"公平"：丈夫犯了罪，妻子要连坐；丈夫有了功，妻子也沾光。所以，一般地说，即便是为了自己的荣辱，做妻子的，也愿意丈夫能出人头地。

要做人上人，就先得去吃苦中苦。这里说的"吃苦"，也包括少享受一点性快乐在内。在传统观念看来，性是生育的手段。如果继统的问题已经解决，再过多地过性生活，那就是"淫"，至少也是"玩物"，而"玩物"是会"丧志"的。为了让丈夫不至于"丧志"，妻子便只有使自己变得"不好玩"。也就是说，变得不性感、没魅力，甚至无性欲。当然爱情云云，也就根本谈不上了。

非但如此，妻子对于丈夫过多的性爱要求，还有规劝的责任和婉拒的义务。这就等于自己断了自己争取爱情的后路。更何况，规劝的内容还不止于此，而是丈夫的一切"不良"习气或行为。女人原本爱唠叨，现在既然又有此权利与义务，更难免变本加厉。如果妻子说的在理，又有公婆撑腰，丈夫当然也无可奈何。但这丝毫也不妨碍他在心里讨厌妻子，甚或干脆不理她。在这种情况下，夫妻之间还有爱情吗？

"好妻子"不容易做，"好媳妇"更难当。

从古到今，中国的婆媳关系，历来就是一个让人头疼的事情。但是，在传统社会，做一个好媳妇却又比做一个好妻子更为重要。因为礼已经规定了："妇顺者，顺于舅姑（公婆），和于室人，而后当于夫。"也就是说，孝顺公婆，和睦家人，比夫妻相爱重要得多。而且，在事实上，公婆对媳妇的处置权力也要大于丈夫。一个做妻子的，如果不讨丈夫喜欢，或与丈夫没感情，但只要婆婆不发话，丈夫就休不了她，如蒋介石、鲁迅的原配都是。反之，如果婆婆不喜欢这个媳妇，要将她扫地出门，那么，夫妻感情再好，也无济于事。如《孔雀东南飞》中焦仲卿之妻刘兰芝、陆游之妻唐婉都是。所以，为了确保自己的安全，那些聪明的女人，都会把做好媳妇看得比做好妻子为重。比如，王夫人就整天在贾母身边转，讨贾母的喜欢，却很少看到她与贾政有什么感情交流。

那么，什么样的媳妇才是"好"媳妇呢？

按照传统观念，一个标准的"好媳妇"除了孝敬公婆，还应该品行端正、作风正派、仪态端庄、不苟言笑，总之是知书达礼、循规蹈矩，切忌轻狂、轻佻、轻浮、轻慢。这些看起来似乎冠冕堂皇、无可挑剔的要求背后，实际上是"不准乱说乱动"和"不得浪漫活泼"的意思。对于这一点，中国传统礼教有相当详尽的规定，有的还规定得非常具体而细致，比如，不可在婆婆面前喧哗、吵闹、打嗝、打喷嚏、打哈欠、伸懒腰，不能踮脚走路（但也不能走得很重），不能斜眼相视（当然更不能怒目相视，而应低眉做恭顺状），更不能吐痰、抹鼻涕。一个人，小心谨慎、恭敬拘束如是，还要能保持什么个性和魅力，那可真是天方夜谭了。

一个好媳妇，除了要"顺于舅姑"外，还要"和于室人"，这又是一个难题。中国传统大家庭、大家族中，不但婆媳关系难处，妯娌关系、姑嫂关系往往也很紧张。但是，一个"门风谨严"的家族，是决不允许有"内乱"发生的。这就只有对媳妇们进行规范和弹压。长嫂要克己，弟妇要谦让，每个人都要克制和压抑自己，又都要到婆婆那里去争取好评。自己的丈夫，也就不大顾得了啦！再说，白天在婆婆面前装模作样，做了一天的戏，晚上回到房里，筋疲力尽身心交瘁，实在也很难有什么兴致再和丈夫做爱。有这份精力，还不如琢磨一下明大怎么去对待婆婆、算计妯娌呢！

管好家政，当一个"好管家"，同样很难。

依礼，新媳妇过门以后，婆婆就要交出治家权，把这个家交由媳妇去治理。其象征仪式，就是在拜舅姑礼毕后，公婆从客位下堂，媳妇从主位下堂。婆媳之间，从此便有主客关系的意味。但是，话虽这么说，痛快交权的，并不很多。有的会"垂帘听政"，有的竟直接插手。即便真正放权的婆婆，对家政大事，仍有最高裁决权，而媳妇则不过是办事员罢了。要言之，媳妇顶多只有"治权"，没有"主权"。主权仍在婆婆手里，这是"家难管"的原因之一。

更何况，旧式大家庭那个家，本来就难管。所谓管家，无非是"治内"和"理财"。治内即管人，理财即管钱。这两件事，都不好做。前者会使她成为众人的眼中钉，后者会使她成为众人的肉中刺。懦弱一点的，对付不下来，只好躲在屋里以泪洗面，让丈夫看了讨厌；厉害一点的，又难免被人忌恨，弄得自己形象不佳，让丈夫看了心烦。比如王熙凤无疑是好管家，然而贾琏却说她是"阎王老婆""夜叉星"。这些话虽是贾琏偷情时说的，并不完全作数，但王熙凤的治家已影响到他们夫妻感情，倒也是实。

剩下比较好扮演的角色，大约就是"良母"了。因为这无须做戏，全凭天性即可。事实上，在包办婚姻的家庭中，由于夫妻感情淡漠，婆媳关系紧张，妯娌之间不和，唯一可以倾注感情的也就是孩子。但是，过分地疼爱孩子，便难免会冷落丈夫。一个女人的母性越强，她的妻性也就越少。至少是，当着孩子的面，夫妻俩总不好过于亲昵，以免孩子看了，不像样子，不成体统。毋庸置疑，当夫妻间的亲昵在日常生活中都被剔除出去后，他们之间就很难设想还会有深深的相爱。

确实，在中国传统婚姻中，一对夫妻只要一生下孩子，他们的角色便会迅速地由夫妻转换为父母，"孩子他爹"和"孩子他娘"便成了他们相互之间最常规的称呼。作为已为人父和已为人母者，如果还在床上颠鸾倒凤，或还在灯下骂俏打情，似乎是一种很丢人和很不自然的事情。孩子长大以后，便更是如此。中国的孩子似乎都很难想象和理解他们平时一本正经的严父慈母，竟会去干"那种事"，所以一旦偶然发现，心灵上竟会受到极大的创伤。久而久之，自然是做妻子的越来越表现冷淡，而做丈夫的则越来越感到索然无味。

所以，"良母"尽管也许并不难当（其实也未必），但对于增进夫妻感情，却未必有多少好处。

妻子的角色很难扮演，而且即便当好了，也不怎么样。

道理也很简单：夫唱妇随，会把她变成跟屁虫；规劝进言，会把她变成唠叨鬼；恭谨守礼，会把她变成呆木头；善于理财，会把她变成铁算盘；严于治家，会把她变成母夜叉。又有谁，会喜欢跟屁虫、唠叨鬼、呆木头、铁算盘和母夜叉呢？更何况，一个十几二十岁的女孩子，又是在什么样的条件下来学习扮演这些角色啊！年龄幼小，环境陌生，孤立无援，众目睽睽。在这样的条件下，做好要求她的这一切，已属不易，哪里还谈得上与丈夫产生爱情？又更何况，在所有的这些角色设计中，根本就没有情爱的内容。既没有，她又该如何去做呢？

显然，明媒正娶的妻，尽管地位最高，但同时负担也最重，获得爱情的希望也最小。毋宁说，妻的尊贵地位，乃是以牺牲爱情为代价换取的。"夫妇别则父子亲"，中国家庭家族的巩固和维系，乃是以疏远夫妻关系来实现的。

相比较而言，妾的负担要小得多。

妾不必规劝丈夫，她没有这个资格；妾不必侍奉翁姑，她没有这个地位；妾不必当家理财，她自己只是一个被管理的对象；妾甚至不必抚育子女，因为教子乃是妻的职责。妾的任务只有一个，就是满足丈夫的要求，让丈夫开心。任务不但单一，而且相对较好完成。因为所谓

"姬妾"，多半都有几分姿色。再说了，能让丈夫开心，自然也能让丈夫更爱自己。这种又讨好又卖乖的事，何乐而不为？而且，一个妾，如果能讨得丈夫的欢心，除了会引起妻和其他妾的嫉妒，别人是不会来说三道四的，因为那原本是她的任务。妾让丈夫高兴疼爱，只能说明她"尽责"。

那么夫与妾打得火热，就不怕被说成是"玩物丧志"吗？不要紧。因为一般地说，有资格纳妾者，大多功成名就，有资格"欢愉余生"了。过去读书人一旦金榜题名，做了朝廷命官，往往要干四件事，叫作："备他一顶轿，起他一个号，刻他一部稿，娶他一个小。"这都是摆谱的事，而纳妾即在其中。如果功不成，名不就，也和妾颠三倒四，那就是妻治家不严，倒霉的还是妻。

说起来，这似乎倒也公平：封建礼教既然没有给妾那么多礼遇，妾也就用不着守那么多规矩。至少是，在丈夫面前，用不着装模作样一本正经，做淑女状。白天在老爷、太太面前，自然要低眉垂目，屏声静气，然而晚上在丈夫面前，却无妨一"浪"。同样的，丈夫在妾面前，也不用拘礼（妾无资格"受礼"），同样可以放浪形骸。这样一来，夫与妾的性关系，反倒更加轻松如意，可以尽兴。所以，尽管妾大多不被当作人看，但有些妾，却可以得到真正的爱情。她们往往是先被丈夫看中，动了情，才被收为妾的。所以丈夫如果真爱她们，就会甚于由父母挑选的妻。比如贾琏把尤二姐弄到手后，便"越看越爱，越瞧越喜，不知要怎么奉承这二姐儿才过得去"。贾琏甚至对尤二姐说："人人都说我们那夜叉婆俊，如今我看来，给你拾鞋也不要。"所谓"妻不如妾"，此即证明。

当然贾琏是个喜新厌旧的混账东西。后来他得了秋桐之后，又把二姐冷落在一边。所以贾琏的话，并不完全靠得住。但历史上倒确有男子与其姬妾产生爱情的事例。比如唐代诗人韩翃的爱妾柳氏，原本是好友李生的爱姬，才艳俱绝，而极慕韩翃之才。李生知道了柳氏的心意后，便在宴请韩翃的席间，把柳氏赠给韩翃为妾。韩柳二人，情爱甚笃。安史之乱中，柳氏恐为番将所夺，乃剪发毁形，寄居尼庵，后来韩翃托人寻访柳氏，并带去一首《章台柳》："章台柳，章台柳，颜色青青今在否？纵使长条似旧垂，也应攀折他人手。"柳氏见词，不胜呜咽，复词《杨柳枝》云："杨柳枝，芳菲节，可恨年年赠离别。一叶随风忽报秋，纵使君来岂堪折。"这两首诗，凄婉美丽，格调高雅，没有奇才断然写不出，没有真情也断然写不出。

无疑，韩柳之爱，在中国古代也只是凤毛麟角。大多数情况，夫之于妾，都只是玩弄，甚或只是泄欲（如贾政之于赵姨娘）。但即便是玩弄，较与妻那种例行公事、行礼如仪，也总要多点私情，多点趣味吧？所以，夫更喜欢妾，是完全可能的事。何况妾一般都比妻年轻，比妻漂亮，在争宠方面，就更占优势。古人云："娶妻娶德，纳妾纳色。"以色事人易，以德服人难。就连孔夫子也说："吾未见好德如好色者也。"当然"妻不如妾"啦！

要言之，妾无地位，却有优势；妻居要津，却少真情。对于这种情况，被客客气气地冷落在一边的妻绝不会满意，而一场妻妾之战也就在所难免。

妒妇与宠姬

首先发难的多半是妻。

这也很好理解。因为丈夫纳妾，受到损害和伤害的，首先是妻；而妻妾之中，最有地位和权力的，也是妻。依礼，丈夫纳妾，须经妻的批准，然而只要有可能，妻们的态度也都很一致，就是"不批准"。

所谓有可能，也就是三条件：一、丈夫是个守礼的人，能坚持"纳妾须经妻批准"这条原则；二、妻家来头大，丈夫和夫家不敢得罪；三、妻为人较厉害，丈夫怕老婆。

如果妻生有儿子，则反对丈夫纳妾就更有力量。因为丈夫纳妾，无论其动机如何，打的旗号，往往"总不过为的是子嗣艰难起见"。如果妻已生有嫡子，夫再想纳妾，就少了一个正当理由。所以，怀头胎时，妻们无不盼望能生个儿子，以便确立自己在家庭中不可动摇的地位；夫们则心思不一，有的还会巴望生女儿，以便自己能以"正妻无出"为由，弄他几房姨太太享用。

当然，如果夫很强霸，那么，不管妻同意不同意，也不管妻有否子嗣，他都可以照样纳妾；同样，如果妻很强硬，那么，夫想纳妾，也就永远只是梦想而已。

抗拒丈夫纳妾而最为有力者，大约在汉魏六朝。比如东晋的谢安，喜欢歌舞音乐，每以妓女相随，后来竟动念要纳妾，无奈其妻刘夫人立场十分坚定，坚决不予同意。岂但不同意，实际上谢安连口都不敢开。谢安的侄子外甥们知道了，便到刘夫人那里去做工作。做工作的办法，是谈诗，说《诗经》写得真是好呀，《关雎》《螽斯》，都有"不嫉之德"。刘夫人当然知道他们是什么意思，便问：这诗是谁写的？众人答，是周公写的。刘夫人便点头说，这就是了！周公是男人，当然这样写。如果是周婆作诗，你看她怎么说！

智哉刘夫人也！真是一语中的，一针见血！什么"不嫉之德"，全是为男人着想的，何曾想到过女人的权益和情感？诸侄碰了这个钉子，再也无可奈何。而谢安虽然位高权重，居太保职，赠太傅衔，但也同样无可奈何。

由于汉魏六朝时，妻们的妒性都很强烈，夫们不少都无可奈何，刘宋的明帝没有办法，只好叫虞通之撰写了一本《妒妇记》，希望能做点教育工作。

虞通之所撰《妒妇记》一书，记载了不少类似刘夫人拒绝同意谢安纳妾的故事。不过，最出名的妒妇，还是段成式《酉阳杂俎》中的刘伯玉妻。

刘伯玉妻姓段，字明光，是西晋太始年间人。刘伯玉这人，看来有点莫名其妙，很喜欢在妻子面前朗诵曹植的《洛神赋》，朗诵完了，还要大发感慨，说是"娶妇得如此，吾无憾焉"！终于有一天，段明光女士忍不住了，说夫君为什么要如此抬举水神而轻视我呢？我要是死了，还怕不会变成水神？当天晚上，段女士便投河自尽。死后七天，托梦于刘伯玉，说夫君不是爱水神吗？我现在就是水神了。梦醒后，刘伯玉幡然觉悟，从此终身不敢过河，而段女士沉水之处，也就被当地人称为"妒妇津"。据说，年轻漂亮的女子一过妒妇津，河上便会骤起风波，而衣陋貌丑者过河，河上便风平浪静。所以，当地有一句民谚，说："欲求好妇，立在津口；妇立水旁，好丑自彰。"

段女士是妒及死人，荀太太则是妒及男人。据南朝沈约《俗说》云，荀介子为荆州刺史，而荀太太为了监视丈夫，竟整天待在丈夫书房里。有　次，一位年轻貌美的桓参军来访，公事说完了，又多说了几句闲话，不料荀太太竟在屏风后面叫起来：桓参军呀，你会做人不？公事都谈完了，怎么还不走？弄得桓参军好生狼狈，只好拔腿就走。

有时，老婆醋性太大，还会惊动皇上。比如刘宋明帝朝尚书右丞荣彦远的妻因为吃醋，大打出手，伤了尚书大人的脸。明帝问："我为卿治之，如何？"荣彦远随口答道："听圣旨。"结果，皇帝当晚就赐药，把他妻子杀了。另外一位大臣刘休的妻子也是醋性颇大的人，明帝便亲自赐妾与刘休，并打了刘休正妻王氏二十板子，又命令刘休在宅子后面开一间小店，让王氏到店里去扫地。明帝如此处置，不但因为他本人极其憎恶嫉妒，也因为妻们的嫉妒，已对男尊女卑的封建伦常造成了冲击，所以非治理整顿不可。

其实，嫉妒在两性关系中，是一种很常见的心理。然而，中国人却把嫉妒全归于女性（这两个字皆从"女"，就是证明），甚至认为是女性不应有的心理，便不能不说是男性的霸道了。

纳妾一事，既然为封建礼教所容许，则妻之妒夫纳妾，成功率也就不会很高。于是，妻们只好退而求其次，在妾进门后，极力进行排挤、压迫、摧残甚至谋杀。

这方面的例子不胜枚举。比如汉武帝之后陈阿娇无子，便千方百计诅咒、残害那些生子的嫔妃。晋惠帝之后贾南风更为残忍，她一旦得知某位嫔妃怀胎，就用刀剖开孕妇肚子，把孕妇和胎儿一并处死，这就简直是骇人听闻。

当然，明火执仗杀人者毕竟不多，更多的还是搞阴谋。比如，战国时楚怀王夫人郑袖见怀王宠幸魏国送来的美女，便对该女说，大王不喜欢你的鼻子。于是，该女每次见到怀王，便以袖掩鼻，希图得到怀王宠爱。谁知郑袖早向怀王进谗，说魏女嫌恶您身上的气味。结果怀王大怒，下令割去魏女之鼻，而魏女也就从此失宠。

如此看来，妻妾之间的矛盾，真可谓你死我活。惹是生非、挑拨离间、装神弄鬼、以假乱真、落井下石、借刀杀人……但凡政客间用得着、朝廷里用得上的手段，在这里也都有用武之地。实际上，中国古代的宫廷斗争和家庭斗争，原本就有极为相似之处，即都是争夺一个男人的斗争，只不过将相们争的是国君，妻妾们争的是夫君罢了。但是，目的却都一样，即排挤他人，独享其宠。

这是一场旷日持久而又劳神费力的斗争。不过，有条件纳妾者，大多家底殷实，妻也好，妾也好，都用不着下地干活、纺织谋生。她们有的是时间，有的是精力，原本发愁日子没法打发，便正好用来倒闲话、惹是非、捅娄子、搞阴谋。弄好了，可以拔去眼中钉、肉中刺；弄不好，也可以出出气、泄泄恨，至少也能开开心、解解闷。在那些人丁兴旺、妻妾成群的大家族里，除地位太低不敢参与、性格懦弱不愿参与者外，其他人对这种内部斗争，大都十分地热衷。

不过，在这场斗争中，妻与妾的态度和手法又往往是不同的。一般地说，妻的态度和手法是以攻为守，即通过打击、排挤妾来保住自己的地位；妾的态度和手法则是以守为攻，即通过不断巩固自己的荣宠来实现打击妻的目的。因此，如果说泼醋是妻的常规武器的话，那么，争宠便几乎是妾的基本方略。

宠，也叫恩宠，是尊者对卑者的一种恩爱和恩惠。卑者受此恩惠，就叫"受宠"。比如，君爱臣，则臣为"宠臣"；夫爱妾，则妾为"宠妾"。臣妾受宠，虽然难免引起嫉妒，却又非争不可。

嫉妒是理所当然的。因为一人得宠，就意味着别人的卑辱和怨恨。同是女人，甚至同是姬妾，却有的尊荣有的卑辱，有的得宠有的失宠，这口气，怎么咽得下？"后宫佳丽三千人，三千宠爱在一身"，这还了得？那失宠的三千佳丽，哪一个在心里不恨得咬牙切齿。

然而，无论臣，还是妾，争宠都是不可避免的。因为臣之于君、妾之于夫，都是一种人身依附关系。这种关系，既不能解除，又不能颠倒，而臣与妾的生死荣辱，又全系于君与夫一身，不争宠，又有什么别的办法？更何况，妾与妻不同。妻的地位，受礼的保护。妻失宠，一般至多只是受到冷落而已，一个虚架子和假体面，大致上还保得住。丈夫升了官，封诰命的还是她；儿子结了婚，受跪拜的也还是她。妾却是没有一点身份地位的人，一旦失宠，就一无所有，甚至有可能被妻扫地出门，岂能不争？

所以，尽管明知会招人嫉妒，那宠还是要争。争得了宠，尚有一日之尊荣；争不到，就什么也没有。所以，争得一天是一天。而聪明的姬妾，也都会在最得宠的时候，趁机向丈夫捞些好处，比如要一幢房子啦，多攒些私房钱啦，或者为自己的儿子讨个封号，要块地盘，谋个职事，留点遗产什么的，以为自己的退路。没有儿子和退路的，便在得宠时大肆挥霍，尽情享受，过着"今朝有酒今朝醉"的生活。

当然，更重要的还是"固宠"。除揣摩丈夫心理，尽可能地利用自己的容颜风姿、巧言令色，投其所好地去讨好丈夫外，严防丈夫再纳新妾，也极为重要。因为纳妾者多喜新厌旧，而新纳之妾又肯定会后来居上。所以，一到这时，往往所有的妻妾都会捐弃前嫌，握手言欢，结成新的统一战线，共同来对付那一时半会还摸不着头脑的"小娼妇"，而一场新的斗争便又会揭开帷幕。

由此可见，姬妾制度是一种非常残酷、腐败、肮脏和不人道的制度。说到底，它只有两个内容，即男性对女性的欺侮玩弄和女性对女性的残杀迫害。甚至对于封建统治秩序，也不是完全有利的。妻妾相妒、嫡庶相争，不但会破坏宗法礼教所崇尚的和睦安宁的生活秩序，弄得家无宁日，而且弄不好还会动摇国本。历史上因皇帝闹家务而弄得国无宁日的，其实很是不少。

既然如此，姬妾制度又何以能维持数千年之久呢？原因当然很多。但有一点，却是论者向所忽略的，就是中国传统婚姻之无爱。中国传统婚姻无爱，夫妻感情淡漠，而男子欲寻真爱，便只有依靠姬妾。因此，古代男子之纳妾，除了摆谱（表示自己有地位）、夸富（有钱可以买妾）、娱情（以妾之美色技艺娱乐耳目）和泄欲，还有少数人，则是为了爱。也许正是因为这一点，当他们在妾的身上也体验不到爱情时，便会把目光转向婢女，于是也就有了"妾不如婢"的说法。

妾不如婢

婢的地位比妾更低。

"婢"这个字，一看就明白它的意思：卑贱的女子。《说文》曰："婢，女之卑者也。"《广韵》曰："婢，女之下也。"在上古，她们原本是没入官府的罪人眷属，显然带有奴隶的性质，所以又称奴婢，或者男曰奴女曰婢，合称奴婢。

如果说妾在封建家族中的地位是"人下人"，那么，婢的地位就可以说"不是人"。探春就说过芳官之类的戏子，不过是"玩意儿"，阿猫阿狗一样的东西，就因为她们名为戏子，实则奴婢，是只唱戏不干活的奴婢。但无论何种奴婢，地位都十分卑下，主人们想拿她们怎么样，就怎么样。辱骂、毒打，是家常便饭；赐死、杖毙，也不怎么犯法。比如读《红楼梦》，便常可见到诸如"把眼睛里没主子的小蹄子打烂了"或者"仔细明儿个揭你们的皮"之类的话，便都是主子们对奴婢们说的。事实上，这并不完全是威胁，真"打烂了"或"揭了皮"的事也不是没有。因为依法，杀婢不过"杖一百"或"徒一年"，并不需要抵命，而一些权贵豪门，只怕连这点处分也不会受。例如唐代骁卫将军张直方生性暴戾，杀婢不计其数；房孺复妻崔氏一夕就杖杀侍女二人，埋于雪中；韦皋做了高官后，出于报复，竟将当年在岳丈家对自己无礼的婢仆全部杖杀，投入蜀江。

婢女们既然连自己的命都保不住，便更谈不上守住贞操了。男主人猥亵、玩弄、奸污婢女的事，简直就层出不穷，数不胜数。如果说纳妾还多少要办点手续，占有婢女则是什么手续也不用的。只有在某些特殊情况下，比如生了儿子，或主人特别宠爱，可能会补办手续，给她"开脸"，封为"姨娘"。一般情况，都是"妾身未分明"，稀里糊涂没个名分。比如平儿、袭人，算是有头脸的婢女了，但她们也说："你听见哪位太太、太爷们封了我们做小老婆？"可见并无名分。因为没有正式名分，所以即便为主人生了子女，也常常得不到承认。比如唐人传奇《霍小玉传》中的霍母是霍王宠婢，与霍王生了小玉。霍王死后，兄弟们根本不承认她们母女，把她们赶出府去，而这位说起来也是"王爷骨血"的霍小玉，便不但当不成公主，而且只好去当妓女。婢女地位之低，可见一斑。

然而，恰恰是这个地位比妾还低的婢，却又有可能比妾更让男人疼爱，即所谓"妾不如婢"。这又是为什么呢？

也许奥秘就在于婢完全没有身份地位。

封建伦常制度中的名分这个东西，是一种用心十分险恶的设计。从表面上看，它不过只是要维护一种男女有别、上下有等、尊卑有序的社会秩序；但在骨子里，却是要取消每个人的独立人格和自由意志，使人不成其为人。因为任何名分，都不能孤立地存在。它只有在一定的团体和一定的关系中，才具有合法性和有效性。这种团体，可以是国家，也可以是家族、家庭；这种关系，可以是君臣，也可以是父子、夫妇。一旦失去这些团体和关系，名分就没有用。比如贾府集团一朝倾覆，土崩瓦解，老爷太太公子小姐们的名分就立马失效，奴才们便立马犯上作乱，巧姐儿也差一点被卖掉。

所以，要获得名分，就必须寄身于某一团体。而且，一个人在团体中的名分越高，他对团体的依赖也就越大。最害怕国破的是国君，最害怕家亡的是家长。国破家亡，国君和家长便什么都不是。可见，一个人要想获得和保住自己的名分，就必须与某一团体认同，而团体的意识越强，属于个人独特的东西就越少。我们只要看看历史就知道，那些青史留名的忠臣孝子、烈女贤妻，差不多都是严以律己，一再克制自己的人。而那些身败名裂的乱臣贼子、娼女淫妇，则多半放浪任性、胡作非为。中国戏剧舞台上，坏人的戏总是比好人的戏好看，原因也在这里：好人必须守规矩，而坏人可以任性。

但是，名分又是有吸引力的。因为所谓名分，无非尊卑贵贱之别。这"尊卑贵贱"四个字，既是诱惑，又是威胁。一个人，如果获得了尊贵的地位，那就有资格被尊重、被敬畏，别人就不敢小看他和欺侮他，他反倒可以对别人颐指气使，趾高气扬，这无疑是有诱惑力的。相反，一个人如果处于卑贱的地位，那就有可能被别人践踏、污辱，别人就可以不把他放在眼里，他自己也只有"打落了牙齿往肚里咽"，这无疑又是很可怕的。所以，只要有可能，人们便都会争取一个好的名分，也就是所谓"攀高枝儿"。

于是，封建伦常制度的险恶用心在这里便很顺当地得到了实现：既然大家都想争取和保住自己的名分，那好，就请交出你心灵的自由来！

人的独立人格和自由意志也就这样地被消解了。

166

名分的设计对于卑贱者，又尤其用心险恶。

封建伦常秩序首先确定了"男尊女卑"的原则，这就等于把一半左右的人打入了卑贱者的行列；又确定了"主贵仆贱"的原则，则又等于把大多数人划归卑贱。因为即便出将入相，也不过是皇上的奴才；即便明媒正娶，也不过是公婆的奴仆。

这显然是既不妥当又有风险的。但是，设计者在这里又玩了一个花招，即实行多重取向的立体等级制度。"男尊女卑"是一个标准，"主贵仆贱"又是一个标准，这叫性别与阶级的双重标准。对于女性而言，则还要多一个标准，即"妻贵妾贱"，而妾又分好几个等级。这样一来，一个人的贵贱，就是相对的而非绝对的了。比如，妻对夫而言是卑贱的，但对妾而言又是高贵的；而妾虽较妻为卑贱，但对仆（包括男仆）而言又较为高贵。如果这妾的丈夫竟是至尊天子，则王公贵族、文武百官，也得对她俯首称臣。既然一个人的贵贱是相对的，那么，他的心理就比较容易平衡。因为他固然在某些人面前很卑贱，但在另一些人（人数还可能更多）面前却又很高贵；他固然必须对某些人低眉垂首，但却可以对另一些人趾高气扬，可不就平衡了。

贵贱不但是相对的，而且还是可以浮动的。妾有可能扶正为妻，婢有可能升格为姨娘，豪门权贵的家奴放出去，没准就是县太爷，而穷酸饿醋的布衣书生，也可能一跃而为卿相。"长安的和尚潼关的将"，"十年的媳妇熬成婆"，贵贱的相对让人心理平衡，贵贱的浮动又让人蠢蠢欲动。这种既安于本分又要争取名分的心理，便正是设计和建立这种制度的预期目的。因为正是在这种既安分又不怎么安分的心态中，人们就将既心甘情愿又不知不觉地交出自己独立思考的权利和内心世界的自由。

女性就更是如此。因为一方面，她们首先被整体上规定为男性的附属品；另一方面，她们自身等级的相对性和浮动性又特别大。一个女人，如果攀上了"高枝"，为位高权重者所宠爱，其所产生的连锁效应，真可谓鸡犬升天，父母家人，一并受益。正所谓"姊妹弟兄皆列土，可怜光彩生门户"，当然也就"遂令天下父母心，不重生男重生女"。因为在这种名分的剧变中，受益方所付出的，只不过一个小女子的身体罢了。投入不多，红利却极为可观，简直就是一本万利。那么又有几个女人，不做这种一夜暴富的美梦；有几个家庭，不想有朝一日，也能"可怜光彩生门户"呢？你看那金鸳鸯的嫂子，一听说贾赦要纳鸳鸯为妾，不是高兴得狗颠屁股似的跑来游说，一个劲大叫"天大的喜事"吗？

可惜，正如鸳鸯所说，"天底下的事，未必都那么遂心如意的"。现实生活中，真正一下子就变了名分，可以由卑贱者升为高贵者的有几个人呢？没有几个。然而只要有那么一个两个，也就足以让不少人白日做梦了。这也正是封建伦常制度设计者的用心险恶之处：扔出一根骨头来，让饿狗们去疯抢，他的日子可不就太平了？

有可能看透这一点的，大约也就是处于社会最底层的婢。无论从"男尊女卑"看，还是从"主贵仆贱"看，婢都处于最底层，离"高贵"二字，真是十万八千里。不要说弄得"姊妹弟兄皆列土"是断无可能，便是爬上一个姨娘的位子，也好生不易。鸳鸯便曾警告平儿和袭人："你们白以为都有了结果了，将来都是做姨娘的！""你们且收着些儿罢，别忒乐过了头儿！"

应该说，这是一种很清醒的认识。

更何况，即便做了姨娘，又怎么样呢？赵姨娘刚想摆点儿谱，就被戏子芳官一顿抢白："姨奶奶犯不着来骂我，我又不是姨奶奶家买的。'梅香拜把子——都是奴才'罢咧！"至于给家族带来好处一节，鸳鸯看得更透："我若得脸呢，你们外头横行霸道，自己封就了自己是舅爷；我要不得脸，败了时，你们把忘八脖子一缩，生死由我去！"也就是说，作为最卑贱者，婢在这样一个人压迫人、人剥削人的制度下，根本就没有什么盼头和想头。也许，像鸳鸯这样明明白白讲出来的人也是少数。更多的婢女，可能根本就不去想。

没有盼头，就不必去讨好；没有想头，就不必去逢迎。也就是说，作为卑贱者，婢女们根本就没有必要去主动适应等级制度，更没有必要去为了维护这个制度而牺牲自己的自由。从人身关系讲，婢女们是没有自由的。但是，"三军可夺帅也，匹夫不可夺志也"。婢女亦然。她的心，无论如何还是属于她自己的。封建统治者可以残害或占有她们的身，但只要她们不为名分所诱惑，便任谁也无法占有她们的心。因为大不了，还有死路一条。"民不畏死，奈何以死惧之"，反正婢女活着，也未必比死好多少。倘若拿定主意"一刀子抹死了，也不能从命"，谁又能夺走她的心？

像鸳鸯这样看透人生的，在众多的婢女中，其数量当然微乎其微，但其中蕴含的道理，却很值得深思。试想，即便在今天，又有多少人能够不为名利所诱，而坚持心灵的自由？能看透这一切的，也就是那些不再有想头和盼头的。而一个人如果能不把那些世俗的"功名"放在眼里，他也就能不为其所束缚，并因此而自由起来。所谓"卑贱者最聪明"，原因可能就在这里——"位贱一身轻"。

于是，地位最为卑贱的婢女，便有可能心灵最为自由。请注意，这里说的只是"有可能"，而事实上人很少。就大多数婢女而言，自由无疑是一个太陌生又太遥远的东西。她们要考虑的，只不过是能有口饭吃，有件衣穿，不挨打不挨骂就很好了。也就是说，她们都很"单纯"。然而，恰恰正是这个单纯，才有可能引起男主人的真爱。我们要知道，真正的爱情，是必须单纯的，它容不得半点功利的考虑。但是，无论是妻还是妾，她们对夫君的感情，都不可能不掺杂功利的内容，因为她们都有名分。因此，至少是，她们对丈夫的爱，便多少带有"以固宠而保名分"的目的，从而带有讨好卖乖的味道。这时，婢的相对单纯（也只是相对而已），便至少会引起男人的一种新奇感，甚至有可能（尽管非常少）会发展成一种罕见的爱情。

不能说这种爱情全无可能。大观园里一个地位极低的丫环四儿就曾对宝玉说过同月同日生就要做夫妻的"玩话"（实为情话），而宝玉对晴雯也确有刻骨铭心的爱，这就从男女主仆两个方面证明了这种爱情的可能性。诚然，从社会地位的角度看，公子与婢女，真是一个在天上，一个在地下。与公子哥儿产生爱情的，只应该是千金小姐，卑贱的婢女岂能与高贵的公子比翼齐飞？然而，人毕竟是人。少男少女的一见钟情和真心倾慕，是并不按老朽们设计的等级制度来操作的；而强加在婢女们身上的卑贱，也未必能扼杀其女性的情愫，更不用说遮掩其少女的清新了。少年公子的翩翩风度难免会让这些情窦初开的少女悄然心动，而清纯少女的天真烂漫也足以使多情少年为之倾心。一种"不般配"的爱情便有可能这样产生，尽管其结局有不少是悲剧。

在这里，我们必须区分男性主人对婢女之爱的两种情况："闲取乐"和"不了情"。就总数而言，当然是前者多，后者少。但是，即便不过"闲取乐"，在玩弄之中也未必没有真情。爱情的游戏毕竟是关乎爱情的，逢场作戏也可能弄假成真。"始乱之，终弃之"，固然不少；

"始戏之，终爱之"，也未尝没有可能。至少，当他们与婢女做爱时，因为较之与妻妾的关系更少功利性，则得到真正性爱快乐的可能性也更大。"妾不如婢"，原因可能就在这里。

第六章　娼妓

起源与类别

妻之外，可能与男子发生性爱关系，甚至有可能产生爱情的，首先是姬妾，其次是娼妓。当然，如同纳妾一样，嫖妓也是旧社会的事。

什么是娼妓？娼这个字，本写作"倡"，原本是古代的歌舞乐人。《说文》曰："倡，乐也。"《广韵》曰："倡，优也。"这个"优"，不是"优秀"，而是"俳优""优伶"，也就是戏子、艺人。同样，妓也是这类人物。《广韵》曰："妓，女乐。"要言之，娼（倡）与妓，原本是上古时代的艺术工作者。不过他们的工作，主要是音乐、舞蹈和杂技，也可能还表演歌舞剧和滑稽戏，从事绘画、雕塑等艺术工作的则不能叫倡妓。倡通唱，凡能唱者皆曰倡。唱戏的有男有女，无论男女，是戏子都叫倡。后来有了"娼"字，则男戏子们便改称俳优、优伶、伶人，不叫"倡"了。妓则通技，包括舞技和杂技，也写作"伎"。伎也有技巧、技艺之意，如"伎俩""伎痒"。据此，我们可以大体上推定：在上古时代，倡主要是声乐和器乐演员，妓主要是舞蹈和杂技演员。此外，倡有发歌、领唱之意，伎有随同、伴侣之意，则大约领唱者为倡，伴唱、伴奏、伴舞者为伎。只不过倡有男有女，伎则似乎只指歌女和舞女。倡男

172

女不分故从"人"，妓以女性为主故从"女"。总之，他们是从事音乐、舞蹈和杂技表演的艺术工作者，而非操皮肉生意的卖淫者。为区分起见，我们就把前者称为"倡伎"，而把后者称为"娼妓"。

那么，歌星和舞女们，怎么又会变成了男人们的婚外性对象呢？换言之，"倡伎"怎么会变成"娼妓"呢？这就必须略微说一说上古歌舞杂技的性质。

在中国的远古和上古时代，包括音乐、舞蹈乃至杂技和歌舞剧在内而统称之为"乐"的东西，原本是用来敬神和媚神的，带有巫术和宗教的性质。因此有人便根据西方妓女起源于宗教仪式的说法，推论在中国上古时代，也曾有过"巫娼"。所谓"巫娼"，就是女巫充当娼妓，与并非丈夫的男人行淫。这种说法，因为在史书典籍和出土文物中找不到一点证据，所以目前还难以成立。不过，在远古生殖崇拜活动中，倒是确有性行为的。这些婚外性行为，当然也有可能以女巫为对象。但这种性关系，主要是为了娱神，而非为了泄欲，当然也不收费，所以很难说就是后世娼妓之起源。

进入奴隶社会后，娱神的歌舞变成了娱人的玩意儿，而作为歌舞演员的倡伎，也成了贵族们的奴隶。贵族奴隶主们在观赏音乐歌舞之后，要求她们再进行性服务，是完全可能的。因为一则远古原本有与巫女（同时也是舞女）性交的传统；二则舞女们现在也成了奴隶，成了玩物，于是，当然无权拒绝。倡伎的任务和性质便开始发生了变化。以前只是献艺，现在则增加了献身；以前只需要掌握台上的技艺，现在则也许还需要床上的技艺。包括男性的倡，也要为有同性恋嗜好者提供服务。直到民国期间，达官贵人们的玩相公、狎娈童，也仍以男戏子为对象，即其遗风。

倡伎向娼妓的转变，大约发生得很早，至少在夏桀时代就开始了。后来，就发展为"宫妓"和"家妓"。

宫妓就是皇宫里的倡伎，系由夏商周三代的"国家歌舞团"直接演变而来，主要从事音乐舞蹈的表演，以供祭祀、宴会等礼仪活动之需。其中极个别的，大约也要提供性服务，不过多半是"业余"的。在春秋战国时期，她们也常常被当作礼品和奖品，赠送给诸侯或赏赐给大夫。这种赠送和赏赐，大多带有明显的政治军事目的，可以算得上是历史上最早的色情间谍和"糖衣炮弹"。比如，秦穆公向西戎国赠送"女乐二列"，结果戎王耽于声色，不理政事，致使一个名叫由余的圣人愤而离去。秦国立马将由余作为特殊人才引进，派公子郊迎，拜为上卿，于是秦国国力大增，"并国十二，辟地千里"。女乐之功，真不可磨灭。

家妓是蓄养在家中的倡伎，又称侍姬、歌姬、声妓、美人之类，也从上古的女乐演变而来。周制，王称"天下"，诸侯称"国"，大夫称"家"。周王和诸侯的倡伎后来演化为宫妓，大夫的倡伎便演变成家妓。汉代即有蓄养家妓之风，至南北朝发展为极盛。因为汉代地主是贵族地主，六朝地主为士族地主，他们的家，规模绝非今之家庭可比，当然也就有财力可以供养一个小型的歌舞班子。

家妓的主要任务，仍是以乐曲歌舞提供艺术和娱乐服务。比如晋之宋武因"不解声"（不懂音乐），便不蓄家妓；而石崇的家妓，从十来岁起，就在他的亲自督导下学习歌舞，接受基本功训练，在身材、舞姿和发音等方面都有严格的要求，其水平堪与"国家歌舞团"比美。曹操的一名家妓，因为歌喉最好，所以尽管曹操十分讨厌她，也一直等到找着可替换者，才把她杀掉。

在历史上，家妓也常被称为妾。所谓"美妾换名马"，指的就是家妓。其实，严格说来，家妓既非妓，也非妾，而是介乎妓与妾之间的一种被奴役者。妾有夫，而家妓没有，家妓只有主。主虽有可能与家妓发生性关系，但这种关系没有任何名分。所以，如果主人高兴，也可以指令家妓陪侍客人，而妾则绝无此事。家妓要成为妾，也要办一定的手续，比如后魏有个叫高聪的，便曾把他的十多个家妓统统注册为妾。另一方面，家妓不一定都得和主人睡觉，也有"献艺不献身"的。即便献身，也非人尽可夫，而且也不收费，并非卖淫。所以，家妓也不是妓，而是伎。

严格意义上的娼妓，即以出卖肉体和色相为职业，为了金钱而向不同的人提供性服务者，最早可能出现在春秋初期。

在这个时期，春秋五霸之一的齐桓公批准开设了有史记载的第一家"国家妓院"，当时称作"女闾"。"闾"是门的意思。这家妓院就设立在桓公的宫门口，配备了妓女七百人，由桓公任"董事长"，而"总经理"就是大政治家齐相管仲。

管仲开设妓院，有四个目的：一是增加国家财政收入（征其夜合之资以充国用）；二是缓解社会供需矛盾（让官内怨女官外旷夫得以苟合）；三是吸引国外人才；四是充当色情间谍。当时，各国争雄，谋士与使节，常常奔走于道路，游说于诸侯。齐国的国宾馆有"三陪小姐"，自然较之他国，更有吸引力。孔子曾极力称赞管仲的"仁"，说他辅佐桓公"九合诸侯不以兵车"，不知他老先生是否知道，管仲的和平手段，也包括以肉弹代炮弹的伎俩在内。

管仲设女闾，一箭而四雕，其他各国，自然"见贤思齐"，争相仿效。比如越王勾践伐吴，将士思家，军心不稳，勾践便组织了妓女慰问团送往前线，谓之"游军士"，这大概就是中国最早的军妓。

军妓到了汉武帝时，就成了一种制度，叫"营妓"。起先，军妓只是一种临时性措施，难免有些不够稳定。后来，采取了"抑配"制度，将罪人之妻女强制性地许配给军士。但这种"随军家属"，人多了会导致军队臃肿，人少了又难免苦乐不均，徒起矛盾。所以，干脆实行营妓制度，三军将士，一律自由平等，就不怕"不患寡而患不均"了。

营妓的制度，始于汉，兴于魏，至唐、宋两朝仍不衰。不过其性质，已不止于"劳军"。因为唐、宋两朝，毕竟是承平时期多，但为居安思危见，军营并不可少，而营妓自然也是常规配置。于是一些"上马管军，下马管民"的官吏，便纷纷进入军营，大嫖特嫖，而营妓的作用也就从鼓舞士气，一变而为孝敬官僚。这就难免弄出许多不像话的事情来。比如地方官离任办交接时，不但交割文书档案、公物钱粮、风土人情、下属情况、遗留问题等等，还交割妓女，真正荒谬之极。唐代有个叫李曜的，在歙州任上与一位名叫韶光的营妓感情甚好。但因营妓是"公物"，不好随身带走，只好在离任时交割，并作诗云："经年理郡少欢娱，为习干戈间饮徒。今日临行尽交割，分明收取媚川珠。"谁知继任吴圆并不领情，答诗云："曳履优容日日欢，须言达德倍汍澜。韶光今已输先手，领得宾珠掌内看（看字应读作平声）。"意思是还想要更好的。还有一位杜牧更不像话，临行时竟与营妓朱娘抱头大哭，结果郡守李瞻很不以为然地说，这种贱人，想要就直说，哭什么嘛！便让杜牧把朱娘带离了常州。

封疆大吏、方面之员，如此地嫖娼恋妓，实在是不成体统。更不成体统的是，不少官员将佐，还会因某位名妓而争风吃醋，或者大打出手，或者诉之长官，有的还闹出人命案来。这种种劣迹弊端，既影响政府形象，又影响安定团结。所以到了宋，就开始进行限制，规定地方军政长官，只许以官妓"歌舞佐酒"，不准"私侍枕席"。这样一来，

176

官妓就成了纯粹的"陪酒女郎"，最关键的一陪被定为非法。由此，还闹出许多案子，比如王安石指控杭州太守祖无择与官妓薛希涛私通，朱熹诬陷天台郡守唐仲友与营妓严蕊有染，一时闹得沸反盈天。这两个案子，终因妓女们至死不招，祖、唐二人才免予处分，但事态之严重，也可见一斑。

然而，"花为茶博士，酒是色媒人"，官妓营妓既可陪酒，后面的事就不大说得清了。所以，到了明初，太祖朱元璋虽然也曾开设官办妓院于乾道桥和武定桥两处，但不久，便下令严禁官吏宿娼，违者重罚，据说定律为"罪亚杀人一等"，处分是相当重了。

朱元璋此举，一则是为了总结前朝教训，励精图治；二则也是为了维持政府和"父母官"的形象。因为妓女等同贱民，官吏岂可与之"通同"？国家鼎鼐，子民父母，如果也与"下三烂"苟且奸宿，则尊严何在，体统何存？自然非禁不可。

不过，这种事情，从来就是"上有政策，下有对策"的。比方说，公然走进富乐院之类的妓馆是不行的，却无妨把妓女叫到酒楼饭店的雅座里来陪酒；又比方说，可以借口到朋友家讨论学术问题，然后在密室中与妓女幽会；再比方，借口调查案情，要保密，把妓女叫到后堂，苟且一番。这些事情，明代发生不少。连史学界公认的名相"三杨"（杨荣、杨士奇、杨溥），都有狎妓侑酒的故事（见下节），其余可想而知。

当然，皇上的禁令，谁也不敢公开违背。至少是，由于严禁官吏宿娼，则政府开办的妓院，为维持生计、保证收入起见，从此便不再仅仅服务于官僚阶层，也向商贾市民们开放了。这样一来，再设官妓，既无必要，也多风险。何况官民同嫖，极其不成体统。所以，到清初，政府便下令停办国营妓院。到康熙十二年（1673年）以后，维持了两千多年的官妓便销声匿迹，不复存在了。

于是，娼妓便只剩下了一种——私妓。

私妓是个体民营的妓业，其存在不靠"政府计划"，而靠"市场需求"，所以又叫"市妓"。当然，严格说来，只有向政府正式登记注册"有照营业"者，才叫市妓；未向政府注册登记的"无照营业"者，则叫私妓，其实是暗娼。但不论有照无照，都是私营，也都要按市场规律来运作。所以，我们把凡是私营和上市的娼妓，都称之为"私妓"和"市妓"。

私妓在先秦时期便已存在，但那时是真正的"个体户"，往往是妓女们单干独来，并不形成规模。真正形成规模，是在唐代。唐代的娼妓事业，颇为发达。在宫中，有规模盛大的国家歌舞团，有的还由皇上（如唐玄宗李隆基、前蜀王衍、南唐李煜等）亲任艺术总监；在都市，则有难以尽数的行院、章台、青楼。唐代还有一个规矩：进士及第，必从中挑选两个英俊少年，使之游遍全城，采摘"名花"，号称"两街探花使"，又叫"探花郎"。探花郎所到之处，万人空巷，妓女们纷纷依在青楼窗前，秋波频送。"春风得意马蹄疾，一日看尽长安花"，真是何等潇洒乃尔！

宋代的民营妓业也十分发达，而且开始有了民间组织的妓女选美比赛，叫"评花榜"。所谓评花榜，就是品评妓女的等次。主持人和评委，都由经常出入妓院的名士才子担任。这些名士才子，不是落第举子，就是失意义人，再不然就是鄙视功名、号称"千首诗轻万户侯"的"隐于市者"。他们游戏人生，笑傲江湖，寄情于红粉知己，嘲弄着富贵功名，所以封赠妓女的头衔，居然是状元榜眼之类。这就几乎是把妓院等同于朝廷，甚至把妓女选美，等同于国家的"抢才大典"——科举了。

明代除照旧选美外，还有了专门研究妓女问题的学术专著——《嫖经》。"经"本是极神圣的字眼。儒学中，唯《诗》《书》《礼》《乐》《易》《春秋》可以称为"经"，其余只能叫"传"；佛学中，也只有佛祖所言可以称"经"，唯一的例外是《六祖坛经》。现在，嫖妓居然有《经》，岂非斯文扫地？

清初和明初一样，也曾禁娼。但乾隆以后，又死灰复燃，更加不可收拾。这时，官妓已废，市妓渐无，而私妓则遍于天下。等到太平天国出来禁娼时，妓女们便都跑到上海，在十里洋场开始了她们现代化的历程。1864年前后，上海租界人口五十万，妓院就有六百六十八家，端的生意兴隆，十分红火。

从管仲设女闾收费卖淫，到新中国成立取缔妓院，中国娼妓有着二千六百多年的历史，其中的问题是难以尽说的，而我们最关心的一个首先是：男人为什么要逛妓院？

青楼的功能

恩格斯说："以通奸和卖淫为补充的一夫一妻制是与文明时代相适应的。"从这个意义上讲，娼妓的产生，可以说是一种世界性的历史现象。

不过，中国古代的娼妓问题，并不都是性工作者。不少人逛妓院，目的不一定是要和妓女睡觉。有的人不过只是在那里坐一坐，喝一杯清茶，吃两块点心就走；也有的经常来和妓女聊天，无话不谈，亲密无间，却并不发生性的关系，好像两个知己的异性朋友。此似乎匪夷所思，然而又却是事实。

那么，为什么会出现这样的现象呢？在性以外，又有什么吸引着男人们呢？这就必须略说一下中国古代妓女和妓院的情况了。

中国古代的妓女，总体上可以分为两大类，即"艺妓"和"色妓"。"艺妓"系由"艺伎"演化而来，主要提供艺术娱乐服务；"色妓"则是比较纯粹的卖淫者，靠出卖色相和肉体过日子。从娼妓的发展史看，先秦至六朝，大约以艺妓为主；唐宋两代，大约是两妓并存；到了明清，艺妓已属凤毛麟角，基本上是色妓一统天下。总之，艺妓和色妓，是两类不同的妓女。

艺妓和色妓，不但服务内容不同，而且她们本身也有雅俗之别。一般地说，有资格当艺妓的，不但要貌美，还要有才华；不但要有天赋，还要受训练，有的简直就堪称艺术家。比如北魏妓女徐月华，是一个箜篌演奏艺术家。有一次，她"徐鼓箜篌而歌，哀声入云"，街上的行人听了，都停下脚步来欣赏，一会儿工夫，门前就挤满了人。又如南齐钱塘名妓苏小小，是个诗人，曾写过中国文学史上第一首出自妓女的诗——《西陵歌》。《西陵歌》云："妾乘油壁车，郎骑青骢马。何处结同心？西陵松柏下。"这首诗，描写了一个妓女和她心中"白马王子"的恋情，含蓄隽永，朴直优美。正因为苏小小有此诗才，所以后世不断有人写诗怀念她。直到清朝，苏小小墓也还是有名的古迹，有些文人还对她低徊不尽、凭吊不已，可见其影响与魅力之大。

色妓当然没有这样的档次和魅力。好一点的，凭着年轻貌美，或许还能坐门宰客。差一点的，便只好鹄立街头，翘首拉客。这些妓女，一到傍晚，就徘徊在茶馆酒楼门前，勾引嫖客，兜售目己，谓之"站关"。拉到了客人，讲好价钱，就回去上床。来无情，去无意，纯粹的金钱与肉体的交易。明清以后，所谓"娼妓满步天下"，便主要是这一类的色妓。

妓女有色艺之别，妓院也有高下之分。

最高级的妓院叫"青楼"。"青楼"这个词，原本指豪华精致的楼房，有时则作为豪门高户的代称，比如"南开朱门，北望青楼"即是。朱门是红漆大门，青楼是青漆高楼，朱门外把守着家丁，青楼内大约就蓄养着倡妓吧？所以到了南梁时，就有了"倡妓不胜愁，结束下青楼"（刘邈）的诗句。不过这里说的"倡妓"，估计也还只是家妓而已。

到了唐代，"青楼"就渐渐成了烟花之地的专指。所谓"对舞青楼妓，双鬟白玉童"（李白），所谓"黄叶仍风雨，青楼自管弦"（李商隐），以及"十年一觉扬州梦，赢得青楼薄幸名"（杜牧），指的都是妓院。当然，也只有达到"星级"标准的妓院，才好叫作青楼。不过中国人的本事，是从来不怕自吹自擂和相互吹捧。比如在宋代，不管是官不是官，都敢称"官人"，故有"客官""看官"等称呼。所以，到后来，即便一般妓院，也慢慢地妄称"青楼"了。

青楼上的妓女，一般是艺妓，也有色艺双绝，两种服务都提供的。但无论如何，吟诗诵词、弹琴唱曲，仍是最主要的节目，也是青楼最主要的收入来源。没有艺术兴趣和艺术修养的客人，一般是不会光顾这里的，因为那会使他们白花许多"冤枉钱"。

中档的妓院叫"酒楼"。这里提供的服务，主要不是声色之美，而是口腹之乐。酒楼的烹调和器皿都极其讲究，而且有衣着华丽、年轻貌美的姑娘陪酒。美酒佳肴，鲜汤甜点，弦管笙歌，莺声燕语，彻夜不息。当然，楼上也另有密室以供他用。一到晚上，这些酒楼便会"大红灯笼高高挂"，让人一看便知那是灯红酒绿的"红灯区"。

低档的妓院叫"瓦舍"，是政府经营的廉价娼馆。至于民营的下等妓院，恐怕连瓦舍都不是，而只是一间破板壁房，叫"寮"；甚或只有一条破船，好听一点叫"舫"（高级的"花舫"则例外）。明代还有一种叫作"窑子"的地方，是连妓院都不够资格叫的，也许只能叫"娼窝"。一般是贫困小民，找一间破窑，弄几个丐女，裸卧其中，让过路人观看。看好了，挑一个，投钱七文，便可一泄其欲。所以，后来人们也将妓院蔑称为"窑子"，将妓女蔑称为"窑姐"，将匆匆行淫称为"打钉"，起源就在这里。

窑子和瓦舍事，我们可以不去管它，因为那比较简单。青楼和酒楼就不一样了。人们到那里去，并不仅仅是为了性的需求。

青楼的主要客户，是比较阔绰的文人、士大夫，也有比较儒雅的商人和武夫。他们到那里去，主要是为了获得松弛和宁静，放松一下自己的身心，享受美酒佳肴和音乐歌舞，或者舞文弄墨，吟诗作赋。即便在那里过夜，也是为了在温香软玉中得到一种休息，以便把烦人的政务、扰人的功名和诱人的利禄暂时忘却，体验一种宠辱皆忘的境界。

事实上，青楼就是为此而设计的。

首先，青楼的选址就十分讲究，既要在市区，方便客人往来，又要不喧闹，以免影响情绪。一般选在可以闹中取静之处。最好是通衢大道之旁一小巷，曲曲弯弯给人"小径通幽"之感。门前最好有杨柳，取"依人"之义；窗外最好有流水，含"不尽"之情。宅内的建筑，也十分考究。厅堂要宽，庭院要美，前后植花卉，左右立怪石，池中泛游鱼，轩内垂帘幕。室内的陈设，更是精致，须有琴棋书画，笔墨纸砚，望之有如艺术沙龙，绝非"肉铺"。进入这样的所在，首先便让人心旷神怡，病气、晦气、疲劳之气，都会被扫得干干净净。

其次，菜肴、点心、瓜果、餐具、酒盅、茶杯，都要十分精致而洁净。高档的青楼，都有特级名厨主理，服务也极其周到。菜是清淡的，酒是清醇的，茶是清香的，器皿是干净的，再由一双双纤纤玉手捧了过来，莺声燕语，款款待客，全无俗人酒席上的吆三喝六，狂呼乱叫，能不是一种特殊的享受吗？

再次，最重要的，是这里有色艺双绝的姑娘。这些姑娘都受过特殊的训练，一个个楚楚动人，仪态万方。尽管作为妓，她们终归是要卖身的，但高级的青楼妓女，也并不轻易献身；而不少客人到此，也相当地客客气气。因为和这些青楼女子见面、交谈，听她们婉转的歌曲，看她们清新的字画，性紧张便能得到极大的缓解。况且，修养极高的妓女，其自身的气质，也常会使人有不敢亵慢之感。比如宋代的徽宗皇帝赵佶第一次去东京名妓李师师家，就是又喝茶，又吃水果，又看风景，又吃夜宵，又香汤沐浴，折腾了老半天，才见到李师师一面。听了一支曲子后，连手指头都没碰一下，就回宫去了，而万岁爷还感到"意趣闲适"，十分满意。

青楼不但是放松身心的好去处，而且也是欣赏艺术的好地方。事实上，在没有剧院、影院、歌厅、舞厅的时代，青楼是一个重要的艺术场所。尽管中国历来就有国家歌舞团，但那是专供皇上享用的，一般民众难得一睹风采。正所谓"此曲只应天上有，人间能得几回闻"。民间人士要想欣赏比较高雅的歌舞，便只好到说起来并不高雅的地方去。古代的妓院，稍微上一点档次的，都能提供音乐舞蹈服务。不同之处，也许仅在于中低档的只有淫词艳曲，高档的则有清音雅声罢了。当然，客人如果高兴，也可以"卡拉"一番，有人伴奏，有人伴唱，有人伴舞，有人喝彩，这可是家里面享受不到的乐趣。

有一个故事是广为人知的，尽管它并非发生在青楼，但却与妓女有关。这个故事说，有一天，唐代诗人王昌龄、高适、王之涣三人同行，在天寒微雪中来到旗亭。正巧，有十几个梨园伶官和四个艺妓也在这里会饮。三诗人便相约说，我们悄悄地等着，看她们唱谁的诗多，谁就是大诗人。一会儿，一个艺妓唱道："寒雨连江夜入吴，平明送客楚山孤。洛阳亲友如相问，一片冰心在玉壶。"王昌龄大喜，引手画壁说："一绝句！"一会儿，又一个艺妓唱道："开箧泪沾臆，见君前日书。夜台何寂寞，犹是子云居。"高适大喜，也引手画壁说："一绝句！"一会儿，第三个艺妓唱道："奉帚平明金殿开，强将团扇共徘徊。玉颜不及寒鸦色，犹带昭阳日影来。"王昌龄更喜，又引手画壁说："二绝句！"王之涣却指着其中色艺最佳的一个说，一会儿她要不唱我的诗，我这一辈子都不同你们争了。过了一会儿，最漂亮的那个艺妓果然开口唱道："黄河远上白云间，一片孤城万仞山。羌笛何须怨杨柳，春风不度玉门关。"王之涣听罢大笑，对高适、王昌龄说，哥们，怎么样？我说得不假吧！

这个故事充分说明了，在没有报纸、刊物、广播、电视等传媒的时代，妓女就是新文学作品最重要的传播者之一。文人的诗作一经名妓首唱，诸妓传唱，便立即家喻户晓，名满天下。前面说过的"评花榜"，是文人给妓女打分；而这里说的"旗亭画壁"一事，岂非妓女给诗人评职称？

诗词歌赋靠妓女传播，音乐舞蹈靠妓女表演，中国文学艺术的发展有着妓女的贡献，中国文学艺术的繁荣有着青楼的功劳。精湛的艺术和精致的建筑、精美的食品一样，也是吸引人们来到青楼的原因之一。

青楼还是重要的社交场所。

中国人的社交叫"应酬"。应酬这个词是由"酬酢"演变而来。"酬"是主人敬酒，"酢"是客人回敬，总之社交离不开酒。但是，单单有酒，是不够的，还要有陪酒女郎。醇酒美人，缺一不可，而青楼则恰好兼而有之。青楼女子，训练有素，既温柔多情，又口齿伶俐，弹得琴，唱得曲，说得笑话，还能打情骂俏。雅俗共赏，荤素杂糅，效果极佳。所以，古人的社交活动，不少都安排在青楼，而对青楼女子口才的要求，有时还超过姿色。

有两个例子很能说明妓女的口才。

大约是明宣德年间，三杨（杨荣、杨士奇、杨溥）当国，同任内阁大臣，人称"三阁老"。有一次，三阁老有应酬，由一位名叫齐雅秀的妓女陪酒。齐雅秀为了惹人发笑，故意迟到。三阁老问她干什么去了，她说在家里看书；又问她看什么书，她说是看《列女传》。妓女看《列女传》，自然荒唐之极，于是三阁老大笑说："母狗无礼。"谁知齐雅秀答道："我是母狗，各位是公猴。"此言一出，闻者无不拍手叫好，拍案称绝。原来，"公猴"谐音"公侯"。三阁老位极人臣，权倾朝野，当然是"公侯"。但"公侯"与"母狗"相对应，又怎么听怎么是"公猴"。齐雅秀既戏弄了宰相，又不怕追究，当然极富巧智。如果往深里一想，满朝"公侯"，不过只是"公猴"；"冠冕堂皇"，不过只是"沐猴而冠"，那就真是鞭辟入里，妙不可言了。

如果说齐雅秀是巧智中略带粗俗，那么，郭时秀便巧智中略带权谋。郭时秀是唐代名妓，与文士王元鼎感情极好。中书省参政阿鲁温也有意于郭时秀，有一次便半开玩笑地问郭：你看我和王元鼎比怎么样？郭时秀答："参政，宰臣也；元鼎，文士也。经纶朝政，致君泽民，则元鼎不及参政；嘲风弄月，惜玉怜香，则参政不敢望元鼎。"这个回答实在太妙了。它既解释了自己的感情（王元鼎是多情文人，自然比较容易讨女人喜欢），婉拒了阿鲁温（您老人家是国家栋梁，自然不屑于儿女情长），又不得罪阿鲁温（国家栋梁自然比多情文人身份高，面子大）。

这样的外交辞令，便是苏秦、张仪之辈，只怕也要自愧不如。

有这样才思敏捷、口齿伶俐的妓女作陪，社交活动能不生动活泼、大见成效吗？所以，自唐代始，许多礼仪活动都少不了妓女到场，而许多重大决策竟会在青楼酒店拍板。以上种种，便是青楼的功能所在。

婢不如妓

青楼的种种功能，不少是家庭所不具备的；妓女的种种才能，也往往是妻、妾、婢们所不具备的。更重要的是，妓女与妻、妾、婢的身份完全不同，所以能为后者所不能。比方说，你总不能让妻妾出来陪酒，或让姬婢在陪酒时说什么"我是母狗，各位是公猴"吧？

但上面说的这些，还不是所谓"妻不如妾，妾不如婢"而且"婢不如妓"的主要原因。据我看来，妻、妾、婢都不如妓的原因，主要在于只有与妓女，才有可能（当然并不一定）建立一种无拘无束、轻松自由的异性朋友关系。

传统社会中的男人，难以与其妻、其妾、其婢建立这样一种朋友关系，其原因是不言而喻的。前已说过，夫妻关系首先是一种礼仪关系。夫妻之间，相敬如宾，行礼如仪。客气倒是客气，但也生分；文明倒是文明，但也隔膜。他们更多的只是合作，共同完成结缘继统或成家立业的任务，而不是交换思想，交流感情。总之，夫妻之间，公务多于私情，礼仪多于性爱，自然难以成为好朋友。

男人与妾的关系，首先是主仆关系。一个要端架子，一个要赔小心。妾在夫的面前，唯唯诺诺，恭恭敬敬，有话不敢说，出了差错自己先跪下来请罪，哪里又有平等对话可言？既不能平等对话，又怎能成为知心朋友。

男人与婢的关系，首先是主奴关系。既是奴才，自然更没有资格与主子平起平坐了。即便某些"开明"的主子，可以不把婢当奴才看，但另一方，却无法在心底抹去奴婢身份的阴影。更何况，婢女多半没有文化，很难与爱她的主人有共同语言。她们更多地只能从生活上去照顾男人，给他营造一个舒适温馨的家庭环境，却很难在思想上与他分忧，感情上与他同乐，更遑言诗词唱和、弦管应答了。婢，当然不如妓。

总之，夫与妻、与妾、与婢的关系是一种不平等关系。这种不平等关系使男人感到"一览众山小"的优越，却也能使他体验到"高处不胜寒"的孤独。当然，男女之间的这种不平等，也使他们之间很难产生真正的爱情。

因为爱情是以平等为前提的。

那么，嫖客与妓女之间的关系，难道就是平等的吗？话不能这么简单地说，但应该承认，有这种可能。

嫖客和妓女之间的关系，既不是君臣关系、父子关系、夫妻关系，又不是主客关系、主仆关系、主奴关系，而是一种买卖关系。在市场机制较为健全的条件下，买卖关系其实是一种最平等的关系，即价格面前人人平等。谁付的钱多，谁就能得到最好的服务，与身份地位的高低贵贱无关。金钱以外，能起到作用的，就是个人的魅力，如年龄、相貌、风度、谈吐、才情等，也与身份地位的高低贵贱无关。所以，宋徽宗与其臣周邦彦同嫖名妓李师师，师师更倾心钟情于周邦彦，徽宗皇帝也无可奈何，虽因吃醋而罢了周邦彦的官，后来又只好把周召回，任命为大晟正。这正是青楼不同于社会之处。在青楼之外，人与人之间是有高低贵贱之分的。但是一进妓院，管你诸侯将相、公子王孙，抑或落第文人、发迹商贾，大家都一样，都只有一个身份——嫖客，因此可以不论尊卑，不守礼仪，不拘形迹，纷纷解囊共买一笑，岂不是"大家一样，人人平等"？

　　实际上，妓院对于它的"客户"，从来就是平等相待的：一样"来的都是客"，一样"全凭钱一囊"，一样"相逢开口笑"，一样"过后不思量"，当然也一样软刀割肉狠宰，而且宰完后一样"人一走，茶就凉"。一样并不等于平等，但在封建等级制度森严的社会，一样总比不一样让人心理平衡。于是青楼便成了封建等级社会的"心理制衡器"。至于嫖客和妓女之间，身份也是平等的：你是浪子，我是荡妇；你嫖娼，我卖淫，大家都不是好东西。所以，你不用摆架子，我也不用装样子，光脱脱，赤裸裸，反倒真实。谁也不用笑话谁，谁也不用蔑视谁，谁也不用害怕谁，谁也不用提防谁，完全用不着羞羞答答、遮遮掩掩、装腔作势、作态摆谱。可以说，社会和家庭开的是"假面舞会"，而妓院与青楼开的是"脱衣舞会"。前者文明，后者粗野；前者高雅，后者下流，但真实性却也不可以道里计。

　　"肮脏"的金钱与性，就这样造就了畸形的平等。然而，在封建等级社会中，人与人，尤其是男人与女人之间，如果要讲什么平等的话，大概也就只有这一种了。

　　于是，就有了这样一种奇怪的现象：许多凄婉美丽的爱情故事，竟恰恰发生在妓女身上。

　　这样的爱情故事是讲不完的。

　　最早的一个有名的故事大约是南朝刘宋时的"燕女坟"。这个故事讲，当时一位名妓姚玉京，嫁给了襄州小吏卫敬瑜，没有多久，丈夫溺水而死，玉京为之守节。卫家梁上，有一对燕子，也被鸷鸟抓走了一只。从此，玉京与孤燕，便同病相怜。秋天到了，燕欲南飞，临行前，飞到玉京手臂上来告别。玉京在燕子的脚上系了一根红绳，说："新春复来，为吾侣也。"第二年，这只燕子果然回来了。姚玉京大为感动，便赋诗一首赠燕云："昔时无偶去，今年还独归。故人恩义重，不忍更双飞。"从此，燕子每年秋天南下，第二年春一定独自回来与玉京作伴，如此凡六七年。此后，当又一年燕子归来时，姚玉京已然病故。燕子不见故人，便绕梁哀鸣。卫家人告诉燕子，"玉京死矣，坟在南郭"。那燕子听了，竟然飞到南郭，找到姚玉京墓，并死在坟上。据说，从此之后，每到风清月明之夜，人们便可看见玉京与燕，同游于汉水之滨。

这个故事虽然近乎神话，但所说的却是人情。你想，燕子尚且向往爱情的忠贞和永久，而况人乎？所以，历史上妓女殉情之事，也并不少见。比如唐代河中府官妓崔徽因恋人裴敬中调任，不能相从，便"情怀抑郁"，乃至"发狂疾卒"；青州府官妓段东美因情人薛宜僚病死，竟素服哀号，"抚棺一恸而卒"。又比如宋代颖妓刘苏哥爱上一个男子，因鸨母束缚，不能结合，便双双联骑出城，登上山顶，面对大好春光，抱头痛哭，活活哭死在郊外。此外，如角妓陶师儿与王生相爱，散乐妓与傅九情洽，均碍于鸨母作梗，不能永结良缘，便一对相抱投身于西湖，另一对相约共缢于密室，双双殉情而死。

这绝不是什么一时的冲动，而是对爱情的执着追求，因此是经得起时间考验的。《闽川名士传》中便记载了这样一件事：唐代贞元年间进士欧阳詹游太原时，结识了一位妓女，两人情投意合，相爱甚深。后来欧阳詹进京任职，相约到京后即派人来接。妓在太原，朝思暮想，竟至于一病不起，临终前一刀剪下发髻，置于匣中，并附诗一首云："自从别后减容光，半是思郎半恨郎。欲识旧来云髻样，为奴开取缕金箱。"等到欧阳詹派人来接时，捧回的便是这只匣子。欧阳詹开匣见发，又见其诗，悲痛不能自已，也"一恸而卒"。以欧阳詹进士及第而任京官的身份，何愁不能三妻四妾，嫖娼宿妓？然竟为一妓伤情而死，可见其情之切，其爱之真。

这可真是婢不如妓了。

事实上，岂止婢不如妓，便是妻妾，能获此情者，也实属罕见。其中缘由，颇为值得深究。

显然，这里有着两方面的原因。

首先，我们可以肯定，无论狎客，还是妓女，他们都不缺少性。青楼女子，卖笑为生，自不待言；而有资格享用营妓或有条件走进青楼者，也大多有妻有妾（当然不一定在身边）。那么，他们到底缺少什么呢？

有妻有妾的男人缺少的是浪漫和刺激。前已说过，中国的传统婚姻是没有恋爱过程的。与之相适应，中国的家庭生活是平淡无奇的，夫妻感情是淡漠无趣的。那么，又有谁愿意天天老喝白开水呢？于是，档次高一点的，就企盼着浪漫，档次低一点的，便渴望着刺激，他们便都寄希望于妓女。妓女不是自己的老婆，也不是自己的奴婢，却可以与之"做爱"，这难道还不够浪漫，还不够刺激吗？更何况，妓女不但可以成为性伴侣，也可能成为好朋友，从而有可能在她那里获得一种真实的情感。这对于某些渴望真爱者而言，不是极为可贵吗？

妓女对于爱，就更为渴望。

应该承认，在大多数情况下，妓女是被当作性工具来使用的。倚门卖笑，送往迎来，逢场作戏，骂俏打情，是她们的职业和工作。这种罪恶生涯和虚情假意无疑会使她们心灵枯竭、感情麻痹，极大地丧失爱的能力。但是，妓女也是人，她们也有爱的权利和愿望。而且，作为风月场中人，她们比名门闺秀、千金小姐更懂得世态的炎凉、人心的叵测，也更懂得友谊的分量、爱情的价值。所以，那些成熟、老练的妓女，便不肯将芳心轻许他人："莫攀我，攀我太心偏。我是曲江临池柳，者（这）人折了那人攀，恩爱一时间。"这首敦煌曲子，其实道出了不少妓女的心声:她们不是不需要爱，而是深深懂得，像她们这样以色事人、出卖肉体的女人，所能得到的，往往只是"恩爱一时间"。这就正好反过来证明了，她们渴望的，恰恰是爱的永恒。只不过，她们深知，这种真挚的、忠贞的、永恒的爱，实实在在是太少太少了。所以，她们一旦动了真情，就会格外地炽热和执着，也才会产生那么多的生死恋。

不过，这种爱，是不大见容于社会的。

中国传统社会，是一个非常奇怪的、充满了矛盾的社会。一方面，它似乎比世界各民族的古代社会都温情脉脉，父子爱、兄弟情、朋友义，被一而再、再而三地强调。甚至就连君臣之间的关系，也不那么公事公办，而是强调要有情义存乎其间。但是，另一方面，它对男女之间的爱情，却又相当地嫉恨和仇视。它可以容许男人纳妾，甚至可以容许男人嫖妓，却绝不容许男人和女人恋爱，不容许这种爱情取得合法地位，这实在是莫名其妙而又不可理喻的事情。

既然如此，则妓女之爱，便难免不少是悲剧。

有两个例证是经常被引用的，这就是霍小玉的故事和杜十娘的故事。它们分别见于唐人蒋防的传奇《霍小玉传》和明代冯梦龙的《警世通言·杜十娘怒沉百宝箱》。杜十娘的故事，我们在本书第二章第三节已经讲过，这里只讲霍小玉。霍小玉的母亲本是霍王宠婢，与霍王生下小玉。但因婢无名分，所以，霍王一死，她们母女便被扫地出门，小玉也沦为歌妓。这种生活遭遇，使小玉对那个社会的黑暗和冷酷，很早就有了清醒的认识。因此，当书生李益向她热烈求爱时，她的期望也不过只是李益在三十岁前，能爱她几年，以后自己便永遁佛门。谁知，李益一获官职，便立即遗弃小玉，另娶"甲族"卢氏。小玉变卖服饰，嘱托亲友，四处寻访，并不见李益踪影。后来，侠士黄衫客激于义愤，挟持李益来看小玉。这时，小玉缠绵的爱已转化为强烈的恨。她对李益说："我为女子，薄命如斯；君是丈夫，负心若此。""李君李君，今当永诀！我死之后，必为厉鬼，使君妻妾，终日不安！"说完，左手抓住李益手臂，右手掷杯于地长恸号哭，数声而绝。

李益和李甲（杜十娘恋人）的负心，曾引起古往今来不少读者的义愤。其实，真正有罪的，应该说是他们当时的那个社会。依当时婚律，"凡官户奴婢，男女成人，先以本色媲偶"。所谓"本色媲偶"，也就是只有本阶级、本阶层的人才可以通婚。不要说官僚阶层难以与妓女通婚，便是封建阶级内部，也要讲究门第的高下。唐代以崔、卢、李、郑、王"五大姓"为海内第一高门，时人以娶五姓女为最大荣耀。要李益放弃卢氏这一"高门甲族"而与卑贱的歌妓白头偕老，事实上并不可能；而李甲之所以为孙富的游说所动，首先考虑的也不是那一千两银子，而是回去后如何向父母交代。他们既然无法背叛自己的阶级，当然也就只好背叛真心爱着他们的女人了。

风雅与才情

如果我们考察一下妓女的爱，便不难发现，这种爱情多半发生在所谓"才子"的身上。

这似乎也是中国传统爱情的一个模式，即"才子佳人式"，与西方的"英雄美人式"迥异。我们在本书第一章就已经说过，中国古代的英雄们，至少有一半是以"不好色"相标榜的。妓女们如果想爱英雄，便难免会"剃头的担子——一头热"，像潘金莲挑逗武松那样自讨没趣。才子们便不同了。他们向来就以"嘲风弄月，惜玉怜香"为本色，这就自然比较容易讨女人喜欢，就像前面说的郭时秀爱王元鼎那样，因怜而生爱。

更何况，中国的青楼女子，有相当多的一批人是极有才情的。随便举个例，宋代名臣赵抃，在担任益州路转运使、加龙图阁学士衔而知成都时，有一次偶然看见一位头戴杏花的妓女，颇有好感，便随口赞曰："鬓上杏花真有幸。"谁知那小蜜星眸一转，应声答道："枝头梅子岂无媒。"这实在对得太妙了！杏花对梅子，有幸对无媒，且杏与幸谐音，梅与媒同韵，格律工整，对仗贴切，意境含蓄，水平之高，令人刮目。

一个名不见经传的无名妓女尚且有如此才情，其他名妓的水平如何，更可想而知。比如唐代长安名妓刘国容，与进士郭昭述相爱。后来，郭昭述官授天长簿，必须走马上任，两人只好分手。谁知，郭昭述刚走到咸阳，刘国容的情书就追了上来。这封情书只有短短几行，却有如一首小诗。书云："欢寝方浓，恨鸡声之断爱；思怜未洽，叹马足以无情。使我劳心，因君减食。再期后会，以结齐眉。"如此精美的文字，当今的教授者流，怕也多半做不出来，而在当时的长安，也一时广为传诵。

曾被朱熹诬陷的南宋名妓严蕊，也是一个琴棋书画、丝竹歌舞无所不精的才女。朱熹指控她与天台郡守唐仲友有"不正当男女关系"，其实是唐仲友赏识她的诗才，两个人成了文友。酸腐干巴的朱熹诬陷他们，是不是有妒才成分在内，不得而知。总之，严蕊被捕后，抗刑不招，不能结案。等到朱熹离任，新官便把严蕊无罪开释。严蕊当场便口占《卜算子》一首云："不是爱风尘，似被前缘误。花落花开自有时，总赖东君主。去也终须去，住也如何住。若得山花插满头，莫问奴归处。"这样的才思，这样的诗情，只怕是要让当今诗人都自愧不如的。

事实上，中国的妓女诗人，可以开出一个长长的名单。

除了有据可考的第一位妓女诗人苏小小，最早又最有名的是唐代的薛涛。薛涛字洪度，长安人，本是良家女子。后来随父宦游，流落蜀中，便入了乐籍，成为注册登记的妓女。她的口才和文才都极好，十五岁时便被镇将韦皋召令侍酒赋诗，差一点当上校书郎。暮年，薛涛退居成都浣花溪，着女冠服，制纸为笺，就是有名的"薛涛笺"。薛涛的诗，还曾结集出版，叫《洪度集》。

薛涛的诗，虽然多以情爱为主题，但格调和吐属都相当高雅。比如《柳絮》诗云："二月杨花轻复微，春风摇荡惹人衣。他家本是无情物，一任南飞又北飞。"又如《谒巫山庙》诗云："乱猿啼处访高唐，路入烟霞草木香。山色未能忘宋玉，水声犹似哭襄王。朝朝夜夜阳台下，为雨为云楚国亡。惆怅庙前多少柳，春来空斗画眉长。"也许正因为薛涛才高和嘉，所以终生未能找到如意郎君。因此她的诗作，也尤为失意文人所欣赏。

另一位才高八斗的唐代妓女诗人是鱼玄机。鱼玄机也是长安人，字幼微，一字蕙兰，读书万卷，才思敏捷。有一次，她在长安城内看见新公布的及第进士名单，便大生感慨，赋诗一首云："云峰满目放春晴，历历银钩指下生。自恨罗衣掩诗句，举头空羡榜中名。"这就简直是公开表示对男人一统天下的不服，而且要出来叫阵了。于是，鱼玄机把自己变成了高级妓女，并以诗才招揽文人士大夫，一时声名鹊起。其所居之咸宜观，便成了当时有名的一个文化沙龙；她的"易求无价宝，难得有情郎"一联，也成了千古名句。

妓女的诗才，有时竟能起到意想不到的作用。宋代名妓聂胜琼，爱上了一位官员李之问。李之问回家后，聂胜琼便寄给他一首情诗《鹧鸪天》。词云："玉惨花愁出凤城。莲花楼下柳青青。尊前一唱阳关后，别个人人第五程。寻好梦，梦难成。况谁知我此时情。枕前泪共帘前雨，隔个窗儿滴到明。"这首词，真是文情并茂，感人至深，连李之问的妻子读后，都"喜其语句清健"，居然拿出自己的嫁妆私房，让李之问把聂胜琼娶回家来。

诗才战胜了嫉妒，这真是一个奇迹。

这个奇迹，以后只怕是不会再出现了。

真正能够欣赏妓女才情的，当然不会是官僚，更不会是商贾，而只能是文人。

文人是妓女的知音。

文人之所以是文人，大概是因为有才。有才的人，都有两个毛病：一是恃才傲物，二是同病相怜。有才的人虽然瞧不起无才的人，但对有才的人，却又相当敬重，所谓"惺惺惜惺惺"即是。所以，一个人如果才华横溢，那就一定会结交到许多有才华的人。如果这位有才华的人竟是一位妙龄女郎、多情女子，那么天下才子，便一定会趋之若鹜。

前面说过的薛涛便是。所以，当时的著名文人士大夫，如元稹、白居易、令狐楚、张祜、刘禹锡、裴度、牛僧孺、严绶等，都乐于与她唱和往来。据说元稹素闻薛涛芳名，好不容易才一睹风采，立即为之倾倒，并赋诗说："锦江滑腻蛾眉秀，幻出文君与薛涛。言语巧偷鹦鹉舌，文章分得凤凰毛。纷纷辞客皆停笔，个个公卿欲梦刀。别后相思隔烟水，菖蒲花发五云高。"这首诗写得并不怎样，但意思很清楚：元稹欣赏的是才，而非色。

事实上，从一开始，文人们对妓女的欣赏，就是才高于色，或艺重于色。从最早关于妓女的文学作品，如刘邵的《赵都赋》、王粲的《七释》、傅玄的《朝会赋》开始，艺与才就一直是文士诗人描写的重点。至于杜甫的《观公孙大娘弟子舞剑器行》和白居易的《琵琶行》，更是把艺妓们的技艺描写得出神入化："㸌如羿射九日落，矫如群帝骖龙翔。来如雷霆收震怒，罢如江海凝清光"；"大弦嘈嘈如急雨，小弦切切如私语。嘈嘈切切错杂弹，大珠小珠落玉盘"，真是何其动人乃尔！

如果说琴剑乐舞，还是艺妓们的当行本色，那么，诗词曲赋方面的才能和修养，便真是难能可贵。

有一次，有人演唱秦观的《满庭芳》，不慎将头一句中的"画角声断谯门"误唱为"画角声断斜阳"，被一个名叫琴操的妓女听出，在旁纠正。那人反将琴操一军，问她能否将全首词改成"阳"字韵，琴操当场吟道（括号内是原词部分）："山抹微云，天连衰草，画角声断斜阳（谯门）。暂停征辔（棹），聊共引离觞（樽）。多少蓬莱旧侣（事），频（空）回首，烟霭茫茫（纷纷）。孤村里（斜阳外），寒鸦万点，流水绕红墙（孤村）。魂伤（销魂）。当此际，轻分罗带，暗解香囊（香囊暗解，罗带轻分）。谩赢得，青楼薄幸名狂（存）。此去何时见也，襟袖上，空有（惹）余香（啼痕）。伤心（情）处，长（高）城望断，灯火已昏黄（黄昏）。"只要细细品味一下，便不难发现，这里

196

改动的，已不止于词韵，便连意境，也有微妙的变化。

这样才思敏捷的妓女，哪个才子不疼爱？

"彩袖殷勤捧玉钟，当年拚却醉颜红。舞低杨柳楼心月，歌尽桃花扇底风。从别后，忆相逢，几回魂梦与君同。今宵剩把银釭照，犹恐相逢是梦中。"晏几道的这首《鹧鸪天》，写尽了才子对艺妓的喜爱。

才子与妓女相爱，原因是多方面的。

首先，这里面无疑有着性爱的内容，但这种性爱，却又带着审美的意味。"无色不成妓"，妓女总是要有几分姿色的。但在才子们眼里，真正能为她们增色的，不是肉体，而是心灵，是她们的才华和情趣。这就显然是一种审美的眼光，可以将性升华为爱了。另一方面，才子们自身，由于文化修养方面的原因，一般也比较风流倜傥。少年才子不必说，便是老诗人们，因其气质风度故，也会有一种审美的魅力，赢得妓女真心的倾慕。两情相悦，爱便生乎其中，这是很自然的事情。

其次，才子进青楼，首先欣赏的是妓女的才情和技艺，较之纨绔商贾泡娼妇、贩夫走卒逛窑子的单纯"买肉"，先不先就高了好几个档次。由于才子们更看重的是才情和技艺，这就意味着把妓女当作和自己一样有才华的人来看待，双方处于一种相互尊重和相互欣赏的平等关系之中。人与人之间一旦相互平等，便有可能从知音而知心，再由知心而贴心，最后心心相印。

再次，才子与妓女，也互相依赖。才子和名妓，都是社会上有一定知名度的人。才子是文化名人、社会精英。妓女傍上才子，可以使自己身价倍增。如果竟被才子赏识，便更能提高自己的地位，也有利于克服自卑感，增强自信心。妓女是文化传媒、社会热点。才子傍上妓女，则能使自己的作品四处传唱，自然名声大振，也能使自己的形象，增加风流倜傥的色彩。这方面的故事是很多的。比如唐代有位妓女应聘时，便曾以"诵得白学士《长恨歌》"为本钱，要求加价而居然获准。又比如，苏东坡任杭州太守时，属下有个叫毛泽民的，也是一个诗人，但苏东坡却不知道。后来，毛泽民期满离任，临行前写了一首《惜分飞》，赠给妓女琼芳。有一天，苏东坡请客吃饭，在席间听了琼芳演唱的这首词，问起来，才知道是毛泽民所作，便感叹说："郡僚有词人而不及知，某之罪也！"第二天，便特函请回毛泽民，两人成了朋友。试想，毛泽民若无妓女琼芳帮他"发表"作品，在苏老先生的眼里，也就只是一个普通的下属罢了。所以妓女之于才子，其实是很重要的。

才子与妓女之间有可能产生真正的友谊和爱情，最重要的原因，还在于他们之间，有着不少共同之处。

首先，他们都有不同寻常的卓异之处。名妓要"色艺双绝"，才子要"文情并茂"，这都非庸常之人所能然者。这就足以使他们彼此惊异于对方的卓越了。自身素质好的人，往往鉴赏力也高；鉴赏力高的人，当然也就更能沙里淘金。一旦有缘，自然一拍即合。

其次，不同寻常的人，都希望得到别人的欣赏，不忍埋没自己的才情。才子曲高和寡，妓女身居下流，表面上看地位天差地别，实际上孤独感是相同的。陆游《卜算子》云："驿外断桥边，寂寞开无主。已是黄昏独自愁，更著风和雨。无意苦争春，一任群芳妒。零落成泥碾作尘，只有香如故。"写的虽然是梅花，说的何尝不是人？树犹如此，人何以堪？诗人如此，妓女又何尝不是这样？平时里"黄昏独自愁"，"寂寞开无主"，一旦有人慧眼相识，岂能不以身相许，以情相酬？

再次，才子和妓女都是沧桑感特别强的人。妓女因为看尽世态

198

炎凉，才子因为熟知历史兴衰，对于人生、命运、归宿等终极关怀问题，都多少有些思考，至少有一种敏锐而又朦胧的感觉。表面上看，他们锦衣玉食，丝竹弦管，青春尽享，风头尽出，但大家心里都明白：好景不长。"眼见他盖高楼，眼见他楼塌了。"人生何处是归程？谁的心里也没有底。妓女以青楼为家，才子以四海为家，说起来挺潇洒，其实心底很酸苦。所以，有些阅历的妓女和有些磨难的才子一旦相遇，便会"流泪眼看流泪眼，断肠人对断肠人"，产生一种"同是天涯沦落人，相逢何必曾相识"的共鸣，而爱情，也就有可能从共鸣中产生。

无疑，就大多数情况而言，妓女与才子之间，更多的还是逢场作戏。这其实也正是前述沧桑感所使然。人生如梦，往事如烟，何不及时行乐，今朝有酒今朝醉？青楼薄幸，诗酒年华，趁着春光大好，"忍把浮名，换了浅斟低唱"，不也是一种活法吗？更何况，烟花巷陌之中，又"幸有意中人，堪寻访"呢？

于是，寻花问柳，偎红依翠，对于文人才子，便成了一种风流雅事。金榜题名、春风得意时，在这里听"小语偷声贺玉郎"，自然风光得很；时乖命蹇、失魂落魄时，在此寻访得一二红粉知己，又何尝不是一种补偿？所以，"妓酒为欢"，便是中国古代文人的基本生活方式之一，而《全唐诗》五万，观妓、携妓、出妓、听妓、看妓、咏妓、赠妓、别妓、怀妓等竟多达两千首，也就绝非偶然。

铜臭与血腥

名士与名妓，构成了青楼的一道风景。

风景总是美丽的，由才子词人构筑描绘的风景便更是如此。然而，在这道美丽浪漫的风景线背后，不堪入目的却是令人发指的罪恶，是无论如何也遮不住抹不去的铜臭与血腥。

在中国历史上，除部分由国家统一组织、政府计划供应、专为满足文武官员和三军将士需要的官妓和营妓外，无论国营妓院，还是民营妓院，都是要赚钱的。提供娱乐服务只是幌子，获取高额利润才是目的。妓院之所以能在世界范围长久地存在，就因为它能给开办营业者带来经济上的极大好处。"子弟钱如粪土，粉头情若鬼神。"在金钱与才情之间，妓院的天平从来就是倾斜的。

明代的《嫖经》就曾告诫各位嫖兄嫖弟，嫖客与妓女之间的关系，说到底是金钱买卖关系。所以，嫖客们首先必须牢记："须是片时称子建，不可一日无邓通。"子建指才，邓通指财，"才"与"财"虽然同音，功能效用却天差地别。只要你有钱，别说是自称曹子建，便是自称比曹子建更有才华，更有成就，妓女也会连连点头称是，秋波暗送，媚眼横飞。如果一文不名，对不起，便是曹植本人到场，也只能吃闭门羹，坐冷板凳，看死鬼脸，听风凉话。"有钱能使鬼推磨，无钱只见鬼打墙。"鬼尚且如此，况娼妓乎！

为了赚取金钱，妓院往往是不择手段的。通常的做法，是妓女与鸨母，一个唱红脸，一个唱白脸。妓女向嫖客频频示爱，引得嫖客心猿意马，不能自已，急欲成事时，又一再声明"妈妈那里不好交代"，示意嫖客再加钱"买通"。其实，此"通"哪里用得着买？无非是"一个做歹，一个做好，才赚得银子，大是买卖方法"。故《嫖经》云："夸己有情，是设挣家之计；说娘无状，须施索钞之方。"当然，如果是名妓，也可能相反：鸨母笑脸相迎，盛情款待，一再表示愿意"玉成好事"，一切一切，都"包在老娘身上"，但那位"小姐"，却"千呼万唤始出来，犹抱琵琶半遮面"，架子端得比公主还大。这其实也无非是抬身价，吊胃口，为索要高价做铺垫。老到的鸨母和妓女都知道，男人最贱。你要是屈意相从，他就不把你当回事；而你越是摆谱，他便越是猴急。等你把他胃口吊足了，银子骗够了，再给他点甜头，保证他眉开眼笑，下回还来。

当妓女与鸨母狼狈为奸、通同合伙、装神弄鬼，拼命从嫖客身上榨取钱财时，她们的心理状态是怎样的呢？应该说，是相当复杂的。

第一种是"幸灾乐祸"。持这种态度的，多半是那种憎恶卖笑生涯而又无力自拔者，或是受过嫖客欺骗、污辱、迫害者。她们把对于这一行业的仇恨倾泄在嫖客身上，把诈取嫖客钱财作为报复手段。所以，她们越是仇恨嫖娼宿妓，就越会"努力工作"，越会拼命诈钱。最后，到自己临终前，很可能把这些血泪钱付之一炬，或投入大海。

第二种是"得意洋洋"。持这种态度的又有两种情况，一种是"爱财"，一种是"逞才"，即把诈取钱财看作自己有本事、有能力、身手不凡的一种表现，因此她们也会相当地积极主动，而且花样窍门，也会不断翻新。有的妓女之间，还会交流经验，切磋技艺。当然与鸨母之间，也会配合默契，彼此心领神会，共同对付那些有钱的傻帽儿。

第三种是"听其自然"。持这种态度的，多半是些既不热爱又不憎恨妓业者。她们认为，鸨母爱财，是没有办法的事；嫖客好色，也是没有办法的事。既然他们一个愿打，一个愿挨，那就随他们去好了。反正自己也捞不到什么好处，无非做一天娼妓卖一天笑，做一回婊子献一回身。因此，她们对于鸨母的指使，便既不反抗，也不热心。一般地说，只要能挣到钱，鸨母对她们也还能容忍。但为了防止她们"消极怠工"，时不时地敲打敲打、教训教训，自然也是免不了的。

第四种是"矛盾痛苦"。持这种态度的，多半是些有良心的妓女。

作为妓女，她们深知如不能获得巨额利润，自己便连生存都成问题。但是，当她们遇到一位真心体贴自己的"恩客"时，又会感到良心上过不去，有的甚至还会拿出私房钱来倒贴。比如唐人传奇《李娃传》中的李娃便是。一开始，李娃不但把荥阳公子的钱财诈了个精光，而且和鸨母通同作案，在荥阳公子一文不名时将其遗弃。但是，当后来看到这位情郎被害得有家难归、有国难投，挣扎在死亡线上时，李娃又搭救了他，还帮助他一举登第，取得了功名富贵。这篇小说大团圆的结局，虽未免庸俗，但写李娃心态，应该说还算准确。

其实，无论妓女持何种态度，她们都不是、也不可能是诈取嫖客钱财的主谋者，更不可能是这种行为的主要受益者。主谋者和受益者，主要是妓院的女老板——鸨母。

鸨母本指老妓，即"妓女之老者曰鸨"。妓女这行当，是名副其实的"青春事业"。任你当年如何风光，一旦人老珠黄，便一文不值。因此，妓女退役的年龄也相当早。退役之后，有些没什么出路的，或者迷恋青楼、贪恋钱财的，便用自己走红时攒下的私房，租几间铺面，雇几个小妞，自己升格当老板，这就是鸨母。鸨母大约是少数几种最令人憎恶的行当之一。俗话说，"三百六十行，行行出状元"，就连太监，也出了郑和这样值得歌颂的人物。但是，古往今来，有过值得歌颂的鸨母吗？没有。中国历来只有"名妓"，没有"名鸨"。鸨母在中国文学作品中，从来就是丑恶形象：拐卖妇女，逼良为娼，教唆卖淫，勾引嫖客，诈骗钱财，拆散姻缘，认钱不认人，狗眼看人低，见人说人话，见鬼说鬼话，等等，都是鸨母的"德行"。可以说，在文学作品中，鸨母能混个中间人物当当，就是天大的造化了。

鸨母遭人憎恶，原因也是多方面的。

首先，鸨母是妓女卖淫的直接教唆者、指使者、操纵者和受益者。因此，如果要追究罪责，一腔义愤，便首先会倾泻在鸨母的身上。其实，鸨母也是受害者，因为鸨母十有八九出身于妓女。但是，鸨母的这一出身，不但不能引起人们的同情，反倒只能更加激起人们的义愤。因为你明明知道当妓女不是人过的日子，还要把好端端的女孩子往火坑里推，这还算是人吗？鸨母之遭人憎恶，这不能不说是重要的原因之一。

其次，卖笑卖色卖身的是妓女，收钱的却是鸨母，这就叫人愤愤不平。你有什么资格收钱呢？所以，不少"恩客"在照付了鸨母索取的"茶钱""酒钱""过夜钱"以后，还要对妓女另付小费（其实有时数量并不"小"），便带有这种心理的成分。在他们看来，付钱给妓女是应该的，付钱给鸨母却很冤。这种被冤枉的感觉，就使他们痛恨鸨母。

再次，在整个嫖宿过程中，鸨母担任的是十分不光彩的角色。所谓"不光彩"，就是只知道要钱。妓女不管怎么说，还有艺、有色、有性、有情，鸨母却只有虚情假意、装模作样、弄巧卖乖、投机行骗，这当然就极其让人恶心。

鸨母遭人憎恶，也有自身的原因。

一般地说，鸨母的心理都比较狠毒。鸨母原是妓女，心理本不健康；现在又人老珠黄，心埋更易变态。第一，正如升任婆婆的女人难免虐待媳妇一样，升任鸨母的妓女也往往会把从前受过的一肚子气都出在年轻一代身上，有可能对她手下的妓女格外刻薄和狠毒。第二，鸨母当妓女时，是不缺少性生活的；而一旦当了鸨母，则可能再无性快乐。这种由热而冷的变化和由此造成的性苦闷、性压抑，也容易使她们心理变态。第三，自古有"名妓"无"名鸨"，鸨母总是"无名英雄"。尽管为了钱财，鸨母极望妓女受人宠爱，但这种宠爱又无不时时刺激着她们的神经，使她们对妓女产生一种同性之间的嫉恨，并导致对妓女的迫害。

当然，导致鸨母狠毒的最主要原因，还是钱。如果不是为了钱，是不会有任何女人要去当鸨母的。为了钱，鸨母就必须对妓女加紧进行训练，甚至不惜在训练中动用私刑；为了钱，鸨母就必须强迫妓女接客，而不论那嫖客是老是少、是黑是白、是胖是瘦、是俊是丑、是温柔多情还是粗俗可鄙。这就对妓女身心两方面都造成了伤害，因此无论妓女，还是同情妓女的人，都会对鸨母恨之入骨。

其实，妓院中还有比鸨母更可恨的人，那就是所谓"龟奴"，即俗称"王八"的那些男性职员。龟奴最早可能是卖淫女子的丈夫，也可能是人贩子。正因为他们是妓女的丈夫，或鸨母的丈夫，或有丈夫名义者，所以叫"忘八"。所谓"忘八"，就是指"孝悌忠信礼义廉耻"八字皆忘，或忘了第八个字——耻，也就是"无耻"的意思。"忘八"谐音"王八"，而"王八"就是"乌龟"，所以这些家伙便叫作"龟奴"。

龟奴的无耻，一方面在于他们寄生于妓女，靠妓女的卖身钱来供自己享乐挥霍；另一方面，也在于他们时常欺负妓女，骚扰妓女。在嫖客面前，他们低三下四，比狗还不如；在妓女面前，他们又摆出一副老爷派头，还时不时趁机占妓女的便宜。自己不劳动，靠妓女卖身为生活，已是人格低下；趁嫖客不在时去满足性欲，更是人格卑劣。如果说，鸨母九分可恶之外尚有一分可怜，那么，龟奴便是十恶不赦、十分可恶的工八蛋！

一部娼妓史，不但充满铜臭，而且充满血腥。

综观历史，妓女的来源，无非四种：一是罪人家属，二是战俘，三是为生活被迫走投无路者，四是被人诱骗拐卖者。无论何种，都是被迫走进娼门。换言之，无论何种情况，都是对人权的践踏、人格的侮辱和人性的蹂躏。因此，一部娼妓史，也就是妓女的血泪史。

妓女最悲惨的遭遇，是不被当作人看。的确，历史上是有一些名妓，风头出尽，青史留名；但这样的名妓，在妓女的总人数中，又占得了几分之几？更何况，人们在骨子里，也未必把她们当人看。王安石和朱熹要找同僚的茬子，不是就随随便便地把两位名妓抓起来严刑拷打吗？不少一代名妓，到了晚年，不也穷愁潦倒，流落街头吗？至于一般的妓女，其生活更不堪回首。鸨母的虐待，狎客的戏弄，路人的白眼，都是家常便饭。妓女，可以说是最没有人格尊严，最被人看不起的。直到现在，中国不是还有一句极为刻毒的骂人的话，叫"婊子养的"吗？

事实上，无论诗人们如何诗化青楼，把青楼风光描写得宛如天堂，把妓女的风姿描写得宛如天仙，妓女的生涯都绝不会像她们上演的节目那么美妙。私妓要为金钱所左右，官妓要为权势所压迫，她们不是商品，便是玩物，哪有人格可言？唐代金陵有一群花花公子将一名营妓狎弄致死，居然又一把火把她烧了。岭南乐营妓女在席上得罪了宾客，就被长官处以棒刑，打完了，还要赋诗嘲笑，说什么"绿罗裙下标三棒，红粉腮边泪两行"，简直是恶霸土匪又加文痞流氓。写得出这样诗句的人，想必挺有"文化"，但其心肠，却真是阴如蛇蝎，毒如豺狼。政府管辖的妓女命运尚且如此，黑帮"保护"的妓女，其命运便可想而知。

妓女所受的摧残，不仅是肉体上的，更重要的还是心灵上的。由于长期不被当作人看，不少妓女内心世界都相当苦楚和压抑。屈辱感、自卑感、孤独感、空虚感，以及对此身无靠、前途渺茫的恐惧感，无时无刻不在深深地折磨着她们。即使锦衣玉食、华灯艳彩，或者名登花榜、技压群芳，所有这些"享受"和"成功"，都无法弥补其痛苦于万一。为了谋生，也为了排遣这苦楚和压抑，她们不得不强装笑脸，在灯红酒绿中醉生梦死。久而久之，连她们自己也不知道世上是否有真情了。因此，一到人老珠黄，无笑可卖时，她们便会变得麻木不仁，如同行尸走肉，在孤独寂寞中，背着沉重的道德十字架凄凉地死去，连灵魂也得不到安宁。这是极不人道的事情。

第七章　情人

妓不如窃

娼妓制度是社会的一个怪胎。

但凡考察和研究过中国娼妓史的人，都多少会产生一些怪异感，觉得中国古代社会的一些事情，实在不可思议。比方说，中国古代社会极其讲究"设男女之大防"，已嫁女子回到娘家，和白己的亲兄弟都不能同桌吃饭，然而却又允许素不相识的男男女女，在妓院里眉来眼去、勾肩搭背、打情骂俏、随便上床；中国古代社会极其讲究女人的贞操，强调新娘必须是黄花闺女，妻妾必须要从一而终，寡妇再嫁都要视为失节，然而却又允许甚至要求一部分女子不守贞节，去充当人尽可夫的妓女，而且越淫荡、越放浪越好；中国古代社会也极其讲究男人的"守志"，强调一个有志气、有作为、有理想的男子汉大丈夫，应该不好色、不淫乱，不能玩物丧志，然而男子狎妓，却又被视为风流韵事，不俗而雅，可以写进诗词广为传唱，载入史册千古留名，连至尊天子有时也要去凑凑热闹，体验一下生活。这就实在让人弄不清楚，中国古代社会究竟是提倡什么，反对什么，宣扬什么，禁止什么。

其实，反过来想想，又会觉得这很好理解，道理也很简单，就因为世界从来就充满着矛盾。任何事物，都是与它的矛盾对立面相比较而存在、相斗争而发展的。有隔离，就有开放；有贞节，就有淫乱；有性禁忌，就有性自由。与其禁而不止，不如略有松动，亦即在严格实行"设男女之大防"的前提下，开一个小口子，保留一个男女自由交往的小天地，以免因过分的禁忌，而引起心理的失调和社会的失衡。

于是，在男女不平等的条件下，中国古代社会便采取了牺牲部分女性贞节和尊严的方式，来满足男人与异性自由交往的欲求，以保证社会的均衡和稳定。必须指出，这种做法是不公平和不道德的。公平的做法，也许是同时开设可供女性自由出入、随意嫖宿男妓的妓院。可惜这并不可能。中国古代也有男妓，不过并非为女性服务，而是为有同性恋需求的男人服务的。为"富婆"们服务的性工作者，差不多要到20世纪后期才出现。

尽管如此，妓院对于中国古代社会的稳定，却也确实起到了均衡器的作用。一个不容否认的事实是：中国古代的娼妓，从未形成对家庭的破坏和冲击。相反，娼妓制度与家庭制度并行不悖、相得益彰、共存共荣。其中的奥秘，颇值得玩味。

为了说明这一点，我们不妨来看看妻子们的态度。

前已说过，中国古代的妻子们，有不少是"妒妇"。她们对于丈夫的纳妾，几乎根本不能容忍。然而，有趣的是，她们对于丈夫的狎妓，却又相当地宽容。比如前面说过的那位东晋谢安先生的夫人即是。谢安要纳妾，被她严词拒绝，但谢安身边歌妓如云，出游宴饮时必有艺妓相随，她却不闻不问。原因之一，也许就在于妾会造成对妻之地位的威胁，引起家庭纠纷，而妓则不会。妓女再漂亮、再风流，也在家庭之外，而且还是"公物"；姬妾再丑陋、再木讷，也在家庭之内，而且为丈夫所"私有"。公私内外，这个界限，不可不分。家是妻的领地，自然不容他人染指。外面的世界妻们就管不着了，也不想管。外面的世界很精彩，但外面的世界也很无奈。妻们都相信，无论丈夫们如何在外面看花了眼，却总有一天会浪子回头，回到自己身边，回到家里来。

当然，面对寻花问柳而归的丈夫，妻们不能说一点醋意没有，不过大多也都不怎么当回事。因为在她们看来，妓女根本就不是人，而是阿猫阿狗之类的"玩意儿"。比如丈夫跑了一圈马，遛了一回狗，你也和他生气？何况，前已说过，中国传统社会中的妻，都多少有些母性，因此，对待狎妓的丈夫，也就有如对待淘气的儿子，顶多唠叨几句不要上坏女人的当，不要搞坏了身子之类的话，仍是一片慈爱之心。那么，丈夫们呢？原本也有些不好意思的。一见妻子竟如此宽容，歉意和谢意更是由衷而生，对于妻子，也就至少在短时间内，会格外体贴温存，把从青楼中学得的功夫和手段，拿来报效老婆。结果是，妻子们竟会觉得，有控制地让男人到那地方去转一转，没准还是一件有利于自己的事情。

于是妓院就这样奇妙地成了家庭的补充。男人们在妓院里尽情地享受着性爱的自由，回到家里又问心无愧地继续扮演贤夫、孝子、严父的角色，完成结缘和继统的任务；妻子们对丈夫的狎妓睁一只眼闭一只眼，只要丈夫不把那"骚货"带到家里来，只要能保住自己在家庭中的正统地位，也就无妨听之任之。妓院与家庭，就这样和平共处，相安无事，井水不犯河水。如果做妻子的醋性大发，居然跑到妓院里去大吵大闹，那就不但捞不到任何好处，反倒会惹人笑话。

可见，妓院存在的前提之一，是婚姻的无爱。不从根本上解决这一问题，妓院就随时可能死灰复燃。

然而问题在于：夫妻间固然是难得有爱的，但妓院里难道就十分多情吗？

显然并非如此。

表面上看，在男女之间处处设防，夫妻之间冷冷淡淡的时代，妓院真可谓"风景这边独好"。鸨母笑脸相迎，比见了女婿还亲；妓女以身相许，比见了情人还嗲。莺声燕语，不绝于耳；软玉温香，常盈于怀。二十四小时的全方位服务，三百六十日的全天候效劳；招之即来，挥之即去；不受道德束缚，不负法律责任；不必行礼如仪，无须相敬如宾；不折不扣的自由化，地地道道的活神仙。

可惜，这位神仙，得有点石成金的法术。

妓院里的一切，从美酒佳肴到音乐歌舞，从微笑服务到恣意纵情，所有这些，都是要用钱去买的。包括神魂颠倒的情，死去活来的爱，都不过是精心包装的商品，必须随行就市，照价付款。于是，当你为了这一切慷慨解囊时，你还能相信那"爱情"是真实忠贞不带掺假的吗？当你回过味来的时候，能没有一种上当受骗之感吗？

诚然，妓女和狎客之间，是有可能产生真实爱情的。但这种情况实属凤毛麟角，而且多半要碰运气。一个良心未泯，一个感情投入；一个怜香惜玉，一个重义爱才；再加上鸨母比较"开明"，妻子比较"贤惠"，或许能结成一对美好姻缘，否则都不过是竹篮打水一场空。所以，在大多数情况下，男女双方，也都不过认认真真地做一场爱情游戏。

道理也很简单，因为他们都有戒心。

首先是狎客这边有戒心。只要不是真正的冤大头，谁都知道"黄金有价，婊子无情"。做妓女的人，一年不知要接待多少男人。迎来送往，生张熟魏，招天下客，接四方人，如果对每个人都有情，岂不成了"爱情女神"？天下哪有这么好的事！因此，当妓女表示"爱你没商量"时，狎客如果头脑清楚，就不能不自己和自己商量一下，她爱的究竟是自己，还是自己的钱包？可惜，这是商量不出来的。妓女们表演的爱情节目，往往和她们表演的歌舞节目一样精彩，你实在无法鉴定哪是做戏，哪是当真。"假作真时真亦假"，没法子，为了防止当傻帽儿，只好先一律以假视之。

其次，妓女的戒心也许更重。有权有势有钱有才的男人，何愁娶不到名门闺秀、高族佳人？怎么肯要自己这种贱货？仅此一条，就足以打消一切"非分之想"，还不如安守本分、趁热打铁，在他再三示爱时捞他一把，才是正经。如果明知身为下流，也想另攀高枝，那才是大白天做梦，尽想好事、自作多情哪！

有此双重的戒备，则青楼之中，即便有相爱的可能，也难免会失之交臂。难怪历史上有那么多妓女殉情，或妓女与狎客双双殉情之事，实在就因为这样的爱情太珍稀、太宝贵，值得以身相殉之故。

珍稀的东西虽然弥足珍贵，但毕竟不能满足需求，何况其中又难免伪劣产品？更何况，有条件狎妓的，非官即商，非富即贵，不是王孙公子，就是才士文人，与一般小民无缘，而有可能在青楼中真得情爱者，更是屈指可数。又更何况，狎妓毕竟只是男人的事，与女人也无缘，而女人较之男人，其实更需要爱情。中国传统社会的婚姻既然是无爱之婚，而妓院又只能提供片面和虚假的爱情，那么，爱的冲动便只有另寻出路。

这就是所谓"妓不如窃"。

"妓不如窃"，又叫"妓不如偷"，也就是狎妓不如偷情的意思。偷情为什么最令人向往呢？就因为"偷"来的往往是真东西。在中国传统社会，娶妻光明正大，纳妾合理合法，狎妓也被容忍，甚或视为雅事，传为佳话，唯独偷情要担风险。如果冒了天大的风险，偷来的竟是假货，岂不失算？实际上，欲偷情者，大多是真心喜欢对方，而对方如无真意，也大多不会冒着风险去答应。偷情绝不像狎妓那样不负责任，而是双方都要共同承担风险。要言之，狎妓要花钱，偷情要冒险，两相比较，当然是冒险所得，要比花钱所买来的放心可靠，何况这险，又是双方共同去冒的？

偷情让人向往，还因为它是唯一真正的自由恋爱，唯一真正的自主选择。妻子是父母和媒人选的，所以最难产生爱情。妾就要好一点，多少有了点主动权，不再是"娶媳妇"，而有可能是"找爱人"了，所以"妻不如妾"。但是纳妾仍然要报批，远不如将婢女收房来得自由，所以"妾不如婢"。然而纳妾和收房，又都只是单方面的主动，当然比不上双方的主动，所以"婢不如妓"。不过狎妓虽是双方主动的行为，无奈这种主动的背后有金钱驱使，就不大说得清是主动还是被动，还难免带有做戏成分，哪里比得上双方冒着风险的偷情？所以这才有了最后一句话："妓不如窃。"

从"妻不如妾"，到"妓不如窃"，其中有性也有爱。但即便只是性，也总是主动比被动有趣。对于女性，就尤其如此。

在中国传统社会中，女性是最无恋爱自由的。丈夫是父母和媒人指定的，又无权纳男妾、收男婢、狎男妓。这样，传统社会中的女性，要想体验一下恋爱的自由，性爱的自主，自己给自己当一回家，做一回主，唯一的途径，就是偷情。所以，在偷情的案例中，女性主动的事例屡见不鲜，层出不穷，其原因，多半就在这里。

从这个意义上讲，偷情乃是对封建礼教的一种叛逆，而叛逆，也正是偷情令人向往的原因之一。

的确，叛逆本身就是有魅力的。什么是叛逆？叛逆其实就是做别人不敢做的事。这需要勇气，也要担风险，但克服胆怯、战胜风险，却是一件令人神往的事。不知从什么时候起，人们就有了这样一种认识，即越是需要冒险才能获得的，其价值就越高，所谓"无限风光在险峰"是也。所以，爬山的人，只怕山不险，冲浪的人，只恨浪不高。偷情既然要冒险，当然也就必然有趣，何况所"偷"的，还是爱情！

其实，青楼的魅力，也多少有这样的成分。因为狎妓虽不犯法，但人们又公认那毕竟不是一个"正派"人该做的事。这就多少带有了一点冒险（比方说被人视为"不正经"）的意味，这才大大地吊人胃口。不难想象，如果嫖妓竟像结婚一样光明正大，恐怕就真的只有色中饿鬼才会像上饭馆一样去逛妓院了。

不过，逛妓院毕竟最终并无风险，这就远远不如偷情来得刺激。事实上，不少人的偷情，既非为了爱，亦非为了性，而只是为了体验偷尝禁果的滋味。准确地说，不是为了禁果，而是为了"偷尝"。其实，禁果如非被禁，原本是一点味道也没有的。仅仅因为它被"禁"，而且尝的方式又是"偷"，这才滋味无穷。鲁迅先生讲他一生中吃过的最好吃的罗汉豆，是小时候在看社戏回来的路上偷的，道理就在于此。罗汉豆尚且要偷着才好吃，何况是"情"？所以，偷情偷情，有因情而偷者，也有为偷而情者，但无论何种情况，都是叛逆，都要冒险，当然也都会有难以忘怀的体验。

怀春与钟情

从婚姻的角度看，偷情有两种情况。一种是婚前的，叫"私奔"；一种是婚外的，叫"私通"。"私"这个字，很能说明其偷情性质。因为在这里，私有两重含义，一是私下里，即不公开；二是私自地，即不合法。既不公开，又不合法，当然是偷偷摸摸，就像"走私"、"营私"或者"谋私"一样。要言之，但凡是不公开、不合法的男女关系（包括纯精神性的恋爱），都叫偷情。

未婚男女的偷情，有一个十分雅致的说法，叫"偷香"。偷香的故事发生在晋代。晋代贾充的女儿贾午，与韩寿相恋而私通，竟偷了其父收藏的晋武帝所赐之奇香送给韩寿。贾充发现后，便干脆把贾午嫁给了韩寿。所以，后来人们便把男女（主要是未婚男女）的偷情，叫作"偷香"，也叫"偷香窃玉"。窃玉和偷香一样，也有故事，大约是一位姓郑的男子所为，可惜其事已不可考了。只知道后人常把未婚青年男女的私相恋爱，叫作"郑生窃玉，韩寿偷香"，把恋爱的心愿，称为"偷香性，窃玉心"。不过，"偷香窃玉"的说法，虽然都有史实以为典故，并非虚指形容，但用于男女之间的私相恋爱，倒也别有情趣，而且十分准确。因为在这里，双方当事人要"偷窃"的，恰恰是和香、玉一样美好宝贵的东西——爱情。如果联想到中国古代常把女人的身体，称为"温香软玉"，则"偷香窃玉"的说法，就更多了一层双关意义。

显然，偷香窃玉的事情，是防不胜防的。

我们知道，男子钟情，少女怀春，乃是人之常情，并非什么礼法之类的东西所能控制和压抑。有一个故事是大家熟知的。这故事讲一个孤儿从小被一位老和尚收养，住在深山老林的古庙里，什么人也没见过，自然也没见过女人。后来小和尚长大了，老和尚带他下山去买东西。这下了见到女人了。小和尚便问："这是什么？"老和尚答："吃人的老虎。"回去以后，小和尚神情恍惚，若有所思，老和尚知道他在想山下的事，便问他："山下面，什么东西最好、最可爱？"小和尚毫不犹豫地回答："吃人的老虎。"

214

这个故事没有下文，不知那小和尚最后是不是甘冒被"吃"的危险，仍然下山去找"老虎"。但不怕死的人肯定有。一首西北民歌唱道："板子打了九十九，出来还要手拉手；大老爷堂上定了罪，回来还要同床睡。"可见男女之间的相爱，是任何力量也挡不住的。中国有句老话，叫"天要下雨，娘要嫁人"。寡妇再嫁尚在无可如何之列，正值青春期的少男少女要恋爱，又怎么管得了？

其实，在中国上古时代，恋爱还是挺自由的。

许多学者都曾注意到《周礼》上的一条规定："中春之月，令会男女。于是时也，奔者不禁。"仲春即阴历二月，是春回大地、万象更新、植物发芽、动物交配的季节，也是男男女女们最易萌动春心的季节。于是，便特许男男女女在这个月份里，自由恋爱，自由结合，无论幽会偷情、做爱私奔，一律不予禁止。岂止不禁，从"令会男女"看，好像还要由政府出面，来组织春游联欢会。

这真是人民大众开心之日。

在这个开心的日子里，大自然春天的躁动和男男女女春心的躁动融为一体，形成热情洋溢的生命交响。请看《诗·郑风·溱洧》的描写："溱与洧，方涣涣兮。士与女，方秉蕑兮。女曰'观乎？'士曰'既且。''且往观乎？洧之外，洵訏且乐！'维士与女，伊其相谑，赠之以芍药。"翻译过来就是：溱水与洧水，正好一处处春汛弥漫；少男和少女，正好一个个手持泽兰。女孩子说："我们去看看吧！"男孩子说："已经看过了呀！"女孩子说："再看看嘛！洧水那边，场面又大又好玩。"少男和少女，说说笑笑，相互赠送了芍药花。

实在应该感谢这首诗的作者，他给我们留下了如此美丽的民俗风景画。虽然时隔三千年，但读其诗如见其状。那少年的纯真、少女的娇美，仍跃然纸上；那春天的气息、青春的活力，仍扑面而来。这实在是我们民族两性关系十分健康美丽时代的一个真实写照。

另一首诗也十分美丽动人，这就是《诗·召南·野有死麕》："野有死麕（读如'君'），白茅包之，有女怀春，吉士诱之。林有朴樕（读如'速'）野有死鹿。白茅纯束，有女如玉。舒而脱脱兮，无感我帨（读如'税'）兮，无使尨（读如'忙'）也吠！"翻译过来就是：獐子打到了，就该用白茅草去包捆；少女怀春了，就该由美男子去勾引。美男子说："林子里有小树，野地里有死鹿，白茅草的绳子捆得住，姑娘呀你真是美如玉。"女孩子说："慢一点，轻一点，不要掀起我的佩巾，别让那长毛狗乱叫呀！"看样子，这是一位青年猎人和一位怀春村姑的恋爱故事。青年猎人在山野里打死了一只獐子，当他用白茅将猎物包好时，却一眼看见了天真美丽的姑娘，于是立即向她求爱。姑娘也许在一旁已看了许久，早为猎人的英武所吸引，所以立即欣然允许，只是希望他动作温柔一点，不要惹得黄狗乱叫，惊动他人。说完这些话以后，这对一见钟情的恋人大约就走进密林深处，去共享男欢女爱的快乐了。

然而，好景不长，这种每当早春二月，或阳春三月，少男少女们便可自由恋爱、自主择偶的好事，很快便成了历史。以后，男女青年们便只能遵照"父母之命、媒妁之言"，像提线木偶一样去完成双方家族所赋予的"历史使命"。而且，正如本书第三章所言，男女青年还必须被严格地隔离开来，不得随便交往。尤其是女孩子，那种与世隔绝和不见天日，就像被隔离看护的麻风病人。

这种被标榜为"门风谨严"的"养在深闺人未识"，其实是十分不人道和不利于身心健康的。它甚至只能造成一种在一般人看来不可思议的事，那就是贾府那位老祖宗说的："只见了一个清俊男人，不管是亲是友，想起他的'终身大事'来，父母也忘了，书也忘了，鬼不成鬼，贼不成贼。"前已说过，这种事情，在贾老太太看来，是既不像话，又不可能的。像不像话我们姑且不论，可不可能却值得商榷。事实上，只要是正常发育的少女，一到青春期，便会春情萌动，很自然地产生与异性交往的愿望。这时，情窦初开的少女，极易为"吉士"所"诱之"。中国封建礼教正是看到了这一点，才要"设男女之大防"，尤其是要把少女们深藏于闺中，以为只要这样一来，她们便"眼不见，心不烦"了。

其实，礼教的设计者恰恰忘了一条祖训，即"湮不如导"。春情的萌动就像洪水一样，堵是堵不住的，只能进行科学的疏导。把少男少女们像隔离犯人一样硬隔开来，其结果，恐怕不是"眼不见，心不烦"，而是"眼不见，心更烦"。中国古代许多爱情传奇，都描写了少女们的"伤春之病"，而且都写得相当准确和生动。从这些描写看，"伤春病"的症状主要有：厌食、失眠、慵懒、伤感、喜怒无常、神情恍惚、坐卧不安、对景生情，看见花开花落便莫名其妙掉眼泪等。这可能是当时相当普遍的一种心理变态现象，否则作家们不可能描写得那么生动准确，而诸如"良辰美景奈何天，赏心乐事谁家院"之类的诗句，也不会引起那样普遍而强烈的共鸣。比如，与汤显祖同时代的一位娄江女子俞二娘，在读了《牡丹亭》之后，竟"断肠而死"；另一位杭州女伶商小伶，也在演出《牡丹亭》时"伤心而死"。如果不是在内心深处产生了强烈的共鸣，何至于此？这就正如汤显祖所云"情不知所起，一往而深，生者可以死，死者可以生"了。

于是，中国古代便有了一种十分奇特的恋爱方式——一见钟情。

所谓"一见钟情"，就是只见了一面，还没有弄清对方姓甚名谁、是亲是友，就猛然一下子爱上了，而且"一口咬住"，始终不放。甚至极端一点，像杜丽娘那样，只不过是在梦中与柳梦梅相遇，并未真正见面，也一往而情深，而且不达目的，便是死了也不罢休。这虽然是剧作家的艺术想象，却也是现实生活的真实反映。韦庄《思帝乡》云："春日游，杏花吹满头，陌上谁家年少，足风流。妾拟将身嫁与，一生休。纵被无情弃，不能羞。"所谓"谁家少年"，就是根本不认识。既不知道他是谁，当然也不知道他是否已有婚约，以及是否也爱自己。但仅仅是无意中看了一眼，便拿定了主意，要"将身嫁与，一生休"，而且"纵被无情弃"，也在所不惜。如果我们不了解当时的社会环境，便会觉得这简直是莫名其妙，匪夷所思，甚或是诗人、艺术家在胡说八道。

　　然而，这种爱，既可能，又可贵。

　　首先，男女之间的情爱，原本就包括性吸引的成分，而性吸引又主要表现在一个人的年龄、相貌、身材、风度等方面，与他的身份、地位、家庭背景、经济收入等没有什么关系。因此，一见钟情的事，是完全有可能发生的。尤其是那些养在深闺的少女，平时根本无缘与其他同龄异性接触，少见便难免多怪，也就难免一见而钟情。沈仕《锁南枝》曲云："雕栏畔，曲径边，相逢他猛然丢一眼，教我口儿不能言，腿儿扑地软。他回身去，一道烟。谢得腊梅枝，把他来抓个转。"明眸一送，若痴若呆，正是这样一种怀春少女猛然间见到英俊男子的心理反应。这种心理其实是男女都一样的。《西厢记》中的张生见了崔小姐，不也是"眼花缭乱口难言，魂灵儿飞在半天"吗？

　　其次，这种爱慕和眷恋无疑是超功利的。两个素不相识的青年男女一见钟情，能有什么功利的目的和因素呢？没有。既不图他功名富贵、万贯家财，也不图他高门豪族、耀眼头衔，爱的只是他这个人，只是他本身，而不是社会给予他的附加值，这才是真正的爱情。我们不能因为这种爱情来得太突然，便怀疑它的真实性和可靠性。相反，在婚姻被看作交易，爱情被当作筹码的时代，我们更应该承认，这种"不知所起，一往而深"的爱情，不但难能，而且可贵。

爱是不能忘记的，也是不可战胜的。因为它是与人的生命本能相联系的，因而是最内在、最深层、最真实、最个性化也最不可替代的一种情感。所以，爱情有时会重于生命。

于是，便有了殉情。

南朝乐府民歌《华山畿》讲的就是这样的一个故事。有一天，一个少男在华山畿与一位少女相见，一见钟情。但是，因碍于"男女之大防"，无法表达爱慕之情。回来后，少男朝思暮想，相思成疾。后来，少男的母亲在华山畿找到了那位少女，相告情山。少女听后，深为感动，便将自己的"蔽膝"交给少男之母，嘱她暗藏在少男的寝席之下。这位男子发现后，欣喜若狂，将蔽膝紧抱怀中，吞食而死。少男的家人只好把他送往华山畿安葬。当送葬的车子经过少女家门时，驾车的牛便停下了脚步，再也不肯向前走一步。这时，少女已在家中梳妆完毕，走出门来，悲声唱道："华山畿！君既为侬（我）死，独活为谁施？欢（古代女子对所恋男子的爱称）若见怜时，棺木为侬开！"结果，棺盖应声而开，少女纵身跳入，殉情而死。这个故事，几乎和《梁祝》一样悲壮。所不同者，在于梁山伯与祝英台尚有同学之谊，而这一对恋人只不过见了一面，是一见钟情。

从怀春、伤春，到钟情、殉情，中国传统社会中少男少女的恋爱真可谓多灾多难。首先是不被理解，其次是不得批准，最后则可能还要遭到批判。私订终身的事，虽然在文艺作品中屡见不鲜，但诗歌里唱唱可以，小说里写写可以，舞台上演演可以，生活中以身试法则断乎不可。因为"戏者戏也"，戏剧不过只是游戏，是艺人们弄出来给大伙儿解闷的，哪里当得了真？"演戏的是疯子，看戏的是傻子"，谁要是假戏真做，那才真是犯傻。犯傻的结果，轻一点的，是遭人耻笑："哪有大姑娘自个儿给自个儿找婆家的？"重一点的，弄不好还会有杀身之祸；男的打死，女的沉潭。《被爱情遗忘的角落》中那一对青年男女，就是这样的下场；存妮投水自尽，小豹子则被当作强奸犯判刑，而这件事居然发生在20世纪70年代，可见传统力量之大。

总之，自从告别了《诗经》时代后，传统社会和社会传统已不允许青年男女的自由恋爱（唯唐代略为宽松）。因此，一对青年男女如果不幸相恋，那么，他们要想真能结合在一起，便差不多只有一个办法——私奔。

私奔与私通

历史上私奔的事情也不少见，最有名的当数司马相如与卓文君。

司马相如是西汉著名文学家，一代风流才子。他好读书，会击剑，善作文，名重一时，曾为汉景帝之弟梁孝王的座上客。卓文君则是蜀郡富豪卓王孙的女儿，才艳双绝，也名重一时。如此才子佳人，自是前世姻缘。所以，当司马相如到卓王孙家去赴宴，并得知卓文君新寡居家时，便在席间应邀奏琴，以琴声寄托心意去挑动卓文君。其时卓文君正在窗外偷看，早为司马相如的神采风度所倾倒，一听琴声，更不能自已。于是，当天晚上，卓文君便跑到司马相如的住处，私相相结合，然后又双双一起返回司马相如的故里成都，既无媒，又无保，更无父母之命，便自说自话地成了夫妻。

这就是不折不扣、地地道道的私奔了。所以卓文君的父亲卓王孙听说后，便要和卓文君断绝父女关系，一分钱嫁妆也不给她。谁知断绝经济往来，并不能使文君回心转意，反倒和司马相如一起又跑回临邛，在街上开一间酒店。文君亲自坐柜台，当垆卖酒，司马相如则穿一条小短裤，和伙计们一起刷杯洗碗。这实在太丢卓王孙的面子了。老头子一气之下，只好杜门谢客，从此不敢见人。

当然，这场闹剧，最后还是以喜剧收场的。卓王孙终于还是分给卓文君僮仆百人，钱百万，及其嫁时衣被财物，打发他们回成都过日子，免得在自己跟前丢人现眼，眼见心烦。不过，此事实在不可作常例看。因为，第一，私奔的主角是女方，处理此案的也是女方家长。无论他如何处理，丢人总是免不掉的了，所以还不如大度一点，多少还能捞回点面子。第二，司马相如毕竟是名人，名人总有名人的效应。亲友们规劝卓王孙时的说辞也是"虽贫，其人材足依也"。后来，司马相如果然成了汉武帝的宠臣，卓王孙也沾光和司马相如一起被载入史册。由此之故，这段私奔故事，也就有幸被传为佳话。

但是，司马相如毕竟是司马相如，卓文君也毕竟是卓文君。如果当事人的情况与他们不同，那么，私奔就成不了佳话，没准还会变成悲剧或丑闻。

白居易《井底引银瓶》一诗，讲的就是这样一个悲剧。这首诗讲，一位妙龄女子在自家短墙边玩弄青梅，一个白马少年从墙边路过，两人一见钟情，秋波相送。少年信誓旦旦，愿结百年；少女一往情深，与之私奔："妾弄青梅凭短墙，君骑白马傍垂杨。墙头马上遥相顾，一见知君即断肠。知君断肠共君语，君指南山松柏树。感君松柏化为心，暗合双鬟逐君去。"不难想见，他们这时心中，一定充满了真诚的爱情，一定是但愿天长地久，永结同心的。因此，这件事如果发生在现代，我们似不必再为他们的命运担心。

然而，封建礼教容不得这种"名不正，言不顺"的私奔。当这对青年男女兴高采烈回家来时，所遭之境遇为他们始料所不及："到君家舍五六年，君家大人频有言，'聘则为妻奔是妾'，不堪主祀奉蘋繁。"也就是说，公婆根本不承认她是儿子的正妻，不允许她参加祭祖的活动，这就等于宣布她是这个家庭内不受欢迎和不被尊重的人。这样一来，这个女子便处于一种极为尴尬的地位："终知君家不可住，其奈出门无去处。"丈夫家里住不得，自己娘家回不得，这可真是"为君一日恩，误妾百年身"了。因此，她只好总结教训说："寄言痴小人家女，慎勿将身轻许人。"

由此可见，私奔，大多是没有好下场的。《井底引银瓶》要讲的，就是这个道理。

然而，白居易们似乎就没有反过来想一想：放弃个人的自由意志，任由父母媒人指配，和一个自己不爱的人过一辈子，难道就是"好下场"吗？

如果说，私奔是对传统婚姻制度的挑战，那么，私通便是对传统婚姻制度的破坏。因此，私通的风险更大，处分也更重。

所谓私通，就是男女双方并非夫妻而发生性关系。这种非婚姻的性关系，有婚前的，也有婚外的。不过，一般地说，私通多半特指婚外性关系，也就是与有夫之妇或有妇之夫苟且。这种事，即便在今天，大约也至少不宜提倡。然而可惜得很，从古到今，它又屡见不鲜。

222

比如《诗·郑风·女曰鸡鸣》，尽管历来被学者们"好心"地解释为"夫妻生活"，但我怀疑那写的只怕不是夫妻，而是情人。诗的原文是："女曰'鸡鸣'，士曰'昧旦'。'子兴视夜，明星有烂。''将翱将翔，弋凫与雁。''弋言加之，与子宜之。宜言饮酒，与子偕老。琴瑟在御，莫不静好。''知子之来之，杂佩以赠之。知子之顺之，杂佩以问之。知子之好之，杂佩以报之。'"翻译过来就是：女的说，哎呀鸡叫了。男的说，天还没亮哪！女的说，你起来看看嘛，启明星好亮好亮啊！男的说，好嘛好嘛，我出去转转，看能不能打只鸭子或大雁。女的说，你要是打了野物回来，我就给你做一盘好菜，再弄点酒喝喝，祝咱们能白头偕老，就像那和谐的琴瑟，又宁静又美好。男的说，知道你会常来看我，所以才送给你各种首饰；知道你会体贴我，所以才送给你各种佩物；知道你会真心爱我，所以才送给你各种礼品。请看，这两个人，是更像夫妻呢，还是更像情人呢？只怕是更像情人吧！

不过，他们不大像婚外恋，倒更像是热恋中私订了终身，已"非法同居"的青年男女。龚橙《诗本谊》说："《女曰鸡鸣》，淫女思有家也。"此说除不该称此女曰淫外，应是准确的理解，当然，这个经常来看情郎，与情郎深夜幽会，并接受情郎所赠佩物的女子，也可能是有夫之妇。她不甘心只与情郎做露水夫妻，而希望和情郎像真夫妻那样过日子，像真夫妻一样"琴瑟和谐，白头偕老"。所以，她才会特别说出"弋言加之，与子宜之"的话，这其实是她向往真夫妻生活愿望的一种流露。如果他俩本是夫妻，则丈夫外出打猎，妻子在家做饭，原是各人本分，也用不着那么多废话了。即便有，也犯不着写进诗里，更不会有"宜言饮酒，与子偕老，琴瑟在御，莫不静好"这样的情话。你什么时候见过中国的夫妻，早上起床之后，会有这样一段情话呢？

事实上，如本书前面多次提到的，中国的传统婚姻是无爱之婚，夫妻之间公事公办，感情相当淡漠。即便有爱情，但为了守礼，讲规矩，像样子，也很少用语言表达爱情，而更多的是用行动表示体贴。爱情的表达，往往只用于情人之间，或是未婚男女之间的求爱，或是已婚男女之间的私通。所以，中国古代的爱情诗，不是写给情人的，就是写情人之间私相幽会的。

正因为是私相幽会，怕人发现，也就必须鸡鸣即起。然而，男欢女爱，两情正浓，自然只恨春宵苦短。所以，幽会的情人，最难过的一刻，便是必须分手的黎明。《诗·齐风·鸡鸣》很形象地描绘了情人们的这一心理。诗的原文是："'鸡既鸣矣，朝既盈矣。''匪鸡之鸣，苍蝇之声。''东方明矣，朝既昌矣。''匪东方则明，月出之光。''虫飞薨（读如"轰"）薨，甘与子同梦。会且归矣，无庶予子憎。'"翻译过来就是：女的说，公鸡叫了，天亮一阵子了。男的说，那不是鸡鸣，是苍蝇在闹。女的又说，东方白了，天已经大亮了。男的说，那不是东方发白，是月亮的光辉。女的说，如果真是虫子在闹，我甘愿陪你再睡一觉。可惜时间到了，我该回家去了，你可不要恨我呀！

钱锺书先生的《管锥编》对此有极精辟的见解。他指出六朝乐府民歌中《乌夜啼》和《读曲歌》"莫非《三百篇》中此二诗（即《女曰鸡鸣》和《鸡鸣》）之遗意。"《读曲歌》是这样唱的："打杀长鸣鸡，弹去乌臼鸟。愿得连暝不复曙，一年都一晓。"这首民歌中，男女主人公的身份还都不够明朗，而《乌夜啼》则明明白白是在写偷情。《乌夜啼》是这样唱的："可怜乌臼鸟，强言知天曙。无故三更啼，欢子冒暗去。""欢子"即情郎。只因报晓的乌臼鸟"无故三更啼"，害得情郎半夜趁黑逃窜，这不是偷情是什么？更有趣的是，钱锺书先生还指出："莎士比亚剧中写情人欢会，女曰：'天尚未明，此夜莺啼，非云雀鸣也。'男曰：'云雀报曙，东方云开透日矣。'女曰：'此非曙光，乃流星耳。'可以比勘。"所谓"可以比勘"，就是说可以与《女曰鸡鸣》和《鸡鸣》两诗对照阅读，而一对照，我们就不难发现，中西幽会的情人，原来心理都一样。所不同者，大约也仅仅在于中国是女的更怕被发现，西方则是男的更怕被曝光。

这种害怕是很自然的。因为在中国，对男女偷情的处分，从来就是女重于男。

就拿私奔来说，男方除了会被痛骂一顿外，几乎不受处分，而女方却要被打入另册，永世不得翻身。"聘则为妻奔是妾"，这个处分，不是过来人，无法理解其分量。它其实比受刑、判刑还重。因为受刑止于皮肉，监禁总有刑期，而这种"打入另册"的处分，却是永无出头之日的精神折磨。结果，同是私奔当事人，男的不过被"罚"再娶一妻，女的却被罚永做贱民，这真是何其不公乃尔！

同样的，有妇之夫与有夫之妇私通，处分起来也是女重男轻。比如贾琏与仆妇鲍二家的私通，事情闹到贾母那里，贾母不过说："什么要紧的事！小孩子们年轻，馋嘴猫儿似的，哪里保得住呢？"结果，贾琏并无处分，反倒是受害者凤姐，还挨了贾母几句话："这都是我的不是，叫你多喝了两口酒，又吃起醋来了！"话说得虽然不重，但男尊女卑之意却也十分明显。至于另一位当事人鲍二家的，连处分也不敢等，先上吊自杀了，可见等待着她的处罚，一定比死还可怕。

当然，贾琏通奸之所以太平无事，还在于他之所淫者，不过是奴仆的老婆。这种行为，在贾府的老爷太太们看来，并不犯法，也不犯规，只不过比较下作而已：什么人不好偷呢？竟去偷那种东西。正因为公认比较"下作"，大约连贾琏自己也觉得比较下作，所以一旦被凤姐发现，也便觉得"脸上挂不住"，于是恼羞成怒，借酒发疯，居然提了剑要杀凤姐。这与其说是贾琏自觉有理，不如说是自觉理亏。正因为自觉理亏，这才要反戈一击，先发制人，以便"扳本"；而他的理亏，又不是因为不该偷情，而是不该那么"掉价"。

可见，在私通案中，"本夫"（通奸女方的合法丈夫）的地位是相当重要的。本夫如果地位太低，则情夫掉价；本夫如果地位太高，则情夫危险。比如隋朝有个名叫李百药的，色胆包天，居然半夜三更潜入当朝权势最重的杨素家，与杨素的宠妾私通。这就等于在老虎嘴巴上拔毛了。所以，东窗事发后，杨素便喝令双双拿下，一并斩首。这时，杨素发现李百药是一个"年未二十，仪神俊秀"的英俊少年，忽然动了恻隐之心，便对李百药说，听说你这小子挺会写文章的，那就写首诗来说说自己吧！写得好，饶你不死。说完就叫松绑授笔。李百药也不含糊，一气呵成。杨素读了，大为欣赏，便信守诺言，放了李百药，还把自己的那个宠妾，也赏给李百药，另有"资从数十万"。结果，李百药有惊无险。岂但没有险，而且"赚了老婆又赚钱"，占够了便宜。

其实，这个事例也是不作数的。因为这个李百药，也不是等闲人物，而是与杨素同朝为官的李德林之子。杨素倘若果真杀了李百药，李德林那里不好交代，不如"大度"一点，做个顺水人情，等于是在李德林那里，做了一笔政治投资。不难想象，这个李百药如果不过一介草民，那么，这一对情人，只怕早就人头落地了。

由此可见，通奸，弄不好是要掉脑袋的。

然而，尽管通奸有如此之大的风险，以身试法者仍不计其数。"牡丹花下死，做鬼也风流"，这正是冒死偷情者的口号。甚至，有时皇帝的老婆也会加入偷情者的队伍。比如南朝梁元帝之妃徐昭佩即是。这个徐昭佩，仗着自己出身名门（前朝太尉之孙、当朝将军之女），资格较老（萧绎还是湘东王时便已入宫），便不怎么把自己的丈夫放在眼里，公然私通情夫。先是结识了荆州瑶光寺的一个风流道士智远，后来又结识了朝中美男子暨季江，再后来又邀请当时一个名叫贺徽的诗人，到一个尼姑庵里去幽会，在"白角枕"上一唱一和。这位徐妃勾搭情人时，已是中年，依然十分风流。所以她的情夫暨季江便说，柏直狗虽然老，却仍能狩猎；溧阳马虽然老，却仍能骏驰；徐娘娘虽然老，却依然多情。这就是后世所谓"徐娘半老，风韵犹存"的出典。

徐娘娘的偷情弄得如此出名，当然不能为当皇帝的老公所容忍。至尊天子的老婆居然偷了汉子，则体统何在，体面何存？

于是梁元帝萧绎便借口另一宠妃的死是徐妃因妒而下毒手，逼她自杀。徐昭佩没有办法，只好投井。萧绎余恨未消，又把她的尸体捞上来送回她娘家，表示与她断绝夫妻关系，这就是历史上有名的"出死妻"。徐娘一人而生二典，也算是够"风光"的了。

徐娘的风流韵事，终以悲惨的结局而收场。不过她的下场，似乎并未引起足够的教训。到了唐代，婚外偷情，几乎成了一种时尚。在唐人的笔记小说中，不但世人乐此不疲，就连天神人鬼，也纷纷下凡转世，来寻情人。有个故事讲，天上的织女星也撇下牛郎，夜夜到人间与情人幽会。情人问她如何向牛郎交代？织女却说，关他什么事？况且河汉隔绝，他也不会知道；就是知道了，也没什么了不起。足见时人的无所谓态度。宋以后，理学勃兴，贞节问题越来越被看重，但明清的偷情，并不见得比唐宋少，只不过不那么张扬罢了。

事实上，直到现代，婚外恋也仍是一个让社会感到头疼和棘手的问题。对于这一现象，义愤填膺，力陈其不可者有之；离经叛道，力辩其合理者有之；无视舆论，公然实践者有之；乱凑热闹，忙于捉奸者亦有之。这就说明，所谓"偷情"，乃是一种情况极为复杂的社会历史现象，实不可一概而论之。

偷情种种

应该说，"偷情"这个词，实在蛮准确的。

一般地说，偷情的人，双方多少都有些情意。这情意有多有少，有长有短，有许以终身，也有逢场作戏。但即便是逢场作戏，那戏也是认真去做的。完全没有情意的是强奸，强奸却不能叫偷情。

至于"偷"字，就更准确了。"偷"字有两义，一指"暗地"，如偷看、偷渡；二指"苟且"，如偷生、偷安。偷情之偷，恰恰兼"暗地"和"苟且"二义而有之。因为所谓偷情，通指并非夫妇而产生爱情或发生两性关系。这种男女关系，当然见不得人，只能暗地而不能公然；当然也难以为继，只能苟且而无法持久。

事实上，不少偷情者，也只是想"苟且"一下。比如唐代维扬某巨商之妻孟氏就是。有一天，孟氏在家吟诗，一位少年忽然走了进来，说：浮生如寄，年少几何，岂如偷顷刻之欢？于是孟氏便与他私合了一回。又比如长山赵玉之女，有一天独游林间，看见一位锦衣军官，十分的潇洒英武，便感叹地说，我要是能得到这样一个丈夫，便是死也无憾了。那军官听了便说，我暂时做你一回丈夫行吗？赵玉之女说，即便只做我一回丈夫，也会感怀君恩。于是两个人便在林子里苟且一次，然后高高兴兴地分手。

这就是地地道道的苟且了。在上述两例中，男女双方当事人连姓名也互不知晓，当然也不会有天长地久的考虑。他们或出于性饥渴，或出于性吸引，两相苟合，一而足矣，何用多余？这种并不打算长久的偷情方式，在中国古代称之为"露水夫妻"。露水存在的时间很短暂，不过只是天亮前一小会儿。太阳一出，便会消失得无影无踪。所以，这种苟合，一般地说，也不会造成太大的麻烦，除非女方不慎怀孕，或被人看见。

露水夫妻对于已婚者而言，应该说是一种最理想的偷情方式。它既能满足偷情者的某种需要（如性的需要，因配偶不在身边而受到冷落而产生的感情需要等等），又不会导致婚姻的破裂。因此，它便为那些既不愿意破坏婚姻、毁灭家庭，又确有偷情需要者所乐于使用，并把这种一次性苟合的对象称为"易拉罐式的情人"。

相对而言，"橡皮糖式"的情人就麻烦得多。

所谓"橡皮糖式"的，也就是"一粘上，就甩不开"的意思。

甩不开的原因也很多。有的是真产生了爱恋之情，难舍难分，一心希望"转正"；有的则是另有图谋，要把对方的偷情，当作狠敲一笔的把柄。无论何种原因，都会一口咬住不放，从而给当事的另一方，造成精神压力和实际困难。

橡皮糖式情人的共同特点，就是不想做露水夫妻。其最高纲领，是要对方离婚，与自己正式结合；其最低纲领，则是起码也要长期维持情人关系。但即便是这"起码"的要求，风险也很大。因为"纸里包不住火"，"没有不透风的墙"。一男一女两个人，要想长期姘居又不被人发现，几乎是天方夜谭，除非他们都有间谍特务的素质和能力，又有本事"打一枪换一个地方"，不断更换幽会地点。事实上能做到这一点的人极少。而且，即便能做到，麻烦且不说，久而久之，也会造成心理上的许多问题。因为每变换一次幽会地点，便等于重申一次这种行为的非法性，也会增加一分不道德感。这就会给他们的偷情蒙上一层阴影。偷情本应该是两相愉悦的事，如果不愉悦，偷情干什么呢？于是，总有一天，会有一方提出："我们老是这样偷偷摸摸的，算什么事呢？"这就必须提出一个最终的解决办法，而可选择的办法也无非三种：分手、离婚，还有一种是一了百了的——殉情或杀死对方。但是，如果能痛痛快快分手，那就不是"橡皮糖"了；而后两种选择的后果之严重，自不言而喻。事实上，许多罪案，均因此而起，而偷情之遭人谴责，原因也多半在于此。

由此可见，橡皮糖式的情人关系，是最麻烦、最危险，也最可能对社会造成危害的一种。因此，较之"易拉罐式"，它更引起人们的警觉。但是，易拉罐式的情人，毕竟可遇而不可求。它毕竟只能偶一为之，不可能成为常规方式，也难以满足某些人的需求。因此，有人设想一种最佳情人方式——"的士式"，也就是"招之即来，挥之即去，两相情愿，互不欠账"。不过，这种"理想"的情人，却总让人觉得有点像应召女郎。

看来，十全十美的办法，大概是没有的。

可惜，偷情这件事，却又从来就是屡禁不止的。

事实上，不但偷情的方式形形色色，而且偷情的原因也多种多样，有的值得同情，有的应该谴责，有的则一下子难以说清是非。

比较值得同情的一种是婚姻的不幸。其中最值得同情的又是当事人在家庭中又到歧视和虐待，而在情人那里得到体贴和关怀。这种情况，一般以女性为多。因为由于传统观念的影响，女性受配偶欺辱的现象相对较多，而一个怕老婆的男人，则是连情人也不敢找的。

不过，更多的情况，还是娶不如意，或嫁非其人。这种情况，在包办婚姻的时代，可谓屡见不鲜，即便在今天，也未必没有。比如前面说到的那位半老之后还要偷情的徐娘，便是一个不满意自己婚姻的人。她嫁给了皇帝，表面上看风光得很，其实内心十分苦闷。她甚至公然用嘲弄皇帝的方式来发泄内心的苦闷。萧绎瞎了一只眼睛，是个"独眼龙"，徐妃在化妆时便常常只打扮一半，名曰"半面妆"，其理由则居然是"反正一只眼睛只能看见一半"。古人云："士为知己者死，女为悦己者容。"徐妃的"半面妆"，显然就意味着在她看来，那个萧绎既不爱她，也不值得她爱。这自然大伤皇上的面子。元帝后来要她自杀，这也是原因之一。

婚姻不幸的具体情况也很多，有性格不合，有志趣不同，也有性生活不和谐等。比如明代福建莆田有一位徐姑娘，是一个有名的才女，聪颖好学，才华横溢，然而其所嫁者，却是一个胸无点墨的富家子弟俞公子。洞房花烛夜，徐姑娘请俞公子对诗，公子嗫嚅说，我不会作诗。姑娘又说，对句也罢。公子只好勉强说，请小姐出题。徐姑娘随手一指桌上两方石砚，脱口吟道："点点杨花入砚池，近朱者赤，近墨者黑。"俞公子呆了半天，一句话也答不上来。小姐含嗔一笑说，公子何不云"双双燕子飞帘幕，同声相应，同气相求"？俞公子还是反应不过来。这自然令人十分扫兴。但身不由己的徐小姐，此时也无可如何，只好硬着头皮去做俞公子的妻子。这样的夫妻，其婚后的生活不难想象，一定是了无趣味。所以，婚后没有几年，徐姑娘便抑郁而死。

徐姑娘的不幸，在于嫁非其人又生不逢时。如果她生在唐代，也许能偷情；如果生在当代，当然能离婚。但无论生在何时，如果有一位才华横溢的青年闯入她的生活，她多半抵御不了私奔的诱惑。

偷情中最应该谴责的是玩弄异性。

这是一些情不专一、见异思迁、喜新厌旧的人。在他们心目中，没有什么忠贞的爱情，而只有寻欢作乐、苟且行淫。因此，这一类人的私通，差不多都没有什么固定对象。比如《金瓶梅》中的西门庆，家中拥有妻妾六人，日夜纵欲无度，还要奸污使女，霸占仆妇，嫖玩妓女，私通情人，正如潘金莲所说，是"属皮匠的，缝（谐音"逢"）着的就上"。贾琏也是这样，丫头仆妇、清俊小厮，他都无不想勾搭上手。比如一个仆妇绰号叫"多姑娘儿"的，是一个"极不成材破烂酒头厨子"的老婆，妖冶异常，轻狂无比，和荣宁二府几乎所有仆人都有一腿，而贾琏居然也垂涎于她。终于，趁着自己女儿出痘疹，讲究忌讳，必须夫妻隔房，竟与多姑娘儿通奸。而且，一见面，"也不及情谈款叙，便宽衣动作起来"。那多姑娘儿还要故作浪语："你们姐儿出花儿，供着娘娘（指"痘疹娘娘"），你也该忌两日，倒为我腌臜了身子，快离了我这里罢。"谁知贾琏竟说："你就是'娘娘'，哪里还管什么'娘娘'呢！"这就简直是只要能够通奸行淫，什么都不顾忌了。

认真说来，贾琏与多姑娘儿，倒也半斤八两，都不是什么好东西；则他们的通奸，除了让人鄙视，也算不上什么罪恶。真正"罪不容赦"的，是那些骗取他人爱情，尤其是骗取未婚少女爱情者。之所以说罪不容赦，就因为情义无价。杀人可以偿命，借债可以还钱，而骗取爱情却无可补偿。它所造成的是心灵的创伤，而且会留下终身难愈的伤口。尽管在法律上，我们无法像设立诈骗钱财罪那样设定骗取爱情罪，但在道德上，实应视骗取爱情为更恶劣和严重的罪行。

事实上，这种行为造成的后果也往往是十分严重的。对于已婚妇女而言，可能会造成她婚姻破裂、有家难回；对于未婚少女而言，则可能造成她无法再嫁，抱恨终身。更严重一点的，还可能导致轻生。这就简直和谋杀没有什么两样了。尽管我们决不赞成一个人被骗取了爱情后就要轻生，但也决不能放过那些口是心非、玩弄异性的衣冠禽兽。

　　介乎婚姻不幸和玩弄异性之间的，还有许许多多难以尽说的复杂情况。比方说，少男少女和比自己年龄大得多的已婚男女偷情，情况就十分复杂。心理学的研究证明，情窦初开的少男少女，常常会产生一种连自己也说不清道不白的性爱冲动。而且，值得注意的是，少女们往往会偷偷爱上"成熟的男性"，而少男们则往往会依恋于介乎母亲和姐姐之间的女人。这种心理是很正常的，这种情感应该说也是很纯洁的。正因为这种情感其实很纯洁，因此被爱的那些已婚男女，便会觉得拒不忍心，结果越是当断不断，便越是不能自拔，终于弄得一塌糊涂，不可收拾。

　　又比如，初恋的情人，由于家庭、社会等原因不能结合，天各一方，若干年以后，过去的障碍已不存在，然而其中的一方可能已组成家庭。这时，当旧情人轻声叩门，询问"这一张旧船票，能否登上你的客船"时，又该如之何呢？

　　再比如，家庭生活并非不幸，双方感情并未破裂，却也比较淡漠，只不过了无情趣地过日子。这时，一个更有魅力的、懂得爱情的、能给其中一方带来真正幸福的第三者出现了，又该不该接受这种婚外之爱呢？

　　当然，如果当事人一方拥有一个充满了爱的幸福家庭，则上述问题也许就不成其为问题。但是，幸福从来就是相对的，更何况幸福的家庭又实在是凤毛麟角。中国有句老话，叫"家家有本难念的经"，其中就包括夫妻之间的不和谐在内。事实上，夫妻关系从来就比不上情人。因为情人之间，除了爱，没有别的。他们原本就是为了爱，才走到一起来的，自然越爱越深。夫妻则不同，他们之间的内容要多得多。除了性与爱，还有家庭建设、家庭责任、家庭义务，以及家庭成员关系（如婆媳、妯娌、翁婿等关系）的处理。不要说事务如此繁多，仅是家务劳动一项，便足以冲淡爱情的浪漫。从这个意义上讲，绝对理想的夫妻关系可以说根本就没有，任何恩爱夫妻、和谐家庭都只是相对的。然而人们却又总是要追求理想的爱情，要求夫妻关系像情人一样浪漫多姿。这就使得不少人婚前两情相悦，婚后大打出手，看配偶样样不顺眼，看情人处处都可爱。所谓"婚外恋"，可不就应运而生？

看来，对于包括"婚外恋"在内的偷情，正确的态度应该是实事求是，具体问题具体分析，该同情的同情，该谴责的谴责，该帮助的帮助，尽可能地找到既有利于社会、又有利于当事人的合理解决办法。可惜，中国传统社会对此却似乎缺少这样一种科学态度，而往往会采取一种粗暴的做法——捉奸。

捉奸心理

中国人爱"捉奸"，也爱看"捉奸"。

中国人为什么爱捉奸呢？从明面上看，当然是出于"正义感"。不管怎么说，通奸总是"不正当"的。不正则不义，不义之人，人人得而诛之。这就首先从前提上确定了捉奸的合理性。合理的事，总会有人去做。因此，只要有人通奸，就会有人捉奸，而且也不会只限于被捉者的丈夫或妻子。似乎不能怀疑这种"正义感"的真实性。事实上，不少捉奸者在行动时，心中确实是"正气一团"的。尤其是对地方风化负有责任的人，一听到消息，第一反应往往是勃然变色："这还了得！"即便一般的匹夫匹妇，也不会认为出了这种事情，是地方之幸，因此也会正义感油然而生，义愤填膺地前去举报，或亲去捉拿。

从这一点看，我们不能不承认，儒家的礼教风化确实是深入人心。男女之间"授受不亲"，妻妾妇人应"恪守妇道"，差不多已成了中国人的一种"文化无意识"。只要一听说男女两人私相幽会，也不问是张三是李四，是恋爱是通奸，都会立即闪出"捉奸"念头，弦绷得可真够紧的。

然而，只要认真分析一下，我们就不难发现，在捉奸者那一团"正气"的背后，似乎多少总会有一点正义之外的东西。

首先我们总得承认，世界上合理合法、正义正当的事，大概并不止于捉奸一件。然而许多人，对于抓贼、反贪、追捕逃犯和制止犯罪，似乎并未表现出捉奸时的那种热情，有的对于公安机关的执法，还会持一种不合作态度。这样算下来，则我们的正义感，似乎就要打一个折扣。

其次，捉奸之后的处置，也很奇怪。按说，抓到了"罪犯"，理应移送司法部门处理，比如抓到了小偷什么的，就是这样。当然也有抓到小偷后猛揍一顿的，这也好理解。然而捉到"奸夫淫妇"之后，最通常的做法，是要"游街"；即便不游街，也要"示众"；即便不示众，也要广播得满世界都知道；而踊跃前来观看者，也大有人在。这就又不能不让人进一步怀疑，捉奸的目的恐怕不在于捉，而更在于"看"。

那么，想"看"捉奸的心理是怎么产生的呢？

第一，捉奸本身就是一台戏。但凡一部戏剧作品应该具有的，如环境、人物、情节、动作、悬念、高潮，捉奸一事之中，无不齐备。况且，这又是些什么样的因素啊！环境是神秘的，人物是真实的，情节是紧张的，动作是惊险的，悬念是强烈的，高潮则是令人兴奋的。既是真人上场，又不用花钱买票，正可谓"不看白不看"，岂有不看之理？

第二，在捉奸这场戏中，可以看到许多平时想看、但无论在生活中还是在舞台上都难以看到的东西，比如赤身裸体的男女。运气好一点，还可以看到他俩的某些动作。这可是极具神秘感、吸引力、刺激性的场面，是平时花钱也看不到的，现在却可以不花钱白看。千载难逢的好机会，岂能错过？

第三，捉奸比一般的看戏还要过瘾。一般的看戏，是演员演，观众看。演员演得再好，也难免有虚假感，而且也缺乏交流。捉奸却是真人真事，真刀真枪，货真价实，不带掺假，有足够的真实感和现场感，而且自己也亲自上场，既当观众，又当演员，岂不过足了瘾？

第四，捉奸不仅仅是当观众，当演员，而且是当英雄，当大爷。你想想吧，那些"奸夫淫妇"，在捉奸者面前，哪一个不是惊慌失措、丢魂落魄、胆战心惊、磕头求饶？单是在那贼男女兴头正浓时冲将进去，大喝一声"你们干的好事"，就十分过瘾。看着他们从热被窝里滚落到冰冷地上，脸吓得发黄，浑身哆嗦，告饶不止，就够乐一阵子的。哪能不趁这机会幸灾乐祸一回，好好体验一下优越感？

第五，捉奸不但能当英雄，当大爷，而且当得十分便当。因为你打也好，骂也好，教训也好，对方可绝不敢还嘴还手。平时不敢说话的，这时不妨多说几句；平时不敢动手的，这时不妨大打出手；平时受过那"奸夫淫妇"气的，这时不妨趁机出气，平时对人低三下四的，这时大可趾高气扬。

总之，有的人对"捉奸"这事积极，大概是出于这样一种心态：既能一饱眼福，看一回好戏，又能一显身手，当一回英雄，还能博得众人喝彩，出一回风头。所以，一有捉奸任务，他们几乎不用动员，便会自觉上阵，踊跃前往。其他人也会偷偷摸摸去看。即便错过了机会，也不太要紧，因为后面还有游街和示众。看游街示众当然不及看捉奸过瘾，但有机会看总比没得看好。因此，当那男的光着上身、女的挂着破鞋游街时，看客也会十分踊跃。

然而我们还是不明白，捉住了"奸夫淫妇"之后，为什么一定要游街示众呢？

最直接的解释是：为了让他们"没脸见人"。俗话说，"人活一张脸，树活一张皮"，没脸没皮，人而不人。所以游街示众，乃是一种极重的处罚。但是，倘若那"奸夫淫妇"，原本是死不要脸的东西，或者他们原本就是真心相爱，因此而"不以为耻，反以为荣"，又怎么办呢？办法也是有的。中国古代对此，历来就有严酷的肉刑，大抵是男的割去阴茎，叫"腐刑"；女的破坏子宫，叫"幽闭"，总之是让他们再也无法成奸。还有一种更加惨无人道，叫"骑木驴"，大概是用刑具刺伤女性阴道使之致死。此外还有骑木驴再加零剐的，不过一般用于因通奸而导致谋杀亲夫者。《水浒传》中撮合潘金莲与西门庆通奸，又指使潘金莲谋杀了武大郎的王婆，受的就是此刑。

王婆的是非我们先不去管，因为这里面牵涉到对一个善良无辜者的谋杀，自然遭人痛恨。但如果只是两个人私通，并未谋财害命，也要男腐刑女幽闭，便未免令人人惑不解了。通奸即便不正当、不道德、有伤风化，处分也不该如此之重呀！

重，自然有重的道理。

首先，它表现了中国传统社会对男女关系的重视。这种重视在《周易》中，表述得十分清楚。《周易·易传》说："有天地然后有万物，有万物然后有男女，有男女然后有夫妇，有夫妇然后有父子，有父子然后有君臣，有君臣然后有上下，有上下然后礼仪有所错。"这就简直是把男女关系，提到安邦定国的高度了。依照这个逻辑，则男女关系如果不正，就会天下大乱，亡种亡国，所以又说："男女正，天地之大义也。"可惜，匹夫匹妇、平民百姓并不懂《周易》。对于他们，只能用重刑来加以威慑。如果对于通奸偷汉者，所给予的处分，竟是轻描淡写的一番教育，那就显然无法起到杀一儆百的作用。

不过，重刑固然能表示重视，但如此的重视，岂非又反过来证明了通奸偷情之事，其实是防不胜防的？或者说，是不用重刑，便不足以防患于未然的？从逻辑上讲，恐怕只能做这样的理解。那么，通奸偷情之事，为什么又防不胜防呢？如此防不胜防，岂非又反过来证明了，在内心深处也想干那种事的，其实并不只有一个两个？

其实，中国早就有句话，叫作"万恶淫为首，论迹不论心，论心千古无完人"。也就是说，淫心是难免人人都会有的。正因为淫心难免人人都有，所以，如不施以高压重刑，就势必弄得天下大乱。

但是，高压也好，重刑也好，都不过只是当局的事，老百姓们也跟着掺和什么呢？

少数人积极参与对"奸夫淫妇"的惩处，自然有他们的原因。首先，他们需要宣泄。淫心刚才说过，是许多人都难免会有的。只不过基于道德、慑于重刑、碍于条件，不敢付诸行动罢了。这样一来，他们的内心深处，就会感到压抑，这就需要宣泄。如果他们发现自己想干而又不敢干的事，别人居然干了，而且还在干的过程中获得了快感，则压抑便会转为愤怒。因为要干就大家都干，要不干就大家都不干，凭什么"和尚摸得，我摸不得"呢？这实在太岂有此理，太令人愤愤不平了。这无疑也需要宣泄。捉奸，以及捉奸后的惩处，恰恰正好可以既宣泄压抑，又宣泄愤怒，当然大家也就不用动员而踊跃前往。

其次，他们也需要表白。不偷情、不通奸、不淫乱，是高尚、清白、光荣的事。这就必须让别人知道。别人不知道，不赞扬，则光荣感等等，也就无由产生。这和一个人做了好事以后希望得到表扬的心理是一样的。但是，做好事和不做坏事却并不一样。"做"有形迹，是已然发生的事情。做了就是做了，无论是否有人知道，它都是一个事实。有这个事实在，即便别人不知道，至少自己知道，可以问心无愧。不做就难讲了，因为它无迹可查。你今天没做，谁知道明天会不会做呢？事实上没做，谁知道心里想不想做呢？不但别人无从知道，便是自己心里，恐怕也完全没有底。这就需要表白，需要向别人也向自己表白：自己不但"没做"那些坏事，而且"根本不想"做那些坏事。

捉奸、看捉奸、惩处奸夫淫妇，无疑是最好的宣泄方式和表白方式。因为"奸夫淫妇"们绝不敢也不会积极地参与捉奸（除非是自己的配偶与人通奸）。且不说"兔死狐悲，物伤其类"，至少也会"做贼心虚"，不至于"贼喊捉贼"。所以，积极参与捉奸和惩处奸夫淫妇，便等于向大家宣布自己既非奸人，亦无淫心，而压抑在心理深层的淫心，又在这一过程中得到宣泄，岂非一举两得、一箭双雕？

正因为捉奸和惩处奸夫淫妇是一种宣泄和表白，因此其行为也就必然过激。

首先，过激才过瘾。既然是宣泄，就必须泄个痛快；而行为如不过激，则快感何由产生？更何况，在这里，要宣泄的东西又何其之多啊！有因自己不能偷情所生之压抑，又有因他人公然偷情所生之愤怒，轻描淡写地来两下怎么打发得了？这才有腐刑和幽闭之类刑法的发明。这两种刑法，最能让那些愤愤不平者心理平衡：在我们大家都不能随便"快活"时，这对狗男女居然私下里"快活"了，那就让他们今生今世再也"快活"不成。这下子，我们大家不就"心里快活"了？

其次，过激才有效。因为中国有条不成文的逻辑：一种行动如果被公认是"正义"的，那么，在行动中，行为越是过激，则其动机便将被认为越是正义。比如李逵的许多行动都是过激的，但他却正因为此而被公认为梁山上最够义气的哥们。在传统社会中，人们急于要表现的是道德的高尚和行为的清白，其中就包括"不好色""不淫欲"。这种表白当然只能借助于对"奸夫淫妇"的"满腔义愤"。既然每个人都已"义愤填膺""怒火满腔"，那么，不出现过激的行为，就反倒不正常了。

以上两种心理，自然是男人女人都有的。不过，相比较而言，则男人更多的是出于宣泄，而女人更多的是出于表白。因为男人比女人更喜欢"偷鸡摸狗"，而女人比男人更需要"自证清白"。中国历来只有女人的贞节牌坊，没有男人的贞节牌坊，而且一旦发生通奸案，也多半会归结女方的"勾引"，而男方则不过"意志薄弱"而已。既然女人往往被视为祸端，则正派女人便极需证明自己不是祸水。所以，在这时，有两件事是女人必须要做的。一件是在那"淫妇"游街示众时，冲出来向她吐口水，或扔泼污物，此则以彼之"污"证己之"清"；一件是在议论那"淫妇"罪行时，极尽口诛之能事，此则以彼之"淫"证己之"贞"。总之，必须以对那"坏女人"的义愤，来证明自己是"好女人"。不过，义愤再强烈，也只能对准那"骚货"。如果口水吐到"奸夫"身上，便会让人疑心自己与那男人有染，或被那流氓"打过主意"的，岂不是欲证其"清"反被其"污"吗？这个脸可丢不起，这种赔本买卖当然也决不能做。

240

第八章　闲话

荤话与风话

其实，当"正派"的男男女女们对"奸夫淫妇"口诛笔伐、游街示众、攻击辱骂，极力表示自己的"义愤"和"清白"时，几乎所有的人都忘记了中国一句古老的成语和一句古老的俗话，这就是"欲盖弥彰"和"此地无银三百两"。

的确，当人们必须积极主动地极力表白自己并无某种念头时，往往就在实际上反过来证明了他其实是有着某种念头的，而且还十分强烈。如果真的没有这种念头，那么，他就连想都不会想到它，当然也就不会想到要去表白。比方说，你什么时候看到一个中国农民再三向人表白自己不想当美国总统的？当然不会。需要表白的只有两种情况：一是自己确有这一念头，二是别人都认定自己有此念头。那么，中国人如此热衷于在捉奸时表白自己，岂非恰好证明他们自己也有通奸偷情的念头，并因此而疑心他人也同此凉热？

其实，这也是公开的秘密。

道理也很简单：人们如此积极主动地去捉奸，趋之若鹜地去看奸，本身就表明人们对此颇感兴趣。没有兴趣，是连看都不会去看的。没有艺术兴趣的人不会去看画展，没有科学兴趣的人不会去看实验，对于性毫无兴趣的人当然也不会去看捉奸。

从这个意义上可以说，捉奸的兴趣，其实也就是对性的兴趣。

性兴趣的产生，其实也是很自然的事。"人非草木，孰能无情"，这个"情"，其实也包括性与性爱在内。古人云："食色，性也。"也就是说，食欲和性欲，乃是人的天性和本能。然而，在中国传统社会，食（饮食）与色（性爱）的地位却并不平等。人们可以食不厌精，脍不厌细，品尝百味，吃遍天下，却不能把性也堂而皇之地端上桌面，只能在背地里偷偷摸摸。偷偷摸摸也没有什么不可以，何况做爱毕竟不能像吃饭那样大张旗鼓，大摆宴席。

然而问题在于，可以公开谈论的"吃"，其实主要是一个"做"的问题（做饭和吃饭），而不能公开讨论的"性"，却又恰恰是一个"让人来说的东西"。正如法国学者米歇尔·福柯在其著名的《性史》一书中所指出，性不论其是文雅还是粗俗，最终都得转化成言语，被说出来。事实上，在性不得不受到压抑的时代，说也是一种宣泄，而且是一种对社会危害最小的轻度宣泄。所以，在世界各民族中，几乎都可以看到用说来宣泄性的做法。在基督教世界中，它可能主要是密室之中向上帝所做的忏悔，而在中国，它则主要表现为田间地头、茶楼巷口的"闲话"。

中国人爱说闲话，尤其爱说有关男女关系的闲话。

什么是"闲话"呢？就是人们在闲谈时说的话。所以，但凡一切与正事或公事无关的闲事，一切个人的私事、小事，都可以成为闲话的话题，而一切不愿意、不能够，或者不值得摆在桌面上公然进行的议论和批评，都可以成为闲话，或被看作闲话。男女关系这件事，既是私事、小事，对于议论者而言又是与己无关的闲事，又不能公然地摆在桌面上作为"官话"来讲，当然多半也就只能变成闲话。闲话虽然无关宏旨，但又必须饶有趣味，大家才乐意去讲。男女关系这事恰恰都是人人都有兴趣的，当然也就会成为闲话的热门话题。有关男女关系的闲话，无非两大类：一类是涉及自己身边人身边事的，往往带有非正式议论批评的意思；另一类并不涉及具体的人和事，只是谈今说古，泛议男女，是闲了没事说说好玩，供听者一乐的。前一类现实性强，是热点，但要有机会（身边发生了"搞男女关系"的事）。所以，平时说得多的，还是后一类闲话。

后一类闲话，又分有情节的和无情节的两种。有情节的通常叫"荤故事"，没情节的则叫"荤话"。荤话包括各种与性有关的俚语、俗话、民谣、小曲、典故、暗号、谜语、歇后语，也广义地包括"荤故事"。

大多数"荤话"的特征：含糊其词，一语双关，多用隐喻、象征、借代等修辞手法，让听者在似与不似之间自由想象。清人李渔在《答同席诸子》中云："即不如离，近不如远，和盘托出，不若使人想象于无穷。"中国的民众虽然没有读过什么美学著作，在这方面倒是无师自通。他们深知，将性赤裸裸地说出，不但"有伤风化"，而且也未必真有"剧场效果"，还不如指桑说槐，借题发挥，让别人去心领神会。反正中国人在这方面特别敏感，只要稍有点拨，便会恍然大悟。鲁迅先生说："一见短袖子，立刻想到白臂膊，立刻想到全裸体，立刻想到生殖器，立刻想到性交，立刻想到杂交，立刻想到私生子。中国人的想象唯在这一层能够如此跃进。"究其所以，只怕十有八九是这类闲话培养出来的。

讲荤话无疑是一种性宣泄。一般地说，它总是能引起比较强烈的心理反应：先是紧张的期待（不知那家伙会说出什么鬼话来），然后是放声的大笑（心领神会，原来是那么回事）。于是，在这一张一弛之中，意识阈下积淀的心理能量便得到了释放，被压抑的性骚动也得到了宣泄和缓解。应该说，这也不算什么坏事。它至少能减少一些因性压抑而导致性错乱和性犯罪的可能性，多少给性饥渴者一点替代性的满足。所以，中国历来就有荤话，而历朝历代的当局，对于广泛流传于民间的荤话，也睁一只眼闭一只眼。只要不载于文字，印成书本，造成淫秽后果，也就一任民众即兴创作，口口相传。

事实上，禁止民间的荤话，既无必要，也无可能。一方面，"礼不下庶人"，真正要紧的，是统治者家族血统的纯正、嫡庶的分明，庶人们并无多少权力和财产可继承，即便生了私生子，也没有什么大乱子；另一方面，"天高皇帝远"，社会底层的事，老实说，当局想管也管不了，何况这本来就是小事。所以，尽管中国传统礼教历来强调"别夫妇""正人伦""设男女之大防"，但在民间，其实并不怎么太把男女关系当回事。男女之间的接触交往既非严格的"授受不亲"，打情骂俏、调戏说笑的事更是家常便饭。就连武松这样的英雄都会随便调笑妇人，和酒店的老板娘说风话，吃豆腐，则其余可想而知。

"风话"不是"疯话"，而是调情的话。"风"本有雌雄男女相诱之义，所谓"争风吃醋"的"风"即是。"吃豆腐"的说法更妙。豆腐白嫩，可以联想到女人的肉体；豆腐又是素的，暗指并无实际上的性关系，只是"嘴巴上快活"。要之，说风话，吃豆腐，都是"言行不一"，"动口不动手"的。既然只动口，不动手，当然仍是"君子"，既无伤大雅，也无碍大局。说的人既不怕被视为流氓，被说的人也不会觉得是受了欺侮，听的人当然也乐得在旁哄堂大笑，岂非大家都很开心？

因此，男女之间，如果关系很好，很随意，也很"干净"，说话就不会有什么忌讳，也就会由说荤话而至说风话。其实，这两者之间，原本没有太大区别，只不过说给大家听的叫"荤话"，说给特定对象（主要指女性）叫"风话"罢了。

说风话的对象，有一条不成文的规定，即绝不可以对未婚少女说。对未婚少女说风话，是极大的忌讳和罪孽。谁要是这样做了，不但少女本人会勃然变色，怒斥流氓，少女的父兄以及路见不平者，也会来兴师问罪，痛打色鬼。严重一点的，有时还会闹出人命案来。

对下列三种人说风话则是百无禁忌的：一是新娘子，二是老板娘，三是关系不亲不疏的已婚妇女。这里说的老板娘，主要指那些开茶馆、酒楼、饭铺、旅店，自己又抛头露面，出来接待客人的那种。她们做的，原本是迎来送往的生意，信奉的生意经，是"来的都是客，全凭嘴一张，相逢开门笑，过后不思量"。既然"全凭嘴一张"，自然少不了要由着客人们说几句风话，反正"过后不思量"，也出不了什么大乱子，反倒能和气生财，逗得客人高兴，多开销几两银子。如果这老板娘原本兼做皮肉生意，当然更不忌讳风话，反倒要借此多做一笔买卖。所以，不少的小老板，即便是做规矩生意的，也乐意让自己年轻貌美的老婆当垆卖酒，以便吸引顾客、招揽生意、兜售买卖，或趁客人与老板娘挤眉弄眼时，往酒里兑水。

另两种情况，就要复杂一点了。

先说新娘子。中国许多地方，都有"闹洞房"的风俗。在这时，和新郎新娘大开荤玩笑，不但绝无禁忌，而且还是婚礼上重要的节目之一。没有这个节目，婚礼便显得"没意思"，至少是"不热闹"。婚礼中被礼教维护者极力推崇的那些节目，如拜天地、拜父母等，都不过行礼如仪，一般老百姓对此并不热心。他们最想看的，一是掀盖头，二是闹洞房。节目进行到这一程序时，所有的宾客精神都会为之一振，连平时最老实、最本分的妇女，也会站在人群的外围，静静地笑着欣赏。那些未婚的男青年，更视此时为他们的盛大节日。因为这是他们积郁已久的性苦闷，可以尽情一泄的合法时机，岂能错过？于是，平时偷学的那些荤话，便会竹筒倒豆子似的向新娘倾泻。反正那新娘子，无论平时如何高傲娇贵，这时都还不得口。同样，那新郎无论平时如何蛮横跋扈，这时也只好哑巴吃黄连。那么，不趁这时去占占便宜，吃吃豆腐，岂不真是"亏"了自己，"便宜"了那本来就"得了便宜"的一对新人？

闹洞房的风俗起于何时，现在大概已无从稽考了。只知道最早的文献记载，见于西汉仲长统所撰之《昌言》。据说当时闹洞房的情况，是"捶杖以督之戏谑，酒醴以趣之情欲，宣淫佚于广众之中，显阴私于族亲之间"，大约是借酒发疯，趁机起哄，大讲荤话、风话，把平时不可公之于众的东西都抖搂出来。不难想象，这种闹法，是围绕着"性"这个核心来进行的。所以仲长统认为这是一种"污风诡俗"，应该严加禁止。

其实，自汉代始，中国婚俗中"不像话"的事，除闹洞房外，还有"听房"。所谓听房，就是"新婚之夕，于窗外窃听新妇言语及其动作，以为笑乐"。听房这件事，也是载入史册的。比如东汉望族袁隗娶名儒马融之女为妻，就有人听房。这事后来记载在《后汉书》中。以马融之德高，袁隗之望重，豪族府邸之中，尚有此事，则民间可想而知。

因此我怀疑，闹房与听房之俗，大约古已有之。它们很可能是一种极其古老的原始习俗，其本来目的，是对部落的青年进行性启蒙教育。不过天长日久，世风日下，民心不古，性教育的方式，便变成了性宣泄的手段。而且，在某些时代和某些地方，还闹得极不像话。有的把新娘引至庭前，翻衣服，脱鞋子，品头论足，任意戏弄，以致

"庙见之妇，同于倚门之娼"；有的大动干戈，舞弄棍棒，吊打新郎，甚至弄出人命案来，使"红事"变成了"白事"。显然，这就不是性的宣泄，而是心理变态了。

应该说，这里面有一个度的问题。任何玩笑，都应该以不伤害对方为度。这就像挠痒痒，轻轻抓挠几下，挺舒服；下手重了，抓破皮肤，性质就变了。荤玩笑就更应适度，因为它极易造成对对方人格的侮辱，尊严的侵犯，也极易造成伤风败俗的不良社会效果。但是，这个度并不好把握。而且老实说，再适度的荤玩笑，也毕竟不雅；在婚礼上对新郎新娘大起其哄，强人所难，也极不文明。无论怎样，要求新人当众出丑，总是对他人不尊重的做法。因此，随着我国城乡居民文明程度的提高，相信这种陈规陋习，也终会销声匿迹，不复存在。

老板娘不是每天都要打交道的人，新娘子更是十年九不遇，平时可以与之随便说说风话，开开荤玩笑的，大约便只有关系不亲不疏的已婚妇女一种。为什么必须是已婚妇女，又必须关系不亲不疏呢？这就涉及中国传统社会中两性关系的一系列微妙问题了。

微妙关系两种

一般说来，在中国传统社会，男子娶妻的先后，是以年龄为序的。当哥哥的还没有娶亲，做弟弟的只好等着。这样一来，已婚妇女和其他未婚男子之间，便有了"叔嫂之谊"。因为那些未婚男子，不是丈夫的兄弟，便是丈夫的堂兄弟、表兄弟、族兄弟，或者可以视为兄弟的哥们儿，则已婚妇女，自然也就是嫂子了。

叔嫂关系是一种最微妙的关系。

在我们先人所设的"男女之大防"中，有一条很重要的规定，叫"叔嫂不通问"，即嫂子与小叔之间，是连话也不能说的。为什么要做如此严格的规定呢？就因为叔嫂之间，极容易发生奸情。叔嫂年龄相近，又天天生活在一起，倘若两情相悦，简直防不胜防。更何况，弟弟看见哥哥与嫂嫂亲热，总难免见景生情；嫂嫂看见小叔比丈夫年轻，也难免见异思迁。要想他们两人真的"井水不犯河水"，哪里保得住呢？弄不好，便会做了一锅"杂烩汤"。

这可是最严重的乱伦和最大的丑闻之一。因为依礼，"长兄如父，长嫂如母"，叔嫂通奸，简直无异于弑父娶母，岂不是形同禽兽？所以，最好的办法，就是把他们隔离起来，连话也不许说，这才能防患于未然，至少也能避免瓜田李下的嫌疑。

不过，这一规定虽说有理，实际上却很少具有可操作性。不要说必须共同劳作生活的小家小户做不到，便是大户人家，其实也很难做到。贾宝玉和王熙凤就是叔嫂，通问不通问呢？并不少通。事实上，在中国传统家族中，嫂子和未婚小叔之间，不但常常通问，而且关系和感情往往也比较好。前已说过，中国已婚的女性，往往都天然地有一种母性。如果说她们对丈夫的疼爱，已有几分母亲对儿子的意思，那么，她们对于未婚的小叔子，便更有母亲对待小儿子的味道。在不少已婚女性看来，小叔子是最需要由自己来疼爱的：他们年纪小，又没有媳妇心疼，那么，嫂子不疼谁来疼？所以，照料兄弟饮食起居的固然是嫂子，热心为他张罗娶媳妇的，也往往是嫂子而不是哥哥。这种情况是屡见不鲜的。比如王熙凤和贾宝玉的感情，就远远超过贾琏。在《红楼梦》一书中，我们常常可以看到凤姐对宝玉的真心呵护和疼爱。这里面除了有一种惺惺相惜的赞赏，以及多少有讨好贾母（贾母疼宝玉）的功利成分，叔嫂之情，也是原因之一。因为凤姐对那"不成器""没人疼"的贾环，也同样挺爱护的，至少不那么欺负他。

已婚妇女不但往往比较疼爱自己的小叔子，而且，对于自己丈夫的那些未婚男朋友、男同事，亦即一切可以广义地看作小叔子者，差不多也都有这样一种呵护疼爱之心。因为由此及彼和推己及人，是一种很自然的心理倾向。既然"老吾老"，可以"以及人之老"；"幼吾幼"，可以"以及人之幼"；那么，"弟吾弟"，怎么就不可以"以及人之弟"呢？当然可以。更何况，母爱又是一种多么博大的爱啊！当一个女人以母爱之心来看待世界时，她的爱心是可能会超出家庭范围的。而在她们看来，最值得怜爱和疼爱的，又是那些未婚男子，即那些没有女人心疼的"大男孩"。

这里面的心理原因是很深层的。

一个比较现实的深层心理原因，我们无妨称之为"恋子情结"。恋子情结产生的原因，有生理的，也有社会的。生理的原因是"异性相恋"，社会的原因则是母以子贵。父亲较疼女儿，母亲较疼儿子，这可能是人类的共性。这种共性加上母以子贵，就使得中国女性的恋子情结格外严重。这种情结是有遗传性和感染力的。因此一个已婚的女子，不管她是否已有生育，都会以一种母亲疼爱儿子的心理，去对待她的丈夫，她的小叔子，以及一切可以视为小叔子的青年男子。

另一个比较古老的深层心理原因，则似乎可以称之为"群婚情结"。我们知道，在原始时代的某一时期，一个女子如果成了一个男子的妻子，往往也就意味着她同时也是这个男子兄弟的共同妻子，正如一个男子如果成了一个女子的丈夫，往往也就意味着他同时也是这个女子姐妹的共同丈夫一样。更何况，中国原本就有"兄终弟及"的传统，即丈夫去世后，兄弟可以娶嫂为妻。从这个意义上讲，哥哥的妻子，就是弟弟的半个未婚妻。这其实才是叔嫂关系微妙中之最微妙者，也是规定"叔嫂不通问"之最深刻的用心。因为这种"准未婚妻"关系，极易导致弟弟的非分之想。它不但会导致乱伦，而且还有可能导致弑兄，而弑兄对于做兄弟的来说，又是一举两得的事：既能夺妻，又能夺嫡（夺取长兄的嫡子地位），连老婆带财产和权力一并继承，那可真是一种挡不住的诱惑呢！

然而，做小叔子的，如果并非亲兄弟，就没有这种"犯罪动机"。因为"兄终弟及"，仅限于亲兄弟。于是，堂兄弟、表兄弟、族兄弟、把兄弟，与嫂嫂之间，反倒比真叔嫂关系更可随便。因为一方面，在礼法和习俗上，他们并非"准未婚夫妻"；另一方面，在心理和情感上，又毕竟有"叔嫂之谊"。所以，未婚男子与已婚妇女之间，如果处于一种不亲不疏的关系（太疏不成叔嫂，太亲又有嫌疑），那么，他们就极有可能，成为一种"准情人"。所谓"准情人"，就是既不像真情人那样，真有恋爱关系和性关系，但相互之间的交往中，又多多少少带有一点性爱的意味。其具体表现，就是"说风话"和"吃豆腐"。

在这种场合中，有两类人的态度颇为有趣。

一类是未婚少女。她们是不能参加这种调笑的，男人们也不得和她们开这种玩笑，否则便是流氓行为。可见，即便在不怎么把性当回事的民间，少女的贞操仍是极为看重的事情。男孩们不妨受些"污染"，少女们则必须保持"清白"。甚至，在上述场合，如果有一位少女板起脸来起身走掉，则闹剧也会立即自动终止，众人脸上也会觉得讪讪的，很不好意思。看来，守贞的少女确有一种圣洁感，其影响虽无形，却又相当有力。

另一类是当事人的丈夫。当人们对一位已婚妇女大说风话，嬉闹调笑时，她的丈夫只能袖手旁观，绝不能出面制止。出面制止，不但无济于事，反而只会把事情闹大，连自己也赔进去。轻一点的，人们会嘲笑说："怎么，疼媳妇啦？"在中国，疼媳妇比怕老婆还丢人，这个脸可丢不起。重一点的，或许会把那做丈夫的也推上第一线，让他和自己的老婆站在一起"挨批斗"，这个脸同样也丢不起。高明的办法，当然只能是不闻不问，装糊涂。

实际上，这种事情，往往也用不着老公们来"帮倒忙"，女人们自己就能对付。说白了，做人之难，无非就是一张脸皮。"人不要脸，鬼都害怕。"已婚妇女说起风话来，只怕比男人还厉害。其结果，往往是挑起事端的小青年们由色胆包天到招架不住，最后在一片哄笑中落荒而逃。

丈夫们的袖手旁观，原因还在于他们深知，对于未婚男青年和自己老婆打情骂俏这种事，是必须睁一只眼闭一只眼，认不得真的。首先，这种事本来就不是真的，不过玩笑而已，你要是认起真来，先不先就让人觉得可笑。其次，大家乡里乡亲的，抬头不见低头见，五百年前是一家，都是"弟兄"，现在不过只是开开玩笑，过过嘴巴瘾，有什么好大惊小怪的呢？所以，谁要是连这种事也较起真来，便会遭人蔑视，认为这小子实在太小气，太不像男人，也太不够哥们儿。你小子热茶热饭热炕头，享尽了人间清福，弟兄们却在"打饥荒"，还不许大伙儿嘴头上快活快活吗？可以肯定，谁要是在这种场合认了真，谁就会在村子里弄得极没有人缘。当然对于那女人而言，也如此。

做丈夫的必须积极支持和肯定妻子疼爱小叔子，做妻子的却断然不会容忍丈夫疼爱小姨子。中国传统社会男女之间不平等，而且总是男的占便宜女的吃亏，唯独这是一个例外。

姐夫与小姨子的关系也是最微妙的。

姐夫与小姨子的关系，是微妙到连称谓都没有的。中国人极重亲属关系，而且极重亲属关系的种类和层次。不同的关系，都有专门的说法，比如夫妻、婆媳、岳婿、叔嫂、姑嫂、妯娌、连襟、亲家等。姐夫与小姨子的关系却似乎无此专业术语，不知是"重男轻女"的观念所致，还是古人有意要淡化这种关系。

的确，较之叔嫂，姐夫与小姨子之间更容易发生奸情。小姨子似妻，很容易让做丈夫的由此及彼；姐夫如兄，也很容易让当妹妹的顿生羡慕；而男人喜欢年轻女子，女子倾慕成熟男性，又本是人之常情。所以，一旦妻子人老珠黄，成为"明日黄花"，丈夫便很可能会垂青于"豆蔻梢头二月初"的小姨子，而情窦初开的小姨子，也可能为姐夫"成熟的魅力"所倾倒。更何况，依"媵制"，男子原本是有权将自己妻子已经成人的妹妹娶进家门，以为"娥皇女英之事"的，因此也不算非分之想。事实上，姐夫偷小姨子之事，历史上屡见不鲜。最有名的，是南唐后主李煜。据说他在正妻大周后抱病时，便与小姨（即后来的小周后）私通，还留下了据说是描写小周后"手提金缕鞋"，蹑手蹑脚来画堂南畔偷情的《菩萨蛮》。这可真是铁证如山了。

因此，当妻子的，对于丈夫与妹妹的关系，便不能不倍加警惕。不但必须防着妹妹，便是与妹妹相仿的女性，也必须严加防范。自己的那些年轻貌美的女朋友、女同事，最好不要带到家里来，以免引狼入室；丈夫的女同学、女同事，也最好看紧一点，以免变生不测。这实在很辛苦，但也没有法子，而且总比当真闹出什么丑闻或者因第三者插足而导致家庭破裂好。

这种高度警惕和小心防范，当然会弄得杯弓蛇影、风声鹤唳，产生不必要的误会，闹出不愉快的结局。比如，丈夫和小姨（或别的女孩）原本没什么事的，妻子一闹，反倒提醒了他们，或者让他们产生了逆反心理，偏要弄假成真，岂非没事找事，自作自受？可惜，这种事情，也时有发生。而且发生的概率，也未必就比姐夫偷小姨子低多少，这可真是一件让人啼笑皆非的事。

然而，妻子们却不能不保持她们的警惕性。

事实上，公众舆论对于这种事，其敏感程度，也不低于妻子们。在任何社区和单位，一个已婚男子如果和一个未婚少女关系比较密切，就难保没有人来说闲话。

这种敏感不能说完全没有道理，因为男女关系本来就是敏感的事。现代社会虽然不再讲"设男女之大防"，但一男一女两个人关系如果太密切，也总得有个说法才好，否则便会让人生疑。其他关系大致都是有"说法"的。比如，未婚男女关系好，可能是"恋爱"；已婚男女关系好，可能是"友谊"。因为已婚男女各自有家有室，双方都有人盯着管着，越轨的可能性总是相对比较少，无妨以善意视之。已婚女子与未婚男子关系好，则可能是"关怀"。因为已婚女子之于单身男子，一半像母亲，一半像姐姐，偷情的可能性也相对比较少。如果两人年龄悬殊较大，则更可放心。最不能让人放心的，是已婚男子与未婚少女关系好。他们有什么理由关系好呢？没有，既然没有，那就"不正当"。

所以，中国的男女关系中，最必须注意"瓜田李下"嫌疑的，就是已婚男子与未婚少女。而且，一旦闹出事来，受损失最重的，往往是男方。因为女孩子可以解释为"不懂事"（但也难免被斥为"不自重"），男方则无任何理由可以自圆其说。老婆会闹离婚自不必说，单位上风言风语，甚至领导来找谈话也不必说，女孩子的家长也有可能找上门来讨个说法。这样一来，还不闹个沸反盈天，名誉扫地？

当然，事情闹到最后，还是男女双方都深受其害。一个女孩子家，居然和一个有老婆的男人鬼混，当然不是好货；一个已有妻室的男子，居然去勾引涉世未深的少女，自然是流氓。那么，这一男一女是否真有"奸情"呢？这就没人深究了，无非捕风捉影，想当然耳！但是，"想当然"是不犯法的，"说闲话"也是不犯法的。要想让别人不说闲话，就只有自己检点行为，认清界限，不要没来头地去惹是非。至于妻子们，即便仅仅是为了不让别人说自己丈夫的闲话，弄得门前不得清净，也不能不对此保持高度的警惕。

孤男寡女

另一类极易招来闲话的是"孤男寡女"。

所谓"孤男寡女"，就是指那些大大超过了婚龄的单身男女，以及丧偶或离异后没有再嫁或续弦的已婚失偶男女。他们在总体上可以归为三类，即独身男女、寡妇和鳏夫。对待这三类人，中国人通常的态度并不完全相同。

对于鳏夫，人们普遍持一种同情态度。所谓"鳏"（读如"关"），原指老而无妻的人，特指丧偶的老年男子，泛指一切失偶的男人。在中国人看来，这是最不幸、最值得同情的四种人之一。这四种人是：鳏、寡、孤、独。鳏是丧妻之人，寡是丧夫之人，孤是丧父之人，独是丧子之人，即鳏夫、寡妇、孤儿、独老。孟子说："此四者，天下之穷民而无告者，文王发政施仁，必先斯四者。"就是说，这四种人，是最需要帮助的。所以周文王施仁政、搞救济时，总是先从他们开始。中国人还认为，一个人，如果少年丧父，中年丧妻（或丧夫），晚年丧子，那就是不幸中之最不幸者，也是最最值得同情的人。

这种同情是很自然的，也是很人道的。因为对于任何人而言，家庭成员的丧失，都不能不说是一种不幸。孩子失去了父亲，就无人抚养；老人失去了儿子，就无人赡养；妻子失去了丈夫，就无人供养；丈夫失去了妻子，就无人调养。家庭是残缺的，心灵是受损的，生活是困难的，当然让人同情。

然而，这种同情却并不均等。就拿对待同是丧偶的鳏和寡来说，态度就大不一样。对待鳏夫，人们是既同情又谅解。鳏夫续弦，人们认为是"理所当然"，因为男人死了妻子，当然要再娶继室，以免"中馈空缺"；鳏夫不续弦，人们也认为无可厚非，因为这可以解释为对亡妻恩爱不忘，是"重情之人"，或者解释为怕后娘亏待子女，是"慈爱之父"。

对待寡妇，态度就不同了。新寡之时，人们是深表同情的。过了一段时间后，人们的眼光，便开始变得冷酷而挑剔，要看这个寡妇再嫁不再嫁，守节不守节。如果再嫁，人们便会大摇其头："一女不事二夫。"寡妇岂可再嫁？若告以生存困难，也难得到谅解：不就是怕没饭吃吗？"饿死事小，失节事大"嘛！只要意志坚定，有什么守不住的？如果守节，也不一定能换来满堂喝彩，因为人们还要观察，还要考验，要看她到底"守不守得住"。这种怀疑的目光，总要等到这寡妇已成老妇，断然没有再嫁的可能，才会变为敬重，但此时的寡妇，只怕早已心如死灰了。

这种怀疑也并非没有"道理"，因为守节极难。

第一难是"生存难"。首先经济上就很困难：既不能坐吃山空，又不能抛头露面，外出谋职，则生活何以为继？其次是人身权、财产权没有保障。在中国传统社会，家庭私有财产是属于男人的，女人没有产权。丈夫一死，如果又没有儿子，则家产就有可能被视为"无主公产"而遭劫掠，甚至连自己也会身不由己。比如祥林嫂丧夫后，便被婆婆卖掉，想守寡也守不成。明末名士钱谦益死后，族人便要瓜分其财产，幸得柳如是拼死一搏，才得保全，而柳如是这样有胆有识的女人，又能有几个？

第二难是"精神苦"。有一首民谣唱道："小寡妇，十七八，掀开珠帘没有他。靴帽襕衫床边挂，烟袋荷包没人拿。关上门，黑古洞；开了门，满天星。擦着火，点上灯。灯看我，我看灯，看来看去冷清清。"明代冯梦龙《情史类略》中还记载了一件事，说是有一位被表旌的寡妇，寿高八十，临终时招其子媳到床前嘱咐说，以后我们家，倘若不幸有人年轻守寡，一定要迅速把她嫁出去，不要守，因为"节妇非容易事也"。说完，伸出左手给大家看，掌心有一块大疤。老太太告诉家人，这是她年轻守寡时，"中夜心动"，只好以手拍案自忍，不慎误触烛台所伤。可见青年寡妇，内心何等压抑，寂寞又何等难耐。这种精神上的痛苦，无疑只有过来人，才体会得到。清人沈起凤《谐铎》中也有类似记载。可见寡妇的精神苦闷与性压抑，已一再被引起注意了。

第三难是"性骚扰"。正因为人们深知寡妇几乎无不处于性压抑和性苦闷中，因此不少好色之徒，便不免起了趁火打劫、乘虚而入之心。在他们看来，寡妇都是叫春的猫，只要一勾引就会上手的。所以寡妇的门前，总是少不了色狼的骚扰和纠缠，而她们又往往缺少自卫的能力，别的男人也不敢前来保护（怕有奸夫嫌疑），岂不是只好任人欺辱，或者每天晚上都卟得半死？

第四难是"是非多"。在许多人看来，寡妇八成是要"偷汉"的，尤其是年轻的寡妇。"年纪轻轻的，哪里就守得住呢？当然是……"所以，寡妇的闲话往往特别多。只要言行稍有不慎，便会立即招来物议，浑身是嘴都说不清，而且根本就没有申诉的余地。因此不少的寡妇，都会选择殉夫，以免后来被人闲话，跳进黄河都洗不清。

鲁迅先生在《我之节烈观》中说："节烈难么？答道，很难。男子都知道极难，所以要表彰他。""节烈苦么？答道，很苦。男子都知道很苦，所以要表彰他。"表彰是表彰了，但这种"慷慨"，又是何等自私！

寡妇门前是非多，单身男女的门前，是非也不少。

首先，在中国人看来，一个男子或女子，大大超过了婚龄，居然不结婚，这本身就是一件不可思议的事情。"男大当婚，女大当嫁"，这个道理，他们难道不懂？一定有什么蹊跷，没准还会有什么"猫腻"。至少，也是有问题。不是生理上有问题，便是道德上有问题。

伴随而来的是各种"事实"和谣言的广泛传播。比方说，某男和某女经常去医院，或某男某女住处经常有陌生女子或男子出入。话说到这里，听的人都会心领神会，接下去便是鬼笑鬼笑。他们的意思，其实也很明显：某男常去医院，一定是去治疗阳痿；某女偶尔去了医院，则多半是去堕胎；家中常有陌生男女出入，自然是通奸了，当然也可能是嫖妓。否则，他们为什么不肯结婚？如果不是生理上有毛病，那就一定是为了"乱搞男女关系"的方便。

这种议论不但对于当事人会造成心理上的压力，便是他们的亲属，也会觉得吃不消。因为闲话总会传到他们的耳中，保不住还会有人"好心地"来提醒他们："你们家闺女老不嫁人，可不是个事呀！"留下"问题"让你自己去想。其实不用想也知道。按照中国人的传统逻辑，一个男子不肯或未能婚娶，无非是三个原因，一是阳痿不举，二是作风不正，三是欠缺能力，比方说事业无成，相貌不好，人缘太坏，地位太低等。老姑娘的长期不嫁，问题就更严重了。她往往会被视为"没人要的货"：或是贱货，或是丑货，或是骚货，或是烂货。无论哪一种，都足以让其父母亲人大丢面子。（关于本节，请参看拙著《闲话中国人》）

于是，父母家人便只好也向独身男女施加压力，逼他们早日完婚，以绝后患，以杜闲言。其实，一个人的独身，原因是很复杂的；而结不结婚，也是他们的自由，社会对此，应一视同仁地不予干预。然而，中国传统社会却只讲社会义务，不讲个人权利。因此，一个男子或女子如果决计独身，便不能不另外给自己找一个"正当理由"，比如为了"练童子功"，甚至干脆剃了头发，去当和尚尼姑。

其实，即便当了和尚尼姑，也不顶用的。

道理很简单：和尚尼姑也是闲话的对象，因为他们也是"孤男寡女"。

中国的"荤故事"中，有两类题材是久演不衰的，这就是"寡妇偷汉"和"僧尼通奸"。因为在中国的俗人们看来，这两类人，性要求最强烈。阿Q就曾提出这样的"学说"："凡尼姑，一定与和尚私通；一个女人在外面走，一定想引诱野男人；一男一女在那里讲话，一定要有勾当了。"《水浒传》也有这样的"理论"："惟有和尚色情最紧。"其理由是："惟有和尚家第一闲。一日三餐吃了檀越施主的斋好供，住了那高堂大殿僧房，又无俗事所烦，房里好床好铺睡着，无得寻思，只是想着此一件事。"所以，中国的闲人们，便特别关心寡妇和僧尼的私生活，也特别爱看关于他们的戏，比如《小孤孀上坟》或《火烧红莲寺》。

当然，僧尼们因为长期过着禁欲的生活，心理上存在着性压抑和性苦闷，也是事实。过去有一首僧人所作之诗云："春叫猫儿猫叫春，听它越叫越精神。老僧也有猫儿意，不敢人前叫一声。"此诚为其心理之写照。僧尼与俗家私通或僧尼互通之事，当然也有发生。唐人刘言史有诗云："旧时艳质如明玉，今日空心是冷灰。料得襄王惆怅极，更无云雨到阳台。"这样调情的诗，竟是送给尼姑的。女道士王灵妃赠给男道士李荣的诗中，竟有"此时空床难独守，此日别离那可久"的句子。诗虽为骆宾王代作，但情却无疑是王、李二人的。

闲人们之闲话僧尼，其实倒并不在于他们确知僧尼有多少私通偷情之事（应该说多数僧尼还是守戒的），而仅仅在于他们是"孤男寡女"。中国文化认为，世间一切事物，都是成双成对的，各个形成一种对应关系，比如天地、日月、昼夜、阴阳。人也一样，也必须成双成对，比如君臣、父子、夫妻。成双成对才靠得住，独往独来便让人不放心。因为独立便难免失衡。大家心里感到不平衡，相信他们自己心里也不平衡。何况，僧与尼虽然都是独身，放在一起却也成对，则世俗之人，便难免要将他们配对，而且认为十分"相配"。同样的，鳏夫和寡妇，也是"缺配"之人，倘若将他们配对，便能取长补短，互通有无。因此，如果一个和尚和一个尼姑说了话，或一个鳏夫和一个寡妇说了话，人们就会认为他们之间一定有了"好事"，而种种闲话，便会应运而生，到处飞短流长。

离婚与再婚

离婚与再婚，也是闲话的一个热门话题，中国人对于离婚一类的话题，从来就是兴趣盎然的。"某某人离婚了！"这样的消息，在任何单位和社区，往往都能引起热烈的讨论。打探真情者有之，寻根究底者有之，扼腕叹息者有之，大发感慨者亦有之，其热闹与兴奋，往往能持续好些日子。

中国人为什么喜欢议论别人的离婚呢？因为在中国人看来，结婚也好，离婚也好，都不是纯粹的个人问题，而是"社会问题"。"男大当婚，女大当嫁"，是社会的要求；"夫妻恩爱，白首偕老"，是社会的理想。既然是社会问题，当然也就"人人有责"，大家都要关心过问。所以，单身男女如果老不婚嫁，便会有人一再来介绍对象。同理，已婚男女如果要各奔东西，自然也会有人一再来调解劝和，至少父老乡亲、同事邻居们要议论议论。

那么，为什么结婚和离婚不是个人问题而是社会问题呢？

因为婚姻对于中国人意义重大。

首先，它意味着"成人"。我们知道，结婚，就是把一男一女结为夫妻。"夫妻"是什么意思呢？说得白一点，就是成年人。高鸿缙《中国字例》说："夫，成人也。"他的理由是："童子披发，成人束发，故成人戴簪。"的确，夫这个字的字形，正是一个正面而立的人头上插了一根簪子的形状。因为是成年人，因此不能写作"亻"，而应写作"大"，意谓"大人"。依照周代的尺寸，童子身高五尺，所以叫"五尺之童"；成人身高一丈，所以叫"丈夫"。原来夫也好，丈夫也好，本义是指"成年男子"。

我们再看什么是"妻"。甲骨文没有妻这个字，只有"妇"（也有"夫"）。一般地说，妻就是妇，故夫妻也称夫妇。但准确地说，妻只是妇中之一种，即正妻、嫡配。妇则既包括妻，也包括妾。白居易《琵琶行》中琵琶女自述说："门前冷落鞍马稀，老大嫁作商人妇。"其实就是做妾。妾为什么只能称为妇呢？因为妻贵妇贱。从字形上看，妇是一个女子拿着一把扫帚，"妻"则是一个女人头上戴了簪子（或其他装饰品）。这个头戴"凤冠"的妻，当然比手持扫帚的妇要高贵。《说文解字》曰："妻，妇与夫齐者也。"也就是说，妻，乃是诸妇中唯一可以与夫平起平坐的一个。因此，许慎又认为，妻字是从"贵女"两个字演变而来的。不过，妻的头上既能戴簪，则说明她已成年。

所以，妻，也可以解释为"成年女子"。准确地说，则是举行过成年礼的女子。在上古时期，男子的订婚和女子的许嫁，都在成年仪式上进行。在这个仪式上，男子要束发加冠（头上戴帽子），女子要束发加笄（头上戴簪子），还要取一个字。束发加冠成为夫，束发加笄成为妻。这样的夫妻，就叫"结发夫妻"，而尚未许嫁则叫"待字闺中"。（请参看拙著《闲话中国人》第二章）

这可是与妾无缘的。妾的本义是女奴，事实上开始时也多由奴隶之女充任。女奴和奴女是没有资格参加什么成年礼的，也没人为她们举行这种仪式。有资格的只能是贵族的女儿（贵女）。她们才能在头上戴簪子，也才能为人妻。女奴和奴女则只能为人妇，天天拎把扫帚去扫地。

婚姻不但意味着成人，还意味着"成家"。这可不是小事。

我在《闲话中国人》一书中讲过，中国传统社会有两大特点，即"民以食为天"和"国以家为本"。因此，社会必须关心两件大事：一是让每个人都有一份职业，"有口饭吃"；二是要让每个人都有一个配偶，"有个家室"。有饭吃，就不会"闹事"；有家室，就不会"出事"。一个人，如果按时成家，则本人安心，大家放心。

如果所有人都按时成家，则社会安定，天下太平。

更何况婚姻不但是成家，而且是"成亲"，即所谓"合二姓之好"。"合二姓之好"为什么重要呢？因为国是由家构成的，所以才叫"国家"。国家既然建立在家庭的基础上，那么，如果一个个家庭都成了

"亲"，岂非"四海之内皆兄弟"，"普天之下一家人"？

成人、成家、成亲，婚姻的意义不小！

于是我们就不难理解传统社会对独身和离婚的反对。因为独身即"拒绝成人"，离婚即"破坏成亲"，两者都会造成对家庭这个国本的动摇和颠覆。严重一点的，还会造成社会的动乱。因为结婚既然是"合二姓之好"，则离婚当然也就是"结二姓之怨"，至少也是"绝二姓之好"了。这样，两个人的离异，便很可能导致两个家族之间的仇恨和敌对，甚至徒起祸端，引发纠纷，闹得天翻地覆，鸡犬不宁。

这种严重后果的产生是很自然的。西方社会因为以个人为本位，无论"成家""出家"，都完全是他个人的事，也不会对别人造成损失。中国人就不一样了。每个人的身份、地位、价值、权利、义务、责任、荣誉、利益，都和他的家庭紧密地联系在一起，并取决于他的家庭，一损俱损，一荣俱荣。离婚，尤其是女方被"休"，对于女方家族而言，是极没有面子的事。因为这往往意味着自己的女儿"不好"：或是不贤惠（如不事舅姑、嫉妒），或是有过失（如口舌、盗窃），或是没福气（如无子），或是无妇德（如淫佚），总之是"有问题"，这才成了"没人要的货"。这当然是极丢面子的事。更何况，这些问题，深究起来，又多半要归咎于"没家教"。这就等于直接往女方家族脸上抹黑了，岂能容忍？当然非得一报还一报，大打出手不可。

即便没那么严重，该成人的不成人，已成家的要分家，至少也是"不像话"。

如此一来，离婚当然不会被看作是好事。既然不是好事，则人们当然不但要表示反对，而且要表示惊诧："好端端的，离什么婚呢？"中国人是很主张凑合的。"好死不如赖活"，是主张凑合着活；"好散不如好合"，是主张凑合着过。那么，如果有两个人居然不肯凑合了，则大家便会不约而同地得出结论："一定是出什么事了！"

而这，正是大家关心的问题。

一对夫妻要离婚，当然是"出事"了。但这个事，却可能是多方面的。比如性格问题、经济问题、与男方或女方家族成员关系问题等等，都可能导致一对夫妻的要求离婚。

但是人们却多半不会这样理解。

在一般的闲人们看来，一对夫妻要闹离婚，只可能是在一个问题上出了事，这就是性。具体说来，又有两种可能，一是某一方出现性功能障碍，二是某一方（或双方）有了外遇。第一类问题有神秘感，第二类问题有戏剧性。但无论何种情况，都足以让人大讲其闲话。

如果说闲人们的闲话近乎无聊，那么，礼教制定者和维护者的说法就绝对无耻。因为一旦发生离婚案，他们就会把全部责任都算在女人身上。

事实上，中国古代没有"离婚"，只有"休妻"。"休妻"又叫"出妻"，礼法上历来有"七出"之条。也就是说，做妻子的只要犯了"七出"中任何一条，做丈夫的都有权将其赶出家门，予以休弃，这就叫"出妻"或"休妻"。

"七出"之条大约在周代就已经有了。依据《大戴礼记·本命》和《仪礼·丧服》贾公彦疏，丈夫们可以随便把有错或无辜的妻子打发出门的七条所谓"正当理由"是：不事舅姑（公婆）、无子、淫佚、口舌、盗窃、妒忌、恶疾。不事舅姑就是不孝敬公婆。其实，事实上未必是不孝敬，只要公婆不喜欢，也要休妻的。因为"不事舅姑"即为不孝，而不孝乃罪莫大焉。同样，无子也是不孝，因为"不孝有三，无后为大"。淫有两种，一种是"淫乱"，即与丈夫以外的其他男人（包括家族成员）发生性关系，当然是"失德"；另一种是"淫佚"，即性欲旺盛，无休止地与丈夫做爱，结果弄得丈夫元气大亏，肾虚体弱，当然也是"失德"。这两种情况，也都无耻，理应休去。妒忌是不容丈夫与别的女子交往，或在自己"无出"的情况下不容丈夫纳妾，也算"不守妇德"。口舌（又叫"多言"）有三种：一是在公婆面前多嘴，是"不恭"；二是在丈夫面前唠叨，是"不顺"；三是在姑嫂妯娌之间倒闲话，是"不和"。三种情况都会影响家庭的安定团结，因此也必须休去。盗窃一说，有点莫名其妙。因为夫妻俱为一体，哪有自家偷自家的？大约是指偷了婆家的东西送到娘家。恶疾一说更无道理。做妻子的生了病，理应由丈夫出资治疗，岂有反被赶出家门之理？

由此可见，"七出"之条，对女性极不公平。不但不公平，也很苛刻。做妻子的稍有不慎，便会有被休的可能。比如孔子的学生曾参，仅仅因为妻子做了一顿夹生饭，便把她休了，简直岂有此理。事实上，许多男人的出妻、休妻、弃妻，根本就不是做妻子的有什么错误，而是他们自己嫌贫爱富、厌旧喜新。比如魏的平虏将军刘勋，娶妻宋氏，共同生活了二十多年。后来刘勋看上了山阳司马女，就以"无子"为理由，把宋氏休了。结婚二十多年不提无子的事，一见山阳司马女就想起"继统大事"了，其真实原因可想而知。汉代王肃的休妻，更是连理由也没有，只因皇帝要把公主嫁给他，王肃便毫不犹豫地选择了休妻。

大约礼教的制定者也料定了会有这种事情，因此又做出了"三不出"的规定，以为休妻的限制。

所谓"三不出"，依《公羊传·庄公二十七年》何休注，即："尝更三年丧不去，不忘恩也；贱娶贵不去，不背德也；有所受无所归不去，不穷穷也。"一个女子，如果出嫁时娘家有人，现在娘家无人（一般指父母双亡，则"娘家"已不复存在），就不能休弃，因为这会使她无家可归。在旧时，女子是不能独立成家的。儿时以父母为家，婚后以丈夫为家，所以出嫁叫"归"，离异后回娘家也叫"归"，又叫"离异归宗"。娘家不存，自然无家可归，这是极不人道的，因此社会不予允许。另外，归通馈，娶通取，有取无馈，也是不道德的，因此"有所娶无所归不去"。"尝更三年丧"是指做儿媳妇的已为公婆守"三年之丧"，义同"未嫁女"，与丈夫有了兄妹情分，如若休去，便是忘恩负义。"贱娶贵不出"，则是指丈夫娶妻时，夫家尚贫贱，现在富贵了，倘若休妻，便是势利、背德、没良心。

"三不出"中，最深入人心的是"贱娶贵不出"。一个男人，如果违背了这一原则，便不但会有人说闲话，甚至还会受到公开的舆论谴责。中国人历来崇尚的，是"贫贱之交不可忘，糟糠之妻不下堂"，反对的是见利忘义、喜新厌旧、另攀高枝。如果有人胆敢如此，舆论一般都不会轻饶；如果这时女方起来反戈一击，大家则多半会拍手称快。

这样的事，历史上也曾有过。比如后汉有个叫黄允的，当时曾"以隽才知名"，但看来德却不怎么样。司徒（一种地位极高的官）袁隗想为自己的侄女求偶，看到黄允英俊潇洒，便赞叹说："得婿如是，足矣！"黄允一听，立马回家闹离婚。黄允的妻子夏侯氏，并没有如常见的那样，哭天抢地，寻死觅活，痛不欲生，而是平静地对婆婆说，如今我被休弃了，即将与黄家长辞，希望能一会亲属，略叙离别之情。于是，大集宾客三百余人，夏侯氏稳坐正中，举起手来，历数黄允不可告人的隐私丑闻，共十五件。说完，便登上车子，扬长而去。

这下子可就轮到黄允被别人大讲闲话了，而且被讲的内容，显然还远不止于离婚一件。

离婚者的闲话多，再婚者的闲话也不少。

一般地说，中国社会并不反对再婚。鳏夫的续弦一直受到鼓励，寡妇的再醮也并非都被视为失节，历史上也屡见不鲜。但这并不意味着再婚是多么光荣和体面的事。事实上，不少的再婚仍是难免要招来物议的。比如说，童男娶寡妇，处女嫁鳏夫，就很没有面子。因为前者是"捡别人剩下的货""吃别人啃过的馍"，如果不是"神经病"，那么便多半是没本事；后者则是嫁了个"二婚头"，是去做"填房"，那便多半是"嫁不出去"，不得已而出此下策。所以，这一类的婚姻，当事人的心理障碍往往都很大，要有很大的决心才行。

另一类极易招惹闲话的再婚，是当事人双方都有子女者。有子女的再婚，原本就是一件很困难的事，因为其中牵涉到如何与对方前夫或前妻子女相处的问题。这个问题可以说是一个世界性的难题。不过问题的关键并不在于此，而在于中国传统的观念，是把生儿育女看作为婚姻的目的。既然结婚的目的，本在生儿育女，那么，现在你们已有子女了，还再结什么婚？好好领着你们的子女过日子，把他们抚养成人，不就行了？

显然，已经完成了生育任务却还要婚嫁，只能有一个解释，而这个可能有的解释在许多人看来，又是很可耻的事。因为在中国传统社会中，性只有以生育为目的才合法，才道德，非生育的性事则应视为淫欲，这就难免让人说闲话。如果双方当事人年龄较大，便闲话很多："一大把年纪了，居然还不安分！"如果是老夫娶了少妻，则闲话也不少：老的固然是老不正经（否则娶那么年轻的女人干什么），女的自然也未必是什么好东西。因为"自古嫦娥爱少年"，哪有年轻貌美的女子甘愿嫁给老头子的？如果不是"早已失身"，无法嫁给童男，便是"另有图谋"，八成是在打那老家伙遗产的主意。而且，说不定还早已暗中养了个"小白脸"，让那老头傻呵呵地戴绿帽子。显然，这样的闲话，不但当事人受不了，便是他们的子女，也会感到压力，并因此而极力反对他们父母的再婚。中国老年人再婚的困难，一多半原因往往在此。

窃不如说

看来，中国人不但爱说荤话和风话，也爱说一切性的闲话。在中国人平时爱说的种种闲话中，实际上有不少是围绕着性这个话题的。闲话，是中国人处理男女关系问题的一种方式。

这并不奇怪。

如前所述，性，不仅是一种"让人去做的事情"，也是一种"让人来说的东西"。外国人说，中国人也说；做的人说，不做的人也说；做过的人说，没做过的人也说；做不成的人说，做得成的人也说；甚至刚刚做过而且已然得到了满足的人，也说，而且说得还多，还厉害。这就不能把"说"归结为性压抑的宣泄，而只能归结为"性原本就是一种必须转换为话语的东西"。

事实上，性一直就是一个"做"与"说"的交替过程：做了说，说了做；越说越想做，越做越想说。所以，世界各民族，差不多都既有性行为（做），也有性艺术、性文学、性科学和性教育（说）。如果说性科学和性教育主要是为了"做"，那么，性文学和性艺术，则应该说主要是为了"说"。许多性文学和性艺术作品，根本就没有科学研究和道德教育的内容，或者只是把它们作为幌子，真正的目的，其实还是为了"说"。

然而，性这个话题在中国，又恰恰是不可说的。"中冓之言，不可道也，所可道也，言之丑也。"性毕竟是一件必须隐秘的事，岂能堂而皇之地公开讨论？更何况，"万恶淫为首"，又岂容大说特说？当然谁说谁是流氓。

这就要想办法。办法也是有的：既然不能大张旗鼓地说，那就偷偷摸摸地说，拐弯抹角地说，指桑骂槐地说，含沙射影地说。于是就变成了闲话。

事实上，男女关系是一个现实问题，原本就回避不了，正所谓"纸里包不住火"。既然纸包不住火，那就不如用这张纸，去做一只灯笼，既多少能看见一点火，又看不真切，还不会烧着手，岂不十分合适？中国的性闲话，有时便有点像灯笼。

更何况，窃不如说。

所谓"窃不如说"，也就是偷情不如闲谈。第一，偷情要有对象，这个对象不好找；第二，偷情要有胆量，这个胆量很难有；第三，偷情要有地方，这个地方不易寻；第四，偷情要有金钱，而多数人大约掏不起。正所谓"有贼心无贼胆，有贼胆无贼地，有贼地无贼钱"，如此算下来，岂非可望而不可即？

说闲话就便当多了。对象不用寻找，场地不用选择，腰包再瘪也没关系，一张嘴皮就是本钱。我在《闲话中国人》一书中说过，闲话在中国是很有市场的。因此不怕没人响应，达不到预期效果。再说，偷情是要担风险的：社会不容，家庭不许，舆论要谴责，有关部门要追究。一旦事不缜密，被人捉奸，光是那份丢人现眼，便足可毁掉自己的一生，这实在太不值了。

说闲话却没有风险。首先，闲话是人人爱说，个个爱讲的，这就"合理合法"。其次，闲话说得再过分，也只得说说而已，并没有真做，因此仍是"君子"。再次，闲话原本不过是闲话。说的人不当回事，听的人也不当回事。谁把闲话当回事，不是"神经病"，就是"假正经"。道理很简单：我们都不当回事，为什么你偏偏当回事？我们都没听出什么来，为什么偏偏你听出来了呢？"言者无心，闻者有意"，看来还是你自己心里有鬼。有鬼才会见鬼。那么，有谁愿意承认自己有鬼呢？没有。

何况，不说闲话，风险更大。谁都知道，"咬人的狗不叫"。你既然不说，那就肯定会做。你既然不"叫"，那就肯定会"咬人"了。谁会承认自己"咬人"呢？也没有。

于是，只好大家都说。

闲谈不仅比偷情更少风险，而且，在某种意义上，也比偷情更多快感。

首先，偷情总是局限于某一特定的对象，闲话却并无限制。上至公主皇妃，下至村姑野妇，甚至狐鬼蛇怪、玉女神娥，都可以当作准情人，或爱慕，或意淫，岂不开心？

其次，偷情诉诸行为，闲话却诉诸想象。行为带来的快感是实在的，也是有限的；想象带来的快感是虚幻的，却又是无限的。它甚至可以创造行为所不可能得到的快感，至少也能避免与实在快感共生的实在烦恼。

再次，偷情总有顾忌，往往很难尽兴；闲话则百无忌讳，自然不妨放肆。性，无论是做，还是说，总以放肆为乐。人的性生活所以大多要在晚上或在密室中进行，就因为只有在那种条件下，才可以不顾廉耻而为所欲为。偷情既然是"偷"，便总难免在心理上有阴影、有障碍。对于大多数人而言，还是窃不如说。

但更重要的，也许还在于只有闲话，才使性变成了一种可以分享的快感。性不是两个人私下里快活的事吗？为什么要分享呢？道理也很简单，就因为它是隐私，也因为它是禁忌。我们知道，"禁忌"往往是"诱惑"的同义语。一种东西，如果不构成对人的诱惑，也就不会成为禁忌。同样，许多东西，如果不是因为成了禁忌，也许就不一定会对人成为诱惑。比如一堆一文不值的破烂，如果被特地锁进了保险柜里，说不定就会有窃贼来探个究竟；而价值连城的珠宝如果随随便便地放在一个极不起眼的木盒中，说不定便反倒无人问津。性原本是一件普普通通的事，但自从它变成禁忌以后，便无端地产生了神秘感，成了人人都想打探一下的事情了。从这一点看，性禁忌的设计者，实在是大大地失算。

更何况，性不仅是禁忌，而且是隐私。隐私这个东西，也有两面性，即一方面必须是被遮蔽的东西，另一方面又必须是被公开、被暴露的东西。不遮蔽固然不成其为隐私。不公开、不暴露同样也不成其为隐私，因为如不公开暴露，人们就根本不知其存在，当然也就无从知道它是被遮蔽者。但是，一个东西，一旦成了"被遮蔽者"，差不多也就同时成了"必须公开和暴露者"。这和禁忌同时成为诱惑，是一个道理。

闲话，便正是性的"解禁"和"解蔽"。

闲话使性成为可以公开谈论的东西，这就是"解禁"；闲话使性成为人人得以知晓的东西，这就是"解蔽"。但是，这种禁忌的解除和隐私的暴露又并不犯规，因为它不过只是闲话，是当不得真的东西。这可真是妙不可言！犯禁而不犯规，被惑而不被责，被压抑的心理能量可以得到释放，社会秩序却不会因此而遭到破坏，岂非大家方便？可以说，闲话，正是社会为被禁忌和被遮蔽的性所开的一个小口子。正是通过这个小口子的调解作用，保证了被规范了的性行为不至于因过分的压抑而失衡和出轨。

270

难怪中国传统社会对民间四处流传的荤话、荤故事睁只眼闭只眼了。因为它们无伤大雅，其实还大有好处。对于个人而言，它是轻度宣泄；对于社会而言，它是总体平衡。

我们知道，自从进入文明时代以后，性就基本上成了一种在保守秘密的原则下由个人独享的权利。这种独享制度固然为文明所必须，但也并非就没有弊端。无由独享者固然心理不平衡，即便是独享者，也未尝没有把它说出来让人分享的念头，就像一个历险者总是希望向别人讲述自己的非凡经历一样。性既然被规定为保守秘密原则下的个人独享，那么，如果不说出来，又何以从他人那里证实自己独享的光荣呢？因此，性又必须分享，但只能是虚拟的分享。闲话正好起到了这样一种作用。它在不违背社会对性行为的管理原则的前提下，使个人隐私变成了"公开秘密"，使独享权利变成了"公众权利"，也就使失衡变成了"平衡"。

如此看来，闲话对于社会的性管理，无妨说是"小捣乱大帮忙"。因为它不但是性的宣泄，同时也是性的淡化。试想，当一个东西或一件事情可以谁也不当一回事地在田间地头、茶余饭后随随便便地拿来说笑时，它还能有什么重要性吗？还能引起人们足够的重视吗？显然不能。因为它的重要性，早已在亵玩嬉笑中消解了，已不足以造成危害了。至少可以这么说：性既然是要宣泄的，犯规和乱来的事总是难免要发生的；那么，与其让少数人去"偷"，不如让多数人去"说"。所谓"窃不如说"，也可作如是解。

（全书完）

易中天

1947年出生于长沙。

曾在新疆工作，先后任教于武汉大学、厦门大学。

现居江南某镇，潜心写作。

读懂中国系列：

《中国人的智慧》

《中国的男人和女人》

《读城记》

《品人录》

《大话方言》

中国的男人和女人

作者 _ 易中天

产品经理 _ 林昕韵　装帧设计 _ 朱镜霖 祝小慧　产品总监 _ 王光裕

技术编辑 _ 白咏明　责任印制 _ 刘世乐　出品人 _ 贺彦军

营销团队 _ 魏洋 马莹玉 毛婷

鸣谢 (排名不分先后)

刘朋 陆如丰 王维剑 张晨 孙谆 王菁 周颖 anusman

果麦
www.guomai.cn

以 微 小 的 力 量 推 动 文 明

图书在版编目（ＣＩＰ）数据

中国的男人和女人 / 易中天著. -- 昆明 : 云南人民出版社, 2024.5

ISBN 978-7-222-22738-5

Ⅰ.①中… Ⅱ.①易… Ⅲ.①随笔—作品集—中国—当代 Ⅳ.①I267.1

中国国家版本馆CIP数据核字（2024）第076085号

责任编辑：刘　娟
责任校对：陈　迟
责任印制：李寒东

中国的男人和女人
ZHONGGUO DE NANREN HE NVREN

易中天　著

出版　　云南人民出版社
发行　　云南人民出版社
社址　　昆明市环城西路609号
邮编　　650034
网址　　www.ynpph.com.cn
E-mail　ynrms@sina.com
开本　　880mm×1230mm　1/32
印张　　8.75
印数　　1-15,000
字数　　217千
版次　　2024年5月第1版　2024年5月第1次印刷
印刷　　嘉业印刷（天津）有限公司
书号　　ISBN 978-7-222-22738-5
定价　　59.80元